यूरोप का वह पुराना फ़ार्म गाम्लेतून

दस समकालीन नॉर्वीजी कहानियाँ

वाणी प्रकाशन
21-ए, दरियागंज, नयी दिल्ली-110002
फोन : 011-23273167, 23275710
फैक्स : 011-23275710
e-mail : vaniprakashan@gmail.com
website : vaniprakashan.com

यूरोप का वह पुराना फ़ार्म गाम्लेतून

दस समकालीन नॉर्वीजी कहानियाँ

संकलन और अँग्रेज़ी से अनुवाद

तेजी ग्रोवर

वाणी प्रकाशन का लोगो
विख्यात चित्रकार मक़बूल फ़िदा हुसेन
की कूची से

ISBN: 978-81-8143-734-1

वाणी प्रकाशन
21-ए, दरियागंज, नयी दिल्ली-110002
द्वारा प्रकाशित

प्रथम संस्करण : 2008

मूल्य : 150.00

आवरण चित्र : तूने सूलवेइ हेरब्योर्नस्रूद

जयभारत प्रिंटिंग प्रेस, दिल्ली-110032
द्वारा मुद्रित

Europe ka veh Purana Farm Gamletun
Das Samkaleen Norweeji Kahanian
An anthology of contemporary Norwegian prose
***Edited and translated by* Teji Grover**

अनुक्रम

Acknowledgements

The publisher and the translator would first and foremost like to thank Norla for their support to this anthology, for introducing us to works by the authors, and for the friendly accessibility the Director Gina Winje offered throughout the course of the preparation of the book. Norla was also kind enough to sanction a subsidy for editing and translating this volume. We also feel grateful to all the authors who allowed us, directly or indirectly, to include their work in this anthology of the Norwegian prose in Hindi. The English edition of the Norwegian prose, mentioned below, turned out to be an excellent source for accessing a range of voices from contemporary Norwegian fiction. The editors of that edition Harald Bache-Wiig, Birgit Bjerck and Jan Kjærstad, along with all the English translators mentioned here, allowed us to use their work with rare generosity.

The following eight stories and excerpts have been taken from the English anthology of Norwegian prose: ***The Norwegian Feeling for Real (Leopard VI)***, edited by Harald Bache-Wiig, Birgit Bjerck and Jan Kjærstad and published by The Harvill Press, 2005:

Hans Herbjørnsrud: *På gamletun i Europa* (ON AN OLD FARMSTEAD IN EUROPE)
From ***BLINDDØRA*** © Gyldendal Norsk Forlag, 1997
Translated into English by Liv Irene Myhre, 1994

Tor Åge Bringsværd: *Mannen som samlet på 1. september* (THE MAN WHO COLLECTED THE FIRST OF SEPTEMBER, 1973)
From ***KARAVANE*** © Gyldendal Norsk Forlag, 1974
Translated into English by Oddrun Grønvik

Øystein Lønn: *Det er så jævlig stille* (IT'S SO DAMNED QUIET)
From ***THRANES METODE*** © Gyldendal Norsk Forlag, 1993
Translated into English by Steven T. Murray, 1993

Herbjørg Wassmo: *Motivet* (THE MOTIF)
From ***REISER*** © Gyldendal Norsk Forlag, 1995
Translated into English by Donna H. Stockton, 2001

Kjell Askildsen: The Dogs in Thessaloniki
From the collection ***ET STORT ØDE LANDSKAP*** © Kjell Askildsen, 1996
Translated into English by Agnes S. Langeland, 1997

Jon Fosse: I Could Not Tell You
First published under the title ***Eg Kunne Ikkje Seie Dei Til Dag***
In ***ELDRE KORTARE PROSA*** © Jon Fosse and Det norske Samlaget, 1998
Translated into English by May-Brit Akerholdt, 2005

Roy Jacobsen: Ice
From the collection ***DET KAN KOMME NOEN*** © J.W. CappelensForlag
Translated into English by Kenneth Stevens, 2005

Lars Amund Vaage: Cows
From ***KYR*** © Lars Amund Vaage, 1983
Translated into English by Nadia Christensen, 2005

The following two stories, not in the above-mentioned anthlogy, come from different sources:

Simon Stranger: *MNEM*
An excerpt translated from the novel-in-progress ***MNEM***
Translated into English by Tiina Nunnally, 2007

Johan Harstad: *Klor* (CHLORINE)
From ***AMBULANSE*** © Gyldendal Norsk Forlag, 2002
Translated into English by Erik Skuggevik and Deborah Dawkin

The anthology, scheduled for release during the 2008 World Book Fair in Delhi, would have been hard to produce without Anil Yadav and Manoj Yadav from Hoshangabad, and Bhupendra Namdev from Bhopal , who worked simultaneously in three different places to prepare the manuscript, giving it a priority over and above everything else they were doing. Rustam Singh read the drafts repeatedly and gave invaluable editorial advice from a perspective that tried to view the stories as they read in Hindi without reference to any other language.

We are also very grateful to our friend Purwa Yagnik Kushwaha, a translator with a most enviable reputation in India, to have actually offered to co-translate the longest story ***Chlorine***; to Ingrid Overwien and Andrine Pollen from Norla who responded promptly to endless queries and offered great support in difficult moments; to Oliver Møystad for narrating with great passion and almost cinematically, as if shot by shot, any number of contemporary Norwegian literary classics he had himself enjoyed reading, for producing with utmost equanimity the several pieces missing in the shifting jigsaw puzzle of this anthology, but above all for being the friend that he inevitably is for most of his acquaintances; to Dag Herbjørnsrud, the fantastic last minute entrant, for having rummaged through family photographs of his ancestral farm where we assume his father wrote the title story; to Tone Solveig Herbjørnsrud for lovely summer pictures of that same farm from which the cover was improvised; and finally to Astri Ghosh who was kind enough, throughout, to resolve the most nagging doubts about things Norwegian.

For the photographs of writers on the back cover, we were not able to get all the credits. But we thank Hæge Håtveit Moe, Torunn Nilsen, Jon Cecilie Sieness, Morten Brun, Paal Audestad, and Finn Ståle Felberg for the images of Bringsværd, Vaage, Fosse, Lønn, Wassmo, and Askildsen respectively. We are also grateful to the remaining anonymous friends whose photographs we have used in anticipation of their permission.

Teji Grover
Arun Maheshwari

इन कहानियों के बारे में

इस संकलन के एक कहानीकार ओस्तेइन लोन्न का मानना है कि कहानी "ख़ुद से बड़ी एक कथा कहती है।" किसी कथाकार का यह कथन ज़ाहिरा तौर पर सृजनात्मक प्रेरणा से उपजा हुआ कथन है जोकि नॉर्वे में हो रहे कथा-लेखन के अन्तस में से उभर कर सामने आया जान पड़ता है। इस संकलन में शामिल सभी कहानियाँ अपने से बड़ी कोई कथा कह रही हैं, और अपनी ठेठ विशिष्टताओं के साथ। नॉर्वीजी गद्य के अनुवादक के रूप में, और बिलकुल अलग-सी ज़मीन पर खड़े हुए एक हिन्दी कवि के नाते, मैं अपने कान उस भूमि पर रखकर देख रही हूँ जहाँ इन कहानियों ने जन्म लिया है, और लेखन के इन नमूनों में जो मुझे सुनायी दे रहा है वह यह है : इन कहानियों में ख़ामोशी की गहन कामना का स्वर है, धीमी गति से गुज़रने वाले समय की इच्छा है, और मनुष्येतर या फिर मनुष्य से बड़े किसी जगत के साथ एकमेक हो जाने की ख़्वाहिश है।

पेर पेत्तरसन, जिन्हें इस संकलन में अपने उपन्यास ***घोड़े चुराते हुए*** के एक अंश के साथ होना चाहिए था, आधुनिक जीवन शैली में बुरी तरह जकड़े हुए मनुष्य की ऐसी ही कामना को बड़ी सूक्ष्मता से पकड़ लेते हैं। कहते हैं कि उनके गद्य को आप साँस से अपने भीतर खींच सकते हैं, वह इतना ख़फ़ीफ़ है, इतना साफ़ :

लेकिन तब भी मिसाल के तौर पर जब मैं किसी की बाँहों में होता हूँ और कोई मेरे कानों में हौले से वही शब्द बोल रहा होता है जो मैं सुनना चाहता

हूँ, अचानक एक ऐसी जगह पर होने की कामना मुझे घेर सकती थी जहाँ सिर्फ़ ख़ामोशी हो।

इसी उपन्यास में किसी अन्य जगह रात के जंगल में खड़ा हुआ इस कथा का वाचक इतने अद्‌भुत अनुभव में से गुज़रता है कि उसे प्रकृति के साथ सम्पूर्ण ऐक्य का एहसास होता है : *"मैं ही जंगल था।'*

इक्तालीस की उम्र में जब इस संकलन के एक लेखक अपने पुराने पुश्तैनी फ़ार्म पर जाकर बस जाने की मंशा से वहाँ चले जाते हैं, तो सदियों पुरानी ख़ामोशी की उस दलदली ज़मीन पर अचानक उनका लिखना शुरू हो जाता है। मौखिक और लिखित एक सीवन-रहित इकाई के रूप में आपस में पूरी तरह हिलमिल जाते हैं और ***यूरोप का वह पुराना फ़ार्म गाम्लेतून*** की अद्‌भुत कथा हमें सुनने को मिल जाती है। उत्तर-आधुनिक सोच से भली-भाँति परिचित इस लेखक की उपलब्धि यह भी है कि वह बातपोशी और क़िस्सागोई के हुनर को नयी सोच की क्रमशः विकसित होती हुई बारीक छान में से गुज़ार पाया है। कथावाचक के ट्रैक्टर की सिरावन से बाहर निकली हुई दो खोपड़ियाँ हैं: जिन्हें वह अन्धी मार्गित और बुद्धिमान राग्नहिल्द की खोपड़ियाँ मानकर अन्धी मार्गित की बेहद दिलफ़रेब कथा हमें सुनाने लगता है, जब तक वह उसके लेखन से एकमेक नहीं हो जाती:

और कभी-कभी हम हैरान हो जाते हैं, जब अतीत की एक निगाह अचानक हमारी निगाह से मिल जाती है।
शायद हमें देखा जा रहा हो।
शायद इतिहास देख रहा हो।
हमें।
फिर वह निगाह फिसल कर चली जाती है और धुन्ध में ओझल हो जाती है।
इतिहास ने मुझे देख लिया था, और मैं लिखना शुरू कर सकता था।

अगर ट्रैक्टर की सिरावन से उखड़कर एक क़िस्सा प्रकाश में आता है, तो रोय याकोब्सन की कहानी ***बर्फ़*** में यह ट्रैक्टर एक अनूठी देशज परम्परा में समाहित हो चुका है। यानी एवन नाम का एक व्यक्ति सर्दी की जमी हुई झील पर से ट्रैक्टर चलाकर जाता है, और जंगल से पतझड़ में काटकर रखी गयी लकड़ी ढोकर इस पार ले आता है। याकोब्सन प्रकृति के तत्त्वों को समझते हैं, पानी

को बख़ूबी समझते हैं, और मनुष्य के मानस की वध्यता को भी जब वह उस परम्परा को तोड़ देता है जिसके लिए अभी तक प्रकृति ने इतनी सौम्यता से गुंजाइश छोड़ रखी थी। झील पर विश्राम करते हुए हंस, वह नदी जोकि एक अन्य जलराशि में जाकर मिल रही है, बर्फ़ जोकि किसी क्षण एक झूलते हुए सियाह आईने की तरह पेश आती है, ये सब एक ऐसी नैसर्गिक लयताल से बँधा है जिसमें ख़तरा उठाकर ही मनुष्य किसी क़िस्म का अवरोध पैदा कर सकता है। कथा की अपनी आवाज़ इतनी ख़ामोश है, लहजे में इस कदर सन्नाटा छाया हुआ है कि न बातचीत की आवाज़ सुनती है, न ही उन मशीनों की जिनसे भूदृश्य बदलता जा रहा है। जैसे कि यह लेखन उसी तत्त्व से उपजा हुआ हो जो अपने विविध मिजाज़ों और रंगों के साथ कथानक पर छाया हुआ है—यानी बर्फ़ । वह नौजवान जो धीमी गति के समय को नहीं समझता, परम्परा को तोड़ देने की गुस्ताखी कर बैठता है।

इस इच्छित मौन और धीमे समय की भंगुरता ओस्तेइन लोन्न की कहानी ***कितनी ख़ामोशी है साली*** में बड़ी शिद्दत से उभर कर आती है। कहानी का एक क़िरदार अपने घर की छत सुधारने के बहाने सीढ़ी लगाकर बारिश में खड़ा-खड़ा भीग रहा है क्योंकि वहाँ सब एकदम शान्त और ख़ामोश है। घर के भीतर एक पत्नी है जो किसी भी तरह उसके साथ सस्ते पर्यटन की योजनाएँ बनाना चाहती है। अन्त में एक धीमी गति के संवाद से यह साली ख़ामोशी हमारे हल्क़ से भी उतरती है, और हमें भी इन क़िरदारों की तरह हर क़िस्म की आहट से परे ले जाती है। लेकिन ओस्तेइन लोन्न भला इस बात को यहाँ कैसे छोड़ सकते हैं, वही जिनके लिए कहानी "अपने से बड़ी कथा कहती है।" ओस्तेइन लोन्न का अन्तिम सुर इस ख़ामोशी की कामना के साथ-साथ इसी ख़ामोशी की भंगुरता का है—जितनी भंगुर वह है उतनी ही प्रबल इच्छा वह अपने लिए पैदा करती है।

हेरब्योर्ग वास्समू की कहानी ***अभिप्राय*** में तो इस सब सड़ाँध और शोर-शराबे से दूर चले जाने की कामना इस हद तक है कि कहानी की मुख्य क़िरदार, जोकि एक चित्रकार है, जीवित लोगों की सोहबत से बच मृतकों की सोहबत में ही रहना पसन्द करती है। सबसे जीवन्त क़िरदार तो उसकी मृतक दादी ही है जो उसे घनघोर अस्तित्व के संकटों से पार कराने उससे संवाद करने हाज़िर हो जाती है। यह स्त्री क़िरदार अन्ततः मृत्यु के एक अनुष्ठान में शरीक़ होती है, अस्पताल में हादसे के शिकार एक अजनबी के स्कैच बनाती हुई, और उसके मरे हुए चेहरे

के साथ क्षण-भर के लिए अपने चेहरे को सटाती हुई। इस स्पर्श के एकदम बाद की पंक्तियाँ मानो इस स्थिति के पूरे यथार्थ को छानकर एक ऐसी छवि रचती हैं जिसमें अपने अतीत को स्पर्श करते हुए सम्पूर्ण नॉर्वीजी समकालीन गद्य की सूक्ष्मतम प्रकृति झलकती है :

> *स्पर्श । जैसे किसी पहाड़ी झरने से पानी पीकर मुँह में धातुई स्वाद लिये आगे बढ़ जाना। मिट्टी और बर्फ़ का स्वाद, दलदलों में मरे हुए पौधों के अवशेष का। एक हज़ार साल की सड़ाँध का। ताज़े पानी में बदल गयी हुई।*

हाँ, वास्तव में नॉर्वे के समकालीन गद्य ने जैसे इस पूरी सड़ाँध को ताज़ा पानी के एक झरने में बदल दिया हो, तेज़ बीतते समय की क्रूरता को धीमी गति के समय में। भले ही यह रूपान्तरण कितना ही नाज़ुक क्यों न हो, हम इस गद्य में बुनी गयी असम्भव कामनाओं की सर्पिल धारा को बख़ूबी देख सकते हैं। थूर ओगे ब्रिंगस्वैर्द का नायक पीटीके पहली सितम्बर, 1973 को जुनून की हद तक जमा कर रहा है, उसकी रिहायश पहली सितम्बर, 1973 की अख़बारी कतरनों से भर चुकी है, और दुनिया भर की भाषाएँ उसके घर में प्रवेश पा चुकी हैं। अन्ततः अस्पताल में पड़ा हुआ पीटीके एक समयातीत अवकाश को प्राप्त कर लेता है—जब वह बाकी यथार्थ से कटा हुआ उन कतरनों की एक बड़ी तसवीर अपने मन में जोड़ लेता है। बोर्खेज़ ने थूर ओगे ब्रिंगस्वैर्द को फ़न्तासी-साहित्य के अपने संकलन में भी शामिल किया है, और कहानी को पढ़कर हमें आश्चर्य नहीं होता क्यों।

वास्समू की कहानी ***अभिप्राय*** की नायिका को अपनी दादी से एक विलक्षण सलाह मिलती है, जब वह लड़की अपने पिता की बदसलूकी के असर से उबर नहीं पाती : *"तुम्हें जो ज़रूरत है, वह यह है कि किसी ऐसी ज़बरदस्त चीज़ पर एकाग्र हो जाओ कि ख़ुद को भूल सको।"* ऐसा लगता है कि इन कहानियों के प्रायः सभी क़िरदार दादी की इस सलाह पर चल रहे हों। यूहान हार्शटा की कहानी ***क्लोरीन*** का वह छात्र भी जिसे उसकी शिक्षिका शारीरिक शिक्षा की यह परीक्षा पास करवाने का तहैया कर चुकी है कि यह लड़का पूल में डाइव करेगा और प्लास्टिक की उस भुतही डमी की जान बचाकर ज़मीन पर ले आयेगा। जल-भय से त्रस्त यह बालक ऐनोरेक्सिक सारा के उन ओंठों के बारे में सोचता है जिन्हें उसने डमी के ओंठों पर लगाकर उसकी जान बचायी थी। यह जलीय

अप्रत्यक्ष चुम्बन ही उसकी प्रेरणा का स्रोत है। यह भी आधुनिक स्कूली शिक्षा की भी सीमा ही रही आयी कमोबेश कि वह अपने सबसे निष्कवच छात्रों के आन्तरिक जगत को ज़रा भी समझ नहीं पाती और जिसकी एक ही काट उन छात्रों को मिलती है : यानी फ़न्तासी।

इसी तरह यून फ़ोस्से की कहानी ***मैं तुम्हें बता नहीं सकता था*** का नायक किसी की निगाहों के दीप्तिमान आभास की गिरिफ़्त में स्कूल के वर्षों से लेकर वृद्धावस्था तक अपनी सारी उम्र गुज़ार देता है। यह एक ऐसा अनुभव है जो अपनी सम्पूर्ण निरर्थकता और विसंगति के बावजूद उसके जीवन का सबसे अहम अनुभव है, तब भी जब वह ख़ुद मरने की प्रतीक्षा में बैठा है। यह कहानी इतने कम रेशों से बुनी गयी है कि बहुत कम तत्त्वों वाले किसी अमूर्त चित्र का सा प्रभाव पैदा करती है। इस संग्रह की एक और कहानी ***थेस्सालेनिकी में कुत्ते*** भी न्यूनतम तत्त्वों के साथ रची गयी कृति है।

शेल्ल आस्किल्दसन के पुरुष पात्र, हाराल्ड बाके-वीग के अनुसार, एक तरह की अस्तित्ववादी वज़न घटाने वाली ख़ुराक अपने ऊपर थोप लेते हैं, जैसे ***थेस्सालोनिकी*** कहानी का यह क़िरदार। वे कुत्ते जो थेस्सालोनिकी में सम्भोग के बाद जुड़े रह गये थे इस कहानी के क़िरदारों के सम्बन्ध का रूपक हैं, और यह रूपक आपसी संवाद के टूट जाने की परिस्थितियों में भी संवाद बनाये रखने की बाध्यता को बड़ी सूक्ष्मता से प्रकाश में ले आता है। बेघरी और अकेलेपन की स्थिति में प्रकृति, जंगल, झील और समुद्र की ओर निकल जाते हुए मनुष्य की एक मार्मिक छवि इस कहानी में भी दर्ज है।

इस संकलन में दो ऐसी कहानियाँ भी हैं जिनमें अपने से बाहर और बड़ी किसी शक्ति पर एकाग्र होकर भी आत्म-विस्मृति की स्थिति नहीं बन पाती। लार्स आमुन्द वोगे की कहानी ***गाय*** दरअसल मनुष्य और पशु के विभाजन की कृत्रिम रेखा को पूरी तरह तोड़ देती है, और मनुष्य की चंगुल में फँसे पशुओं की भावनाओं को इसी तरह समोने और समझने की कोशिश करती है जैसे दोस्तोएव्सकी मनुष्य के निसर्ग को। लार्स आमुन्द वोगे गायों के दोस्तोएव्सकी ही हैं, जैसे कोई किसी पशु को शायद पहली बार साहित्य में ठीक से देख रहा हो, यानी दूध की आधुनिक इंडस्ट्री में पड़ी गाय को। समय-समय पर अपने फ़ार्म की गायों और बछड़ों की सोहबत में बड़ा हो रहा यह लड़का जितना उनकी पीड़ा के बारे में सोचता है उतना ही वह उनके अन्तस में प्रविष्ट होता चलता है, और

उनकी अन्तहीन यातना का एक भी विवरण उसकी आँख से नहीं छूटता। जन्म से मृत्यु तक गाय केवल दूध की मशीन है, उसके लिए *"शाम नहीं होती, सिर्फ़ दोहने का समय होता है।"* अन्ततः गोश्त का यह सूखा पहाड़ सॉसेज में बदल जाता है। कामना, ममत्व और प्राकृतिक मृत्यु उससे पूरी तरह छीन ली गयी है। गायों के लिए यह विलाप दरअसल एक अत्यन्त मार्मिक आलाप है, जो आधुनिक जीवन शैली पर एक बहुत अहम सवाल को संगीतात्मक रूप दे रहा है। इस अद्भुत गद्य कविता में पक्षी असमंजस में उन खेतों की ओर उड़ते हैं जहाँ कभी फ़सलें हुआ करती थीं। *"बछड़े हमेशा बछड़े ही होते हैं। जैसे बच्चे भी बच्चे ही हैं। केवल जीवन ही बदल गया है।"* वोगे की यह पंक्तियाँ उसी पीढ़ी का कोई लेखक ही लिख सकता था जो सौभाग्यवश या दुर्भाग्यवश एक लुप्त होती हुई जीवन-शैली के अन्तिम स्पर्श में बड़ा हुआ हो।

सिमोन स्त्रांगेर के अधूरे उपन्यास ***मनैम*** से एक छोटा-सा अंश भी इस संकलन में शरीक़ है। एक व्यक्ति है जो अपनी जाती हुई स्मृति पर चिन्तन कर रहा है और ताज्जुब की बात है कि कितनी बारीकी से वह स्थितियों में अन्तर कर सकता है :

> *यह वैसी चीज़ नहीं थी जो मैं पहले अपनी यात्राओं के दौरान अनुभव किया करता था जब मैं पहले कुछ दिन जाग जाने के बाद याद नहीं कर पाता था कि मैं कहाँ हूँ (वैसी ही अनुभूति जैसे किसी अन्य संस्कृति में भी होती है—क्या कोई मूल-निवासी अमरीकी जनजाति थी वह?—कि ट्रेन का सफ़र बहुत तेज़ रफ़्तार से तय हुआ था, कि मेरी आत्मा साथ-साथ नहीं चल पा रही थी और कुछ समय पाकर ही पहुँच पायेगी।...)*

स्त्रांगेर युवा लेखक हैं, लेकिन इस संकलन के अन्य लेखकों की ही तरह क्या उनका लेखन भी धीमी गति के समय की इच्छा में डूबा हुआ नहीं है, जहाँ हमें आत्मा के लिए समय और अवकाश की एक सुन्दर झलक मिलती है? जीवन तो बदल गया हो सकता है, शायद बदल ही गया है, लेकिन इस संकलन में शामिल नॉर्वीजी लेखकों द्वारा लिखा हुआ यह वैविध्यपूर्ण गद्य यह झलक हमें दिखा कर साहित्य के हिस्से में आये हुए इस काम को बड़ी निष्ठा से निभा रहा है।

तेजी ग्रोवर

हांस हेरब्योर्नस्रूद

यूरोप का वह पुराना फ़ार्म गाम्लेतून

वह पहली-पहली जान जिसकी हमारे फ़ार्म पर बसे होने की जानकारी मौजूद है, वह थी अन्धी मार्गित जिसकी मृत्यु सन् 1616 में हुई थी।

1620 से शुरू हुए दशक में यून नाम के एक कुटीर-किसान ने अपना घर यहाँ बनाया था। जितने स्रोत देखने को मिले उनमें उस शख़्स के बारे में सिर्फ़ एक ही जानकारी है : यून के हालात तंग थे, या दूसरे शब्दों में कहें तो वह ग़रीब आदमी था।

1645 के कर-खाते से पता चलता है कि बुद्धिमान राग्नहिल्द उस साल फ़ार्म पर रही थी और उसने कर के नाम पर छह शिलिंग की राशि अदा की थी।

1665 में हुई एक रजिस्ट्री में यह दर्ज है कि यह फ़ार्म एक जागीर से पट्टे पर लिया गया था। इस फ़ार्म को आधा ढोल अनाज देना होता था, और यहाँ ढाई ढोल अनाज की पैदावार होती थी। दो गाय थीं, नयी ज़मीन को वैसे ही छोड़ दिया गया था और बियर बनाने के लिए हॉप उगाने की ज़िम्मेदारी भी इस फ़ार्म को सौंपी गयी थी। 1665 की गणना में इस फ़ार्म का ज़िक्र नहीं आता।

अन्धी मार्गित, यून और बुद्धिमान राग्नहिल्द के सब फ़ार्म-हाउस उस इलाके में बसे हुए थे जिसे हम आजकल "गाम्लेतून" कहते हैं। रिहायशी इलाक़ा और आसपास के खेत निचाई पर थे, घाटी के भूमिगत तल पर, और सत्रहवीं

शताब्दी के दौरान वे दलदल और कीचड़ से घिरे हुए थे।

पुराने फ़ार्म पर बसे हुए घर सदियों से बाढ़ और पानी की मार से पीड़ित रहे आये थे। 1864 तक पानी से अपनी नाउम्मीद लड़ाई लड़ते रहने से वे लोग बाज़ न आये। यह उसी वक़्त की बात है कि बड़ा वाला घर, गर्मी की रसोई, सामान रखने की कुठरियाँ, गोशाला और कोठार, इन सब को एक-एक लकड़ी अलग कर, खोल-खाल कर हटा दिया गया था, और उसारी का सारा सामान उठाकर ऊँची ज़मीन पर ले जाकर दोबारा बसा दिया गया जहाँ आजकल हमारा फ़ार्म है।

लेकिन यहाँ ऊपर भी, घाटी के मुख्य फ़र्श पर, घर इतने नीचे टिके हुए हैं कि 1927 की महाबाढ़ उनके नीचे की ज़मीन को उखाड़ फेंकती अगर अफ़रा-तफ़री में बड़े-बड़े पत्थरों की आड़ न बना दी गयी होती।

1864 में जब घर उठ गये तो नींवों को समतल कर दिया गया और पुराना फ़ार्म-हाउस मैदानों और खेतों में बदल दिया गया। इस टुकड़े पर ऊपरी मिट्टी की पर्त ज़्यादा गहरी है और फ़ार्म के बाकी खेतों के मुक़ाबले यहाँ पैदावार ज़्यादा होती है। हमारे समय में आसपास के दलदलों का पानी निकाल उन्हें जुताई-बुआई के लायक बना दिया गया। पानी से बिजली बनाने वाले बड़े बाँधों ने एक समय की फुर्तीली नदी को पालतू बना डाला, और वह उपनदी जो दलदल में कुलाँचें भरती थी वह उसके पुराने सर्पीले रास्ते पर पानी के पक्के पाइपों की शक्ल में तान दी गयी है।

इन दिनों हम लोग गाम्लेतून में जौ या गेहूँ की फ़सल लेते हैं। हर बार खेतों को जोतते समय सिरावन नींव के पत्थरों से बजकर टंकार पैदा करती है, जब भी ज़मीनी पाला उन्हें रोशनी में धकेल देता है।

पहले के सालों में ये पत्थर मुझे किसी ऊल-जुलूल या अजनबी-सी चीज़ की याद दिलाया करते थे। या तो वे नीली मिट्टी के रंग के होते थे या झण्डे के पत्थर की तरह सपाट और आर्मादिलो स्तनपायी पशु के कवच और प्लेटों जैसे दीख पड़ते थे। या फिर कुछ पत्थर हल्के पीले और गोल-गोल मुड़े होते थे जोकि मौसम की मार पड़ी डायनोसॉर की हड्डियों जैसे जान पड़ते थे। तीन साल पहले

मुझे दो ऐसे पत्थर मिले जोकि शुतुरमुर्ग के अण्डों जैसे थे।

लेकिन आज सुबह, 1991 के अप्रैल की एक हवादार सुबह, जब मैंने सिरावन से दो गुस्सैल टंकारों की ध्वनि सुनी तो मैं ट्रैक्टर से कूदकर नीचे उतर आया, और दाँतों से खींचकर मैंने सिर जितने बड़े दो पत्थर निकाले, और मुझे एकदम ऐसा लगा कि उनमें कुछ ऐसा था कि एक विचित्र-सी आत्मीयता और खिंचाव की अनुभूति होती थी।

अपने नाखूनों से मैंने नम काली मिट्टी को उन नींव के पत्थरों से खुरच कर साफ़ किया जिन्हें प्रकाश में लाने के लिए ज़मीनी पाले ने 127 बरस लिये थे। दोनों हड्डी-रंगे थे, सिर के आकार के, और उन खोपड़ियों की याद दिलाते थे जो कब्र खोदने वालों के फावड़े से बाहर निकल आती हैं।

डीज़ल की मोटर को चलता हुआ छोड़, मैं खेत में खड़ा रहा, दोनों हाथों में एक-एक पत्थर लिये। कितना विचित्र था : उनकी आँखों के गड्ढे थे, कपालों की हड्डियाँ थीं, और जबड़े की हड्डियाँ। बिलकुल थीं, और जब मैंने ज़रा और ग़ौर से देखा, मुझे नाक की हड्डियाँ और कानों की खोहें भी दिख गयीं। तिस पर मैंने कुछ कहरुबा रंग के दाँतों की कल्पना भी कर ली। माथे के ऊपर सिर मुलायम और गोल से उभर रहे थे, ऊपर चोटी तक और पीठ तक पहुँचते हुए। बजाय खोपड़ियों के वे किसी मूर्तिकार के गढ़े हुए सिरों जैसे लगते थे।

लेकिन फिर भी, वे कितने अलग थे, पत्थर के ये दो सिर। एक का मस्तक थोड़ा ऊँचा था, और आँखों के गड्ढे पास-पास थे एक सँकरे अण्डाकार चेहरे में। यह ज़रूर अन्धी मार्गित ही होगी, मैंने तय कर लिया। अपनी त्वचा के नीचे वह बेजोड़ औरत ऐसी ही दिखायी देती होगी। उसकी आँखों के गड्ढे मुझे एक ख़ाली, अन्तर्मुखी और अन्धी नज़र से घूर रहे थे।

दूसरे सिर के जबड़े चौड़े और खुरदुरे थे, कपाल की हड्डियाँ ऊँची और माथे पर जगह-जगह उभार। वह मुझे एक झगड़ालू और चुनौती-पूर्ण नज़र से घूर रहा लगता था। बुद्धिमान राग्नहिल्द की कल्पना मैंने ऐसे ही की थी, उसकी आँवले सी हरी आँखें और भरे ओंठों वाला बड़ा-सा मेंढक मुँह।

पत्थर के सिरों पर अब भी मिट्टी की पर्त थी। मैंने उन दोनों के मस्तकों को एक साथ ज़ोर से टकरा दिया जिससे मिट्टी और रेत उड़ गिरी। खोपड़ियों की टकराहट से एक ख़ौफ़नाक पत्थर-ध्वनि पैदा हुई जिसे सुनकर मैं रोमांच और जिज्ञासा से भर उठा। मैं क्या सुन रहा था?

मैंने खोपड़ियों को एक बार फिर एक-दूसरे से टकराया। एक बार फिर। फिर एक बार।

और जब मैं ज़ोर-ज़ोर से सिरों को टकरा रहा था—टक! टक! टक!—तो मुझे एक भारी, अन्धकारमयी, प्राचीन ध्वनि सुन पड़ी, वह पत्थर-संगीत जो मेरी बाजुओं की हड्डियों से ऊपर चढ़ रहा था—टक! टक! टक!—हड्डी-संगीत जिससे मेरी हँसुली और रीढ़ में बिजली की चिनगारियाँ कौंध निकली थीं और मेरे पूरे हाथ-पाँव में गूँज रही थीं—टक! टक! टक!—रीढ़ की हड्डियों के लिए स्वरलिपि, कूल्हों की कोटरों में, पिण्डलियों की नलियों में, हथौड़ों, ऐरनों और कान की हड्डियों की—टक! टक! टक!

मैं गाम्लेतून में टकटकाता हुआ खड़ा रहा, हड्डियों का संगीत बजाता हुआ जब तक कि मेरे दाँत भी साथ-साथ न बज उठे। उन सिरों से एक फफूँद लगे पुराने लोक-गीत की ताल बजकर बाहर निकल रही थी जो सदियों पहले यहाँ गड़गड़ाती हुई बाढ़ और बहते नालों और खनखनाती हुई बारिश से वुजूद में आयी होगी। जल्दी ही पत्थर के सिर एक स्थायी मुखड़े के शब्दों को एक-एक कर बाहर लाने लगे :

और आँखों वाला वो
जो नज़र को ढूँढ़ता है।

मैं गाम्लेतून में खड़ा-खड़ा उस लोकगीत को बाहर निकालता रहा जिसे ज़मीनी पाले ने उस अलस्सुबह खेत के भीतर से बाहर धूप में धकेल दिया था। जब सिरावन ने उसे खोज निकाला था, उस समय भी वह तन्द्रा में पड़ा हुआ था। मैंने उसे उठाया और हिलाकर उसे जगा दिया। संगीत और शब्द जो मिट्टी में 170 से भी ज़्यादा सालों से भूले और बिसरे पड़े थे अब टकटकाती हुईं

पथरीली खोपड़ियों से चिनगारियों की तरह उड़ रहे थे :

और आँखों वाला वो
जो नज़र को ढूँढ़ता है।

इस बिन्दु पर आकर मुझे रुक जाना पड़ा। और करने के लिए मुझमें ताकत नहीं बची थी। उन भारी पत्थर के सिरों को आपस में टकराते रहना मुश्किल और थकाने वाला काम था। मैं सिर्फ़ उस गीत के मुखड़े को ही बाहर निकाल पाया था। उखड़ी हुई साँस से मैंने उन खोपड़ियों को मेंड़ पर रख दिया। अचानक वे उन दो औरतों जैसी लगने लगीं जो बाढ़ के पानी में आकण्ठ डूबी हुईं ऊपर आने की कोशिश कर रही हों।

मैं अन्धी मार्गित के सिर तक पूरा नीचे झुककर उसके मस्तक को हल्का-हल्का सहलाने लगा और धौंकनी की तरह उसकी आँखों की कोटरों में हूह-हूह करता ज़ोर से मनुहार करने लगा :

"हूह, मार्गित, हूह, हूह। मैं तुम्हें दोबारा ज़िन्दा कर रहा हूँ। हूह, मार्गित, हूह, हूह। बताओ मुझे क्या था तुम्हारे गीत में। हूह, मार्गित, हूह, हूह।"

उसी समय पेड़ जितना ऊँचा हवा का एक बगूला गाम्लेतून में आया। बगूले ने घूमती हुई मिट्टी का एक पर्दा-सा हवा में तान दिया था और वह मेरी ओर चला आ रहा था, खेत के पार एक लम्बे, बेढब भूत की तरह झुकता-झींकता और सिर के नाम पर सूखे पत्तों का एक झुण्ड। बगूला ट्रैक्टर का चक्कर काट सीधा मेरी ओर बढ़ा।

मैं एक विक्षिप्त चक्रवात में खिंचा चला आया और मिट्टी के बवण्डर ने मुझ पर रेत का धावा बोल दिया।

फिर अचानक हवा शान्त हो गयी। हर चीज़ निश्चल थी, मृत्यु-सी निश्चल और मौन। एक अन्तहीन क्षण में मैं तूफ़ान की शान्त आँख में ठहर गया था।

बवण्डर ने मेरे भीतर की हवा को चूसकर यूँ बाहर निकाल दिया था जैसे

मेरी वैक्यूम पैकिंग की जा रही हो।

फिर मैं सुख-शान्ति के एक कोये में लपेट लिया गया। मेरे चहुँ ओर क्षण अब भी खौल रहे थे।

इसके एकदम बाद मैं उसी घूम-घुमैया में वापिस खींच लिया गया और मैं हवा के साथ कुछ कदम नाच गया।

जब बगूला बढ़कर आगे निकल गया तो मैंने एक बार फिर ख़ुद को खेत में खड़ा पाया, एकदम निढाल और मिट्टी से अन्धा होकर। मैं खोपड़ियों को थामे मेंड़ पर बैठ गया, और कुछ भी दिखायी नहीं दे रहा था मुझे। और जब मैं यूँ बैठा हुआ था—एकदम हिला हुआ, अवाक् और अन्धी मार्गित की तरह अँधेरे में डूबा हुआ—मैंने पहली बार गाम्लेतून को देखा जैसा वह सदियों पहले रहा होगा।

फ़ार्म पर लोग दलदल में अटे हुए उन बाईस उभरे हुए पत्थरों पर लड़खड़ाते हुए आ-जा रहे थे।

गर्मियों के आख़िरी दिनों में सफ़ेद दलदली कपास से सुगन्धित धुन्ध नालियों और गड्ढों और डाबरों में से उठकर पूरे फ़ार्म को एक ऊनी-से कम्बल में कुछ यूँ लपेटती रहती कि फिर हल्के कोहरे में से सिर्फ़ ऐश के दरख़्तों की फुनगियाँ ही दीख पड़तीं।

कभी-कभी वसन्त और पतझड़ की बाढ़ सामने की सीढ़ियों पर पड़े झाड़ू खींच ले जाती, खुले अलाव की आग बुझा जाती, लकड़ी के भाँडे-बर्तनों और हलोनी को उठाकर कहीं का कहीं पटक जाती और कार्प मछलियों को तड़पता हुआ मिट्टी में छोड़ जाती।

लेकिन उस सदी की महाबाढ़ घरों को कई दिन के लिए पूरी तरह डुबो गयी, यानी वो घर जो कि उखड़कर कुछ कुठरियों और ग्रीष्म-कोठारों, और लकड़ी के बड़े-बड़े टुकड़ों और घाटी में कुछ दूरी पर की कुटियों और फ़ार्मों से बहकर आती हुई लकड़ी के साथ बह नहीं गये थे।

मेरे दादा को अपने दादा से पता चला था कि इस फ़ार्म पर 1560 के दशक में युवा लड़की मार्गित एक दिन और दो रात ऐश के वृक्ष में बैठी रही थी जो कि काँपती टहनियों के साथ खड़ा हुआ तेज़ बहती धारा को काट रहा था।

ऐश के दरख़्त की फुनगियाँ ही बाढ़ में दिख रही थीं, जैसे कोई झाड़ी। गोशाला के पास का रोअन का पेड़, उल्टे खड़े झाड़ू जैसा जान पड़ता था। मुख्य घर के ऊपर पानी सुड़क रहा था, बुलबुला रहा था, किसी खौलते पतीले की तरह।

ऐश के दरख़्त में बैठी हुई मार्गित को लग रहा था जैसे पूरी घाटी ही उसकी ओर टूटकर फिसली चली आ रही हो। पानी की सतह पर लहरें नहीं थीं। हवादार किसी दिन में रंग काटने के लिए आँगन में डले हुए महीन सूती कपड़े की तरह वह पानी फूलता और काँपता चला आता था। बढ़ी आती बारिश में उसे बाढ़ की आवाज़ सुनायी दे रही थी। मद्धिम, सरसराती और क़रीब-क़रीब न सुनायी पड़ने वाली ध्वनि, लेकिन हिसहिसाते साँप जैसी ख़ौफ़नाक और तीखी। भागी चली आती हुई बारिश उसे ज़ोर से पीट रही थी, भूर्ज की गीली सण्टी की तरह।

फ़ार्म पर अब सिर्फ़ सत्रह बरस की मार्गित ही बच रही थी। उसके पिता और छोटी बहन को भरी सर्दियों में ख़राब सेहत और बीमारी ने ख़त्म कर डाला था। बाढ़ की मार से कुछ ही समय पहले उसकी माँ दलदल के पास उगी जड़ी-बूटी तोड़ती हुई मरकर गिर गयी। जिस दिन भिगोती हुई बारिश को आना था, उसी दिन उसे दफ़नाया गया था।

सुनने में आता है कि मार्गित की माँ पूरे ज़िले की वैद्य थी। जब किसी शख़्स की आँखों और मुँह से बुराई रिसकर भीतर चली जाती और बीमारी और पीड़ा की शक्ल अख़्तियार कर लेती तो लोग मदद के लिए उसी के पास आया करते थे। मार्गित की माँ आराम देने वाले विविध काढ़े तैयार किया करती जिनमें चमगादड़ का ख़ून, कोमल चर्बी, ऊदबिलाव की ग्रन्थियाँ, लाशों का पसीना, कुँवारियों के कानों की मैल, चरवाहों का वीर्य, भेड़िया बने मनुष्यों की थूक आदि पदार्थ होते थे, जिनकी उपचार सामर्थ्य केवल उसी को मालूम थी।

और वह मरीज़ों के लिए पारसिक यवानी, अजमोद, ऐस्पन के पत्तों, हाउबेरों और अन्य शक्तिशाली जड़ी-बूटियों से काढ़े भी तैयार करती जिनकी खोज-ख़बर केवल विशेषज्ञों को ही रहती थी।

जब मार्गित अभी छोटी ही थी वह अपनी माँ के पास बैठकर बुरी ताक़तों से मिन्नत चिरौरी किया करती कि वे दर्द से बिलबिलाते शरीरों को छोड़कर चली जायें। नन्ही मार्गित मरीज़ों का जो दुख और दर्द देखा करती, वह उसकी आत्मा पर भारी बोझे की तरह आकर गिरता। वह छोटी-सी जान वहाँ देखती बैठी रहती, आँखें फाड़े ध्यान से देखती हुई, सब का सब जज़्ब करती हुई। वह सारा दुख-दर्द, उन लोगों की सारी कटुता और द्वेष उसकी आत्मा में नीचे तक धँस जाया करता और वह सड़ियल और उदास स्वभाव की बन जाती। धीरे-धीरे उसकी आँखें किसी साँप की-सी हो गयीं और उसका मिजाज़ चिड़चिड़ा। उसके मन में उठते ख़यालों और उसकी निगाह-भर से ही लोगों का बुरा हो जाता। उसकी माँ उस बुराई को निकाल बाहर करने में कभी कामयाब न हुई, कोई मरहम, काढ़ा या मन्त्र उसे राहत न दे सका। न ही किसी और को कोई इलाज मालूम था। छुटपन में ही वह बहुत बुराई और ख़ौफ़ का सामना कर चुकी है, वे कहते।

नतीजे के तौर पर सब लोग मार्गित से डरने लगे और उससे नफ़रत करने लगे। अगर वह किसी गर्भिणी को देख लेती, तो पेट में बच्चा मर जाया करता था। अगर वह ढोरों की ओर देखती तो वे दूध की जगह ख़ून देने लगते थे। अगर वह किसी को बिलोते हुए देख लेती तो मलाई से मक्खन के बजाय पानी निकल आता। उसकी निगाह से पड़ोसियों की हरी-भरी चारागाहें सूख जातीं। घर और पेड़ आग पकड़ लेते। पक्षी उड़ते-उड़ते रुक जाते। इतना देख चुकी थी वह।

इतना भारी था उसका मन। इतनी पैनी थीं उसकी आँखें। वह एक काले पड़ चुके सूर्य के नीचे रहती थी और अब उसके आँसू भी सूख चुके थे। इसलिए जब वह बाढ़ में ऐश के पेड़ की फुनगियों में बैठी बुरी तरह काँप रही थी, वह रो ही नहीं पायी। उसकी ज़िन्दगी उस तेज़ बहते पानी की ही तरह अन्धकारमयी

और ख़ाली और सूनी थी जिसे देखती वह बैठी हुई थी। हर कोई उससे बचकर निकल जाया करता।

मार्गित फ़ार्म के अहाते में खड़े ऐश में बैठी बढ़ते हुए पानी में घर की छत को डूब जाते हुए देख रही थी। अन्ततः घर के ऊपरी भाग पर धारा ने सफ़ेद छपछपाहट पैदा की और आग की जीभों की तरह उसे चाटने लगी। फिर वह शान्त हो गयी, और घर ग़ायब। उसने पानी को घूमते हुए भँवरों के साथ घर के ऊपर एक बड़ी-सी काली उच्छलन बनाते हुए देखा।

जैसे ही घर का कोई तख्ता पानी में डूबता, मार्गित पेड़ की एक और शाखा चढ़ती जाती। बारिश हो रही थी। उसकी फ़्रॉक और ब्लाउज़ पानी में भीग गये थे। उसके अकड़े और सुन्न पड़े हुए हाथ पेड़ की टहनियों को पञ्जों की तरह पकड़े बैठे थे।

जब बाढ़ ने मुख्य घर को लील लिया तो उसने मदद के लिए चिल्लाना बन्द कर दिया। उसकी चीख-पुकार तेज़ चलते हुए पानी पर घायल पक्षियों की तरह फड़फड़ाती रह गयी, किनारे तक नहीं पहुँच पायी। और न ही कोई आया।

आख़िरकार वह शान्त हो गयी। और अपने थके हुए सिर को ऐश के तने से टिका वह आती हुई धारा को देखने लगी। उसके जबड़े भिंचे हुए थे, उसका मुँह एक चीरे जैसा था और उसका आगे को निकला हुआ मस्तक उसके गन्दे से चेहरे पर कुछ अजीब-सा सफ़ेद और चमक रहा था। वह इतनी निढाल और कमज़ोर पड़ गयी थी कि वह अब चिल्ला भी नहीं सकती थी। सिर्फ़ उसकी आँखों में जीवन दहक रहा था। उनकी रंगत सियाह बेरों जैसी थी, घृणा से भरी, जलती हुई। ज़हरीली। उसकी निगाह जब घर की छत के ऊपर फूली हुई जलराशि पर पड़ी तो सुर्ख़ लोहे-सी हिसहिसा उठी।

पहली साँझ जब हुई तो उसने देखा कि एक मरी हुई भेड़ पानी में बही चली जा रही थी। उसका शरीर फूला हुआ था लेकिन भारी था और वह चाँदी-सी नरम रोशनी में झाग की सिल जैसी जान पड़ती थी। जब तक भेड़ बहकर उसके पेड़ के पास नहीं पहुँच गयी उसे वे कौए दिखायी ही नहीं दिये जो उसकी मरी हुई देह पर बैठे, ऊन में अपने पञ्जे गहरे गड़ाये चोंचें मार रहे थे।

जब बरसाती धुन्ध भेड़ के आसपास लिपट गयी, लड़की एक शाखा और ऊपर चढ़ गयी और रैन-बसेरा ढूँढ़ते किसी पक्षी की तरह बैठ गयी। अँधेरा छा रहा था। अपने चारों ओर वह बाढ़ की आवाज़ को सुन रही थी, जो अनाप-शनाप क़िस्सों की तरह बड़बड़ा रही थी, पूरी दुनिया के अत्याचार और यातना जैसी सुबक रही थी, और उसकी रिरियाहट ऐसी ठण्डक से भरी थी जैसे धार का पत्थर हँसिया को रगड़ रहा हो।

लेकिन जब-जब वह नीचे की मचलती धारा को घूरती, वह महापक्षी लून की सी उड़ान भरती, गर्दन पानी के एक अन्तहीन खेत के ऊपर आगे को निकाले, अकेली और चिल्लाती हुई।

आधी रात के समय एक बड़ी-सी गोशाला डुबकियाँ लगाती उसकी ओर चली आयी। बहती हुई वह उस काले-सियाह अँधेरे से भी ज़्यादा अन्धकारमयी थी जिससे निकल कर वह आ रही थी, और उसके दरवाज़े का फटा मुँह इतना काला था कि मार्गित के देखे हुए सबसे काले दुख से भी सियाह। भयानक सपने जैसा था वह सब : गोशाला रात के भीतर से उसकी ओर चली आ रही थी, विराट और भयावह, ठोस अँधेरे के किसी पहाड़ की तरह। जब ऐश की टहनियाँ गोशाला की एक दीवार को खुरचने लगीं तो वह डर के मारे चिल्लाना चाहती थी, लेकिन उसका गला इतना बैठा हुआ था और इतना ठण्डा कि वह कोई भी आवाज़ पैदा न कर सकी, खाँसने की भी नहीं। टहनियाँ गोशाला को धकियाने लगीं, और वह पानी में गोते लगाती और विदा लेती धीमे से घूमी और अँधेरे में ग़ायब हो गयी।

सुबह के समय जब वह इतनी भूखी थी कि कोंपलों और छाल को कुतरने लगी तो उसने एक आदमी को देखा जो एक लकड़ी के लट्ठे पर बैठा तेज़ी से उसी की ओर चला आ रहा था।

घर की छत के ऊपर की धारा के भँवरों में वह लट्ठा एक ओर को खिसक गया और ऐश के दरख़्त के पास से होता हुआ गुज़र गया।

मार्गित ने एक ही झलक में एक जंगली आँखों वाले चेहरे के भीतर झाँका। उसने उस आदमी के साथ घड़ी-भर के लिए नज़रें मिलायीं, बिना किसी शब्द के।

फिर वह बरसाती कुहरे में ओझल हो गया।

वह उसे जानती नहीं थी, और उसने उसे फिर कभी नहीं देखा। इसके बाद वह जहाँ कहीं भी गयी वह उस अनजाने आदमी के बारे में पूछती रही जो बाढ़ में बहती एक लकड़ी पर सवार होकर चला जा रहा था। लेकिन किसी को नहीं पता था वह कौन है, या कि वह कहाँ से आया था, या वह ज़िन्दा बच निकला कि नहीं।

लकड़ी पर सवार उस आदमी ने मार्गित को सिर्फ़ एक नज़र देखा भर था, पानी की ढलान पर तेज़ी से फिसल जाने से पहले। और मार्गित ने उस नज़र को कुबूल कर लिया था।

उसने मार्गित को वही एक चीज़ दे दी जो कि उस क्षण वह उसे दे सकता था—अपनी निगाह—और उसने उस उड़ती निगाह को पकड़ लिया और वह ताउम्र उसे अपने पास रखे रही जैसे कि वह उसका अपना ही अंग हो।

सुनने में आता है कि बुढ़ापे में मार्गित अन्धी हो गयी थी। ऐसा कहा जाता है कि मार्गित ने बयान दिया था कि जब तक वह अन्धी मार्गित नहीं बनी थी वह उस चीज़ को कभी समझ नहीं पायी थी जिसे उसने आज तक सिर्फ़ देखा ही था। यह उसी समय की बात है कि उसे सच में उस अन्तर्दृष्टि का एहसास हुआ जो उसे उस अनाम आदमी से, अपने युवा दिनों की एक वासन्ती बाढ़ में मिली थी।

उसने उसका नाम रख दिया *आँखों वाला आदमी।*

गर्मी के दिनों में, जब भी अन्धी मार्गित फ़ार्म के आँगन में उगे ऐश के पेड़ के नीचे स्टूल डालकर बैठी, तो वह हर जिज्ञासु व्यक्ति को अपनी जवानी के दिनों की महाबाढ़ के बारे में ज़रूर बताती। मार्गित के शब्दों में ज़रूर कोई ताक़त रही होगी, और टिके रहने की कुव्वत कि उस पेड़ के नीचे वह जो बताया करती थी, वह कई पीढ़ियों तक बचा रहा—375 वर्ष तक याद रहा—और इस घड़ी से पहले तक लिखा भी नहीं गया, 1991 के अप्रैल की एक ऐसी रात से पहले जब हवा चल रही थी और बारिश थी, और जब मैंने इसे लिखा। और उसके शब्दों में अब भी नमी और प्राण हैं, क्योंकि जब मैं आँखें बन्द कर पीछे

देखने की कोशिश करता हूँ, तो मुझे और कोई भी चेहरा इतना साफ़-साफ़ नहीं दिखायी देता जितना सत्रह साल की मार्गित का जो आँगन के ऐश वृक्ष में चमकते सियाह पानी को घूरती बैठी रही थी।

अन्धी मार्गित ने याद किया कि लकड़ी का वह लट्ठा जिस पर आँखों वाला आदमी सवार था किसी घर की लकड़ी थी, और कि उस ऐश के दरख़्त के पास से पानी को चीरते हुए और घर की छत के ऊपर से भँवर में घूम जाने से पहले, उस लट्ठे ने हवा में छलाँग लगायी थी। और उसे याद था कि उसने उस आदमी की पीठ देखी थी इससे पहले कि वह लट्ठा धुन्ध में ग़ायब हो जाता।

लेकिन आँखों वाले आदमी की शक्ल कैसी थी, उसने क्या पहन रखा था, यह वह बिलकुल भूल चुकी थी। या शायद उस मारा-मारी में उसने ग़ौर ही न किया हो। उसे यह भी नहीं मालूम था वह जवान था याकि बूढ़ा, उसके बाल हल्के रंग के थे या गहरे, उसका शरीर भारी था या छरहरा। उसे यह तक नहीं मालूम था उसकी आँखें भूरी थीं या काली या नीली। शायद उसकी शक्ल और उम्र और लिबास का उसके लिए कोई मतलब ही नहीं था।

आँखों वाला आदमी उफ़नती हुई धारा में बहते हुए लकड़ी के एक लट्ठे पर बैठा सिर्फ़ दो आँखें भर ही था। और सिर्फ़ एक पीठ जिसे धुन्ध ने निगल लिया था।

हाँ, और यह तथ्य कि वह एक आदमी था, और शायद सिर्फ़ एक मामूली आदमी जो बाढ़ में अपना जीवन बचाने की कोशिश कर रहा था।

आँखों वाला आदमी उसके लिए बस एक निगाह भर था। और उनका मिलन एक ऐसे क्षण में बदल गया जिसे उसने बाढ़ से झपट लिया था और जिसे वह ज़िन्दगी भर के लिए अपने पास रख लेने वाली थी।

बस यही थी उनकी छोटी सी मुलाक़ात की कहानी।

लेकिन फिर भी सभी कुछ तो घट गया था। मार्गित के लिए वह मुलाक़ात एक पूरी खुली हुई आँख में बदल गयी जो कि कहीं बहुत गहरे उसकी आत्मा में दबी रही, पूरा जीवन उसे घूरती हुई।

लेकिन आख़िर हुआ क्या था?

सब कुछ हुआ था, जिसका संकेत दिया जा चुका है। मार्गित और आँखों वाले आदमी ने आपस में नज़रें मिलायीं, और जितनी देर में एक सपना दूसरे में बदलता है, उससे भी शीघ्र वह पूरी तरह रूपान्तरित हो गयी।

वह साँप की-सी आँखों वाली और एकदम तंगदिल जान थी। उसकी आँखों में बुराई थी और वह किसी को भी जान से मार सकती थी और यातना दे सकती थी। उसके मन के विचार बुरे थे और काट सकते थे, डंक मार सकते थे।

वह बुरे मन और बुरी आँख में यकीन रखने की गिरफ़्त में आ चुकी थी जो कि पुराने ज़माने के काश्तकार कुनबों का एक-दूसरे को समझने का आधार था।

लेकिन अब अचानक उसकी आँखों में करुणा झलकने लगी और उसके हाव-भाव में कोमलता। उसे सब धिक्कारते थे, सब बचते फिरते थे उससे। अब वह रिहा हो चुकी थी और सब उसे स्वीकारने और उसे पसन्द करने लगे। वह चिड़चिड़ी थी और उदास रहा करती थी। वह घड़ी-भर में ख़ुश-मिजाज़ और जोशीली शख़्सियत में बदल गयी। उसके बाल कोयले से काले थे और उसकी आँखें काले बेरों जैसी सियाह। अचानक उसके बालों में मक्के का रेशम झिलमिलाने लगा और उसकी आँखें पके हुए गेहूँ में चमकते नीले फूलों जैसी हो गयीं। उसी दिन, उसी क्षण से उसका पूरा रूप बदल गया। उसे कोई भी पहचान नहीं सकता था। न ही वह ख़ुद को पहचान पा रही थी। वह अपने समुदाय को और अपने पड़ोसियों को भी पहचान नहीं पा रही थी। वह हर चीज़ को और हर व्यक्ति को बिलकुल नयी आँखों से देख रही थी। मानो वह उस क्षण तक बन्दी बनकर रह रही हो और पहली बार उसे रोशनी में लाकर खड़ा कर दिया गया हो।

लेकिन यह हुआ कैसे?

मुझे कुछ भी नहीं मालूम। न ही शायद किसी और को। ये शायद जवान लड़कियों को कभी-कभी हो जाता है, या मैं उम्मीद करता हूँ।

यह क़िस्सा शायद इतना तो देख सकता है और बयान कर सकता है कि ऐश के पेड़ पर बैठी मार्गित के साथ क्या हुआ था, लेकिन वह उसके रूप के

बदल जाने का कोई खुलासा नहीं कर सकता, न उसे खोल सकता है। ऐसा हो सकता है कि वह मार्गित को एक शख़्स के तौर पर जानता हो, पर वह अपने और उसके बारे में उससे ज़्यादा और कुछ नहीं कहता, न ही खोलता है। शायद यह क़िस्सा उस हर शख़्स को समझता था और समझता है जिसने अभी तक, इस क्षण तक उसे सुना है। यदि ऐसा है तो यह क़िस्सा वह धुँधला-सा आईना है जिसमें एक से दूसरी पीढ़ी अपनी परछाईं की एक मद्धिम-सी झलक देखती आयी है। शायद यह क़िस्सा सदियों तक इसलिए बच पाया क्योंकि यह सुनने वालों के कौतूहल को बनाये रख सका। ठीक वही चीज़ जिसे यह क़िस्सा छिपाकर रखता है और इसके साथ-साथ हमारा मिला-जुला आश्चर्य और असमंजस युवा मार्गित को वह आज़ादी देते हैं कि वह हमारे देखते-देखते अपना रूप बदल जाये।

क़िस्से के अनुसार मार्गित की आँखों की रोशनी धीरे-धीरे जलती रही जब तक कि वह पूरी तरह बुझ नहीं गयी। लेकिन उसके भीतर जब सब कुछ काला-सियाह पड़ चुका और उसके आसपास भी, तो अन्धी मार्गित ने उस नज़र को गुहार लगायी जो उसने अपने भीतर अपने जवान दिनों से छिपाकर रखी थी। और उसके सबसे अन्धकारमयी दिनों में आँखों वाले आदमी की आँखें दोबारा जग गयीं; वे टिमटिमायीं और चमक उठीं और उसके पथ को प्रकाशित करने लगीं। वह अन्धी थी, लेकिन आँखों वाला आदमी उसे दृष्टि दे रहा था। वह उसकी आँखों और निगाह में बदल गया था। अन्धी मार्गित को अब अपनी बीनाई के दिनों से भी बेहतर नज़र आने लगा था। वह अपने आसपास हर चीज़ को देख सकती थी, और खुद को बाहर से भी। वह देखती भी थी और दिखती भी थी।

यह सब किस्से में है, जो यह भी कहता है कि अपने जीवन के आख़िरी साल में अन्धी मार्गित या तो पागल हो गयी थी या फिर उसके मानस में कुछ घट गया था। पहले तो मुरझा गयी और फिर उसने खुद में नये प्राणों का संचार किया। वह हज़ार टुकड़ों में टूट गयी जिन्हें उसने आसमान में तारक-धूलि की शक्ल में बिखरा दिया। शायद उसके मानस में कुछ हो भी गया था और वह पागल भी थी।

वह ऐसी चीज़ें देखने लगी जो न तो कोई दूसरा देख सकता था न देखना चाहता था। वह सूरज को निगल कर काँव-काँव करने लगी। वह हर कोई थी और कोई भी नहीं थी। उसकी निगाह ज्वराग्नि में कई सदियों के पार नाचने लगी।

यह तभी की बात है, 1616 की, जिस साल उसकी मृत्यु हुई थी, कि उसने उस गाथागीत को पूरा किया जिसका नाम था "मार्गित और आँखों वाला आदमी," जो कि वह 1560 के दशक में आयी बाढ़ के समय से रच रही थी। वह न तो लिख सकती थी न पढ़ सकती थी, पर जहाँ वह रहती थी उस इलाक़े में मौखिक लोकगीत परम्परा अभी जीवित थी। उसके पड़ोसी उसे सुनते थे और शब्द और धुन को याद कर लेते थे।

वह गाथागीत ऐसे क्षण का वर्णन करता है जो बढ़ता है और बढ़ता चला जाता है, लम्बा होता है और लम्बा होता चला जाता है, टिक जाता है, और टिका रहता है जब तक कि मार्गित के पूरे जीवन को घेर नहीं लेता, जन्म से मृत्यु तक। वह उसी क्षण पैदा होती है जिसमें वह मर जाती है। उसका पालना उसकी कब्र है, मुझे लगता है उस गीत के आख़िरी टुकड़े में यही कहा गया है।

अन्धी मार्गित को समय और मर्त्यता के विचार ने जुनून की तरह घेर लिया था और वह इस सोच में घुलती चली जा रही थी। अपने समकालीनों में ऐसी सोच रखने वाली वह अकेली हस्ती नहीं थी। यह 1600 से शुरू होते दशक के पहले-पहले सालों की बात है। यूरोप की अन्य जगहों पर युद्ध के ईश्वर ज़ञ्जीरें तोड़ अगले तीस साल के लिए छिड़ जाने वाले थे। सर्वाण्टेज़ और शेक्सपीयर मर चुके थे। मध्यकालीन पृथ्वी-केन्द्रित कल्पना ढह गिरी थी, और शीघ्र ही पास्कल एक सूने और ठण्डे ब्रह्माण्ड में घूरता हुआ यह कहने जा रहा था : "इन कभी न ख़त्म होने वाली ख़लाओं की ख़ामोशी मुझमें दहशत पैदा करती है।"

1600 के साल वे थे जब समय को लेकर पुनरुत्थान की आत्मविश्वासी और आश्वस्त धारणा और अगली शताब्दी के ज्ञान-बोध से उपजी धारणाओं के बीच का धुँधलका छाया हुआ था।

वह एक ऐसी शताब्दी थी कि यूरोप के लोग एक ठण्डक भरा अकेलापन

महसूस करने लगे थे, जैसा कि फ़्रांसीसी दार्शनिक जार्जे पूले बरोक युग से प्रूस्त और हेनरी बर्गसाँ के ज़माने तक समय की प्रचलित अवधारणाओं के बारे में अपनी पुस्तक में हमें बताते हैं।

देव-रचित संसार की मान्यता डगमगा कर उलटना शुरू हो गयी। समय जड़ से उखड़ गया। व्यक्ति क्षण में क़ैद हो गया या फिर अपनी स्मृति के भीतर, और समय और मर्त्यता का शिकार हो गया। किसी ने एक बार कहा था कि 1600 के सालों के बरोक कवि अतीत की कामना में पीछे चलते हुए एक डरावने भविष्य में प्रविष्ट हो गये। उनकी कविताओं में "इतिहास" का शब्द पतन और विनाश का पर्याय है; जीवन की तुलना साबुन के एक चमकीले बुलबुले से की जाती है जो फटने वाला है; अतीत एक सुन्दर स्वप्न में बदल जाता है, भविष्य अपशकुन में और वर्तमान एक खुली हुई कब्र में।

1600 की सदी के यूरोपीय लोगों से यह एहसास छिन चुका था कि सब कुछ लगातार वैसा का वैसा ही बना रहेगा। डोरी टूट चुकी थी और मोती हर दिशा में छितरा गये थे। समय अब किसी दैवी शक्ति की पहले ही से खींची हुई रेखा पर नहीं चलता था। वह किनारे तोड़ कर एक बड़ी-सी दलदल को भर देता था और सब कुछ बहा ले जाता था।

पूले एक और बिम्ब से भी काम लेते हैं। 1600 की सदी का यूरोपीय आदमी टूटे हुए क्षणों की बाढ़ से घिरा हुआ महसूस करता है। समय एक विराट दलदल में बदल गया जिसे एक से दूसरे खतरनाक पड़ाव पर पाँव रखकर पार किया जाना हो, और इस बात की कोई ख़बर न रहे कि आप कब हिफ़ाजत से दूसरी जगह पाँव रख पायेंगे और कब दलदल में खिंचकर दफ़्न हो जायेंगे।

इसी यूरोप के एक छोर पर, नार्वे के एक दलदली और ग़रीब से फ़ार्म पर, अनपढ़ अन्धी मार्गित आँगन में उगे ऐश के पेड़ का चक्कर काटती है, अपनी मृत्यु के वर्ष 1616 में, अपनी छड़ी का सहारा लिये, और वह गाथागीत गाती है जो उसके जाने के बाद 180 बरस तक जीवित रहने वाला था। जब उसने वह गीत पूरा किया उसमें 29 पद्यांश थे, संख्या में उतने ही जितने वर्णमाला के अक्षर, और जिसे मार्गित नहीं जानती थी।

गीत के पहले हिस्से में उस घटना का वर्णन और खुलासा है कि ऐश के पेड़ में बैठी साँप जैसी आँखों वाली लड़की और दिलेर, दृढ़प्रतिज्ञ आँखों वाले उस आदमी के बीच क्या हुआ था जो कि मचलती धाराओं पर सवार था। फिर इस गीत में आगे इस बात का वर्णन आता है कि आँखों वाला आदमी किसी तरह फ़ार्म-दर-फ़ार्म और घाटी-दर-घाटी भटकता अपनी नज़र को ढूँढ़ता फिर रहा था।

फिर जब वह बहुत बूढ़ा हो गया और उसके बाल एकदम सफ़ेद, तो आँखों वाले आदमी ने पतझड़ की एक चाँदनी रात में मार्गित के फ़ार्म का दरवाज़ा खटखटाया। जब मार्गित दरवाज़ा खोलकर बाहर आती है तो क्या देखती है कि एक अन्धा बूढ़ा ऐश के पेड़ के नीचे खड़ा है। वह उसे फ़ौरन पहचान जाती है और चलकर उसके पास पहुँचती है। फिर जिस क्षण मार्गित उसका हाथ थाम लेती है और उसके चाँद से रोशन हुए चेहरे को देखती है, वह अचानक अपनी नज़र खोकर अन्धी हो जाती है। लेकिन आँखों वाले आदमी की दृष्टि लौट आती है और वह झुकी हुई अन्धी मार्गित को अपने सामने खड़ा हुआ पाता है।

गीत मार्गित की इस बात पर ख़त्म होता है कि उसने अपना पूरा जीवन एक अविश्वसनीय क्षण के भीतर गुज़ारा है। अन्त में वह बच्चे के लँगोट तह करती हुई बैठी है और एक बूढ़े आदमी का कफ़न।

जैसे-जैसे साल और दशक गुज़रते गये, 1600 के साल 1700 के सालों में बदल गये, लोगों ने उसके गीत में कुछ शब्द जोड़ दिये, कुछ निकाल दिये। उसका गीत एक लोकगीत में बदल गया।

लेकिन 1790 के बाद वह गीत टूटना शुरू हो गया। वह पहले पद्यांशों में टूटा, कविता की पंक्तियों और शब्दों में टूटा, जिसकी जगह फिर अक्षरों ने ले ली।

पिछली शताब्दी में जब नॉर्वीजी लोकगीतों और परीकथाओं और क़िस्सों को इकट्ठा किया गया, मार्गित और आँखों वाले आदमी के गीत के कुछ ही अंश बच गये थे। लिखा हुआ कुछ भी नहीं था।

वह गीत आख़िरकार लातिनी वर्णमाला में चला गया, जहाँ से वह आया

था। जब मैं उनतीस अक्षरों की पंक्तियाँ देखता हूँ तो मुझे उस कब्रगाह की याद आती है जहाँ "मार्गित और आँखों वाले आदमी" का गीत दफ़्न है। उन उनतीस पद्यांशों के ऊपर स्मारक के तौर पर एक-एक अक्षर का उभार है।

शायद गाम्लेतून की नींवों में भी यह गीत दफ़्न है। मैंने पथरीली खोपड़ियों के सहारे इस स्थायी मुखड़े को निकाल लिया था :

और आँखों वाला वो
जो नज़र को ढूँढ़ता है।

शायद गीत जीवन के लिए था ही नहीं। उसकी मृत्यु हो गयी लेकिन क़िस्सा बना रहा।

अन्धी मार्गित के बाद उस फ़ार्म पर जो कोई भी रहा वह आँखों वाले आदमी के बारे में सुनता आया, या फिर उस चीज़ की कल्पना करता रहा जो महाबाढ़ के समय एक युवा लड़की पर पल भर के लिए टिकी हुई निगाह के सिवा कुछ भी नहीं था।

लेकिन ऐसे लोग भी रहे होंगे जिन्होंने अकस्मात इतिहास में एक अनाम-सी जगह का स्पर्श महसूस किया होगा।

हम नींवें खोदकर देखते हैं, और हम गिरजाघर के रजिस्टर देखते हैं, कचहरियों के रिकार्ड देखते हैं और अतीत को प्रकाश में लाने की कोशिश करते हैं।

और कभी-कभी हम हैरान हो जाते हैं, जब अतीत की एक निगाह अचानक हमारी निगाह से मिल जाती है।

शायद हमें देखा जा रहा हो।

शायद इतिहास देख रहा हो।

हमें।

फिर वह निगाह फिसल कर चली जाती है और धुन्ध में ओझल हो जाती है।

जो भी इतिहास में पर्याप्त समय लगाकर खोजने की कोशिश करता है

वह आख़िरकार ढूँढ़ लिया जाता है।

मैं 1991 के अप्रैल की एक गयी-रात इसे लिख रहा हूँ। मेरी मेज़ पर मेरे सामने पत्थर की दो खोपड़ियाँ हैं जिन्हें मेरी सिरावन ने आज सुबह खेत में खोज निकाला था। बीच-बीच में मैं अपनी कलम उठाकर एक ओर रख देता हूँ और अन्धी मार्गित के माथे को सहलाने लगता हूँ। उसकी आँखों की कोटरें मेरी ओर किसी सुदूर और ख़ाली टकटकी से देखती हैं।

लिखने से पहले मैं बहुत देर तक उसके सुन्दर सिर को सहलाता रहा था। और तभी लकड़ी के लट्ठे पर सवार उस अनजान आदमी की निगाह मेरी निगाह से मिल जाती है, तीखी, पैनी और तकलीफ़देह।

अगले ही क्षण उसकी निगाह धुन्ध और बारिश में ओझल हो जाती है।

इतिहास ने मुझे देख लिया था, और मैं लिखना शुरू कर सकता था।

•

शेल्ल आस्किल्दसन

थेस्सालोनिकी में कुत्ते

हमने बगीचे में सुबह की कॉफ़ी पी। हम शायद ही कुछ बोल रहे थे। बेआते उठी और उसने कपों को ट्रे में रख दिया। हम लोग बरामदे में ही कुर्सियाँ क्यों नहीं डाल लेते, वह बोली। ऐसा क्यों? मैं बोला। शायद बारिश होगी, वह बोली। बारिश? मैंने कहा, आसमान में तो एक भी बादल नहीं। हवा में हल्की-सी खुनक है, वह बोली, तुम्हें नहीं लगता? न, मैंने कहा। शायद मैं ग़लत कह रही हूँ, वह बोली। वह बरामदे की सीढ़ियाँ चढ़ बैठक में चली गयी। मैं पन्द्रह-एक मिनट और बैठा रहा; फिर मैंने एक कुर्सी उठाकर बरामदे में रख दी। मैं कुछ देर लकड़ी की फ़ेंस के पार जंगल को देखता रहा, लेकिन देखने को कुछ नहीं था। बरामदे के खुले दरवाज़े में से मुझे बेआते के गुनगुनाने की आवाज़ सुन रही थी। उसने ज़रूर मौसम की जानकारी सुन ली होगी, मैंने सोचा। मैं नीचे बगीचे में वापिस चला आया और फिर ज़रा चक्कर काट घर के आगे वाले हिस्से तक और रॉट आयरन के फाटक के क़रीब लगे लैटर बॉक्स की ओर। वह ख़ाली था। मैंने फाटक बन्द कर दिया, जो कि किसी वजह से खुला रह गया था; फिर मैंने देखा कि किसी ने ठीक सामने उल्टी कर रखी थी। मुझे काफ़ी परेशानी महसूस हुई। मैंने बेसमेंट के दरवाज़े के पास वाले नल से पाइप लगायी और पूरा नल खोल दिया; फिर पाइप को खींच फाटक तक ले गया। पानी की धार ज़रा ग़लत निशाने पर गिरी, और उल्टी का कुछ हिस्सा बगीचे में आ गिरा; बाकी का

हिस्सा बाहर बजरी पर फैल गया । कोई नाली भी नहीं थी बाहर, सो मैं केवल वह पीला-सा पदार्थ फाटक से चार-पाँच मीटर सरकाने में ही सफल हुआ । लेकिन फिर भी उस घिनौनी गन्दगी को ज़रा-सा आगे कर देने से भी राहत महसूस हो रही थी।

नल बन्द कर बगीचे की पाइप समेट देने के बाद मुझे समझ में नहीं आया मैं क्या करूँ। मैं बरामदे पर चढ़कर बैठ गया। कुछ मिनट बाद मैंने बेआते को फिर से गुनगुनाते हुए सुना। ऐसा जान पड़ता था जैसे वह किसी ऐसी चीज़ के बारे में सोच रही है जिसे सोचना उसे अच्छा लग रहा है; हो सकता है उसे लग रहा हो मुझे सुन नहीं रहा। मैं खाँसा, और चुप्पी छा गयी। वह बाहर आयी और बोली : तुम यहाँ बैठे हो? उसने कुछ मेक-अप लगा रखा था। क्या तुम कहीं जा रही हो? मैंने पूछा। नहीं, वह बोली। मैंने अपना सिर बगीचे की ओर घुमाते हुए कहा : पता नहीं कौन पागल फाटक के बाहर उल्टी कर गया है। ओह! वह बोली। बड़ी घिन आ रही है, मैं बोला। उसने कोई जवाब नहीं दिया। मैं उठा। तुम्हारे पास सिगरेट है? उसने पूछा।

उसे एक मिल गयी और मैंने जला दी। शुक्रिया, वह बोली। मैं बरामदे से नीचे उतर बगीचे की मेज़ पर जा बैठा। बेआते बरामदे में सिगरेट पीती रही। उसने आधी पी हुई सिगरेट सीढ़ियों के सामने कंकरीट पर फेंक दी। क्या मतलब हुआ? मैं बोला। जल जायेगी, वह बोली। वह बैठक में चली गयी। मैं उस पतले से धुएँ को घूरने लगा जो सिगरेट में से सीधा उठ रहा था, मैंने सोचा कहीं आग न लग जाये। कुछ देर के बाद मैं उठा; मुझे बेघरी जैसा कुछ एहसास होने लगा। मैं फ़ेंस में लगे फाटक की ओर मुड़ा, चारागाह की सँकरी पट्टी पर से होता हुआ जंगल में चला गया। जंगल के शुरू होते ही मैं रुक गया और एक पेड़ के ठूँठ पर बैठ गया जो एक झाड़ी के पीछे क़रीब-क़रीब छिपा हुआ था। बेआते बरामदे के छज्जे पर आयी। उसने उस दिशा में देखा जहाँ मैं बैठा हुआ था और मेरा नाम लेकर बुलाने लगी। वह मुझे देख नहीं सकती, मैंने सोचा। वह बगीचे में उतर आयी और घर का चक्कर काट गयी। वह फिर से बरामदे पर चली आयी। उसने एक बार फिर उसी ओर देखा जहाँ मैं बैठा था। यह हो

नहीं सकता कि वह मुझे देख सकती है, मैंने सोचा। वह मुड़कर बैठक में चली गयी। मैं उठा और जंगल में और भीतर घुस गया।

जब हम खाने की मेज़ पर बैठे तो बेआते ने कहा : फिर आ गया वह। कौन? मैंने पूछा। वह आदमी, वह बोली, जंगल के छोर पर, जहाँ वह बड़ा-सा ...नहीं, वह जा चुका है। मैं उठा और आकर खिड़की के पास खड़ा हो गया। कहाँ? मैंने कहा। चीड़ के बड़े पेड़ के पास, वह बोली। तुम्हें पक्का पता है वही आदमी था? मैं बोला। लगता तो है, वह बोली। अब तो वहाँ कोई नहीं है, मैंने कहा। नहीं, वह जा चुका है, वह बोली। मैं वापिस मेज़ पर आ गया। मैं बोला : इतनी दूर से यह देख पाना कि यह वही आदमी है सम्भव नहीं है। बेआते ने तुरन्त कोई उत्तर नहीं दिया, फिर वह बोली : तुम्हें तो मैं पहचान लेती। वो बात और है, मैं बोला। तुम मुझे जानती हो। कुछ देर हम दोनों चुपचाप बैठकर खाते रहे। फिर वह बोली : जब मैंने तुम्हें आवाज़ लगायी तुमने जवाब क्यों नहीं दिया भला? मुझे आवाज़ लगायी? मैं बोला। मैंने देख लिया था तुम्हें, वह बोली, और तुमने जवाब नहीं दिया। मैं कुछ नहीं बोला। मैंने देखा था तुम्हें, वह बोली। फिर तुमने घर का चक्कर क्यों काटा? मैं बोला। ताकि तुम्हें यह पता न चले कि मैंने तुम्हें देख लिया है। मुझे नहीं लगा कि तुमने मुझे देखा है, मैं बोला। तुमने जवाब क्यों नहीं दिया? वह बोली। जब मुझे लगा ही नहीं कि तुमने मुझे देख लिया है तो जवाब देना ज़रूरी नहीं लगा मुझे, मैं बोला। मैं कहीं बिलकुल और भी तो हो सकता था। अगर तुमने मुझे न देखा होता, और अगर तुमने यह दिखावा न किया होता कि तुमने मुझे नहीं देखा, तो यह बात कोई समस्या पैदा करने वाली नहीं थी। हे भगवान, वह बोली, यह कोई समस्या ही नहीं थी?

कुछ देर हम कुछ नहीं बोले। बेआते लगातार पीछे मुड़कर खिड़की से बाहर झाँकती रही। मैं बोला : बारिश तो नहीं हुई। नहीं, वह बोली, आते-आते रुक गयी। मैंने अपना काँटा-छुरी नीचे रख दिये, कुर्सी पर पिट्ठा लगाकर मैं बोला : मालूम है कभी-कभी मैं खीझ जाता हूँ तुमसे। ओह! वह बोली। तुम कभी नहीं मानतीं तुम ग़लती कर सकती हो, क्यों, मैं बोला। बिलकुल मान सकती हूँ, वह बोली। मैं अक़्सर ग़लती करती हूँ। हर कोई करता है। बिलकुल

हर कोई। मैंने उसकी ओर देखा और समझ गया कि वह समझ चुकी है कि बात उससे खिंच गयी है। वह उठ खड़ी हुई। उसने चटनी का डोंगा और सब्ज़ी का ख़ाली बर्तन उठाया और रसोई में चली गयी। वह लौटकर नहीं आयी। मैं भी उठ खड़ा हुआ। मैंने अपनी जैकेट पहन ली, फिर मैं कुछ देर खड़ा सुनता रहा, लेकिन ख़ामोशी छायी हुई थी। मैं बगीचे में जाकर घर के सामने वाले हिस्से से सड़क पर चला आया। मैं शहर से बाहर, पूरब की ओर चलने लगा। मैं वाक़ई बहुत परेशान था। सड़क के दोनों ओर के बँगलों के आसपास के बगीचे ख़ाली थे, और जो एक ही आवाज़ मुझे सुन रही थी वो मेनरोड से लगातार गुज़रती हुई गाड़ियों की आवाज़ थी। मैंने घर को पीछे छोड़ दिया और हमवार ज़मीन का वह बड़ा-सा टुकड़ा पार किया जो समुद्री फ़्योर्ड तक जाता था।

मैं एक बाहर के कैफ़े के क़रीब फ़्योर्ड के पास निकला और तुरन्त मुझे पानी के किनारे की मेज़ खाली मिल गयी। मैंने एक बियर ली और सिगरेट सुलगा ली। मुझे गर्मी लग रही थी लेकिन मैंने जैकेट नहीं उतारी क्योंकि मुझे पता था काँखों में पसीने के निशान होंगे। कैफ़े में बैठे सभी लोग मेरे पीछे थे, मेरे सामने फ़्योर्ड था और दूर, जंगली ढलानें। धीमी आवाज़ों की गुनगुनाहट और किनारे की चट्टानों से छपछपाते पानी की ध्वनि से मेरे मन में कुछ उनींदा-सा ख़ालीपन उभर आया। मेरी सोच अपने ऊल-जुलूल से प्रतीत होते रास्तों पर बढ़ रही थी और बिलकुल भी दुखद नहीं थी; बल्कि मुझे असाधारण रूप से अच्छा-सा महसूस हो रहा था। ऐसे में यह समझा पाना और भी कठिन था कि बिना किसी ध्यान देने योग्य बदलाव के मैं अकेला छोड़ दिये जाने के दर्दभरे एहसास की गिरिफ़्त में आ गया। पीड़ा और अकेला छूट जाने के दोनों एहसास ऐसे थे कि वे एकदम घिरे चले आ रहे थे और यूँ कि समय कुछ स्थगित-सा होता हुआ महसूस हो रहा था, हालाँकि यह केवल कुछ ही सैकण्ड का एहसास था इससे पहले कि मेरी इन्द्रियाँ मुझे इस क्षण में वापिस ले आतीं।

मैं उसी रास्ते से घर लौटा जिससे मैं आया था, ज़मीन के फैले हुए हमवार टुकड़े पर से होता हुआ। सूरज पश्चिम में पहाड़ों के क़रीब पहुँच रहा था; शहर पर एक धुन्ध-सी छायी थी, और हवा एकदम शान्त थी। मैंने ग़ौर

किया कि मैं घर जाने से हिचकिचा रहा था, और अचानक मैंने सोचा, और यह काफ़ी स्पष्ट विचार था : वह मर चुकी हो तो।

लेकिन मैं घर की ओर चलता रहा। मैं फाटक में से अन्दर घुसा और घर के पीछे की ओर चला आया। बेआते बगीचे की मेज़ पर बैठी थी; उसके ठीक सामने उसका बड़ा भाई बैठा था। मैं उनके पास चला आया, मैं पूरी तरह शान्त था। हम सबने एक-दूसरे से कुछ ऊपर-ऊपर की बातें कीं। बेआते ने नहीं पूछा मैं कहाँ गया था, और दोनों में से किसी ने यह संकेत नहीं दिया कि मैं उनके साथ बैठूँ, जो कि कोई ठीक-ठाक बहाना करके मैं वैसे भी मना ही कर देता।

मैं बेडरूम में चला आया, मैंने अपनी जैकेट टाँगी और अपनी कमीज़ उतार दी। बेआते की तरफ़ का बिस्तर उघड़ा हुआ था। बिस्तर के पास की मेज़ पर दो जले हुए सिगरेट के टुकड़े थे, और ऐशट्रे के पास एक किताब रखी थी जिसका कवर खुला था। मैंने किताब बन्द कर दी; मैंने ऐशट्रे बाथरूम में ले जाकर टुकड़े फ़्लश कर दिये। फिर मैंने कपड़े उतारे और शावर चला दिया, लेकिन पानी हल्का गर्म था, लगभग ठण्डा, और शावर में मेरा समय कुछ अलग-सा बीता और जितना मैं सोचता था उससे कम समय मैंने लिया।

जब मैं बेडरूम की खुली खिड़की के पास खड़ा कपड़े पहन रहा था तो मैंने बेआते को हँसते हुए सुना। मैंने तुरन्त कपड़े पहन लिये और बेसमेंट के युटिलिटी रूम में चला आया; उस कमरे की खिड़की से उसको दिखे बिना मैं देख सकता था। वह कुर्सी में टिक कर बैठी हुई थी, उसकी पोशाक पसरी हुई जाँघों से ऊपर चढ़ी हुई थी, उसके हाथ गर्दन के पीछे कुछ यूँ बँधे हुए थे कि उसकी पोशाक का झीना कपड़ा उसके स्तनों पर कस रहा था, उसकी मुद्रा कुछ अश्लील-सी थी जिससे मुझमें इच्छा पैदा होने लगी, और मेरी कामेच्छा उसे एक आदमी के सामने इस तरह बैठे देख और भी बढ़ गयी, हालाँकि वह आदमी उसका भाई था।

मैं उसे यूँ ही देखता कुछ देर खड़ा रहा; वह मुझसे कुल सात-आठ मीटर की दूरी पर बैठी थी, लेकिन बेसमेंट की खिड़की के बाहर उगे सदाबहार फूलों की वजह से मुझे पूरा यकीन था कि वह मुझे देख नहीं सकती थी। मैं उनकी

बातें सुनने की कोशिश करने लगा, लेकिन वे बहुत धीमी आवाज़ में बात कर रहे थे, हद से ज़्यादा धीमी, मुझे लगा। फिर वह उठ खड़ी हुई, उसका भाई भी, और मैं जल्दी-जल्दी बेसमेंट की सीढ़ियाँ चढ़ रसोई में आ गया। मैंने ठण्डा पानी चलाया और गिलास लेकर आया, लेकिन वह अन्दर नहीं आयी, सो मैंने पानी को फिर से बन्द कर दिया और गिलास को उसकी जगह वापिस रख दिया।

जब मैं फिर से शान्त हो गया, तो मैं बैठक में गया और एक तकनीकी पत्रिका के पन्ने पलटने लगा। सूरज डूब चुका था लेकिन अभी बत्ती जलाने की कोई ज़रूरत नहीं थी। मैं पन्नों को आगे-पीछे करता रहा। बरामदे का दरवाज़ा खुला था। मैंने एक सिगरेट जलायी। दूर मुझे एक विमान की आवाज़ सुनायी दी; अलावा इसके सब ख़ामोश था। मुझे फिर से बेचैनी महसूस हुई और मैं बगीचे की ओर निकल गया। वहाँ कोई नहीं था। फ़ेंस का फाटक थोड़ा खुला हुआ था। मैंने जाकर उसे बन्द कर दिया। मैंने सोचा : वह शायद झाड़ी के पीछे से मुझे देख रही है। मैं बगीचे की मेज़ पर वापिस चला आया और मैंने एक कुर्सी को हल्का-सा कुछ इस तरह सरका दिया कि अब कुर्सी की पीठ जंगल के सामने थी, और मैं बैठ गया। मैंने ख़ुद को यकीन दिलाया कि अगर बेसमेंट के युटिलिटी रूम की खिड़की से मुझे कोई झाँककर देख रहा हो तो मुझे पता नहीं चलेगा। मैंने दो सिगरेट पी डालीं। अँधेरा हो रहा था, लेकिन ठहरी हुई हवा तुर्श नहीं थी, लगभग गरम ही थी। एक जर्द-सा धन्वाकार चाँद पूरब की पहाड़ियों पर चढ़ा हुआ था, समय दस का हो चुका था। मैंने एक और सिगरेट पी। फिर मैंने फ़ेंस के फाटक से हल्की सी चरमराहट सुनी पर मैंने मुड़कर नहीं देखा। वह बैठ गयी और उसने बगीचे की मेज़ पर जंगली फूलों का एक छोटा-सा गुच्छा रख दिया। कितनी सुहानी शाम है, वह बोली। हाँ, मैंने कहा। क्या तुम्हारे पास सिगरेट है, वह बोली। उसे एक सिगरेट मैंने दे दी और सुलगा दिया उसे। फिर वह बच्चों-सी उत्सुक आवाज़ में बोली जिससे द्रवित न हो जाना मुझे हमेशा से ही कठिन लगता रहा है : मैं वाइन की बॉटल लेकर आऊँ, बोलो?—और इससे पहले कि मुझे कोई जवाब सूझता, वह उठी, उसने फूलों का गुच्छा उठाया और घास पर से तेज़ी से चलती हुई बरामदे की सीढ़ियाँ चढ़

गयी। मैंने सोचा : अब वह यह दिखाने की कोशिश करेगी जैसे कुछ हुआ ही न हो। फिर मैंने सोचाः कुछ नहीं हुआ, नहीं न ? ऐसा कुछ भी नहीं जिसकी ख़बर उसे हो। जब तक वह वाइन और दो गिलास और एक खानेदार मेज़पोश उठाकर लायी, मैं लगभग पूरी तरह सन्तुलित हो चुका था। उसने बरामदे के दरवाज़े के ऊपर वाली बत्ती जलायी और मैंने अपनी कुर्सी यूँ घुमा ली कि अब मेरा मुँह जंगल की ओर था। बेआते ने हमारे गिलास भर दिये, और हमने एक-एक चढ़ा लिया। मम्म, वह बोली, स्वादिष्ट। हल्के नीले आसमान पर जंगल एक काले छायाचित्र की तरह था। कितनी ख़ामोशी है न, वह बोली। हाँ, मैंने कहा। मैंने उसकी ओर सिगरेट का पैकेट बढ़ाया लेकिन उसे नहीं चाहिए थी। मैंने एक ले ली। नया चाँद तो देखो, वह बोली। हाँ, मैंने कहा। कितना पतला-सा है न, वह बोली। हाँ, मैंने कहा; मैंने वाइन की एक चुस्की ली। महाद्वीप पर वह अपनी पीठ के बल लेटा रहता है, वह बोली। मैंने कोई जवाब नहीं दिया। तुम्हें थेस्सालोनिकी में उन कुत्तों की याद है जो सम्भोग के बाद जुड़े रह गये थे? वह बोली। कावाल्ला में, मैं बोला। कैफ़े के बाहर बैठे सभी बूढ़े चिल्लाते जा रहे थे, और कुत्ते रिरियाते हुए एक-दूसरे से अलग होने की कोशिश कर रहे थे। और जब हमने शहर छोड़ा, एक पतला-सा नया चाँद था वैसा ही अपनी पीठ पर लेटा हुआ, और हमें एक-दूसरे की ज़रूरत महसूस हुई, तुम्हें याद है? हाँ, मैं बोला। बेआते ने हमारे गिलासों में थोड़ी और वाइन डाल दी। फिर हम कुछ देर बिलकुल चुप बैठे रहे, काफ़ी समय तक। उसके शब्दों ने मुझे बेचैन कर दिया था और बाद में जो चुप्पी छा गयी थी उससे मेरी बेचैनी बढ़ गयी थी। मैं कहने के लिए कुछ ढूँढ़ने लगा, ध्यान हटाने के लिए कोई एकदम मामूली बात। बेआते उठ खड़ी हुई। वह मेज़ का चक्कर काट मेरे पीछे आ खड़ी हुई। मैं डर गया, मैंने सोचा : अब वह मेरे साथ कुछ कर गुज़रने वाली है। और जब मैंने पाया कि उसके हाथ मेरी गर्दन पर हैं, तो मैंने एक झटके में अपना सिर और कन्धे आगे को फेंक दिये। लगभग उसी क्षण मुझे एहसास हुआ कि मैं क्या कर बैठा हूँ और मैंने बिना पीछे मुड़े हुए कहा : तुमने तो मुझे डरा ही दिया। उसने कोई जवाब नहीं दिया। मैं कुर्सी में पीठ टिकाकर बैठ गया। मैंने उसे साँस लेते हुए सुना। फिर वह चली गयी।

कुछ समय बाद मैं अन्दर जाने के लिए उठा। अँधेरा हो चुका था। मैं वाइन ख़त्म कर चुका था और सोच रहा था अब क्या कहूँगा; इस सोच में कुछ समय लग गया। मैंने गिलास और ख़ाली बोतल तो उठा ली लेकिन क्षण भर सोचने के बाद मैंने खानेदार मेज़पोश को वहीं पड़ा रहने दिया। बैठक ख़ाली थी। मैंने रसोई में जाकर बोतल और गिलास सिंक में रख दिये। ग्यारह का समय हो चुका था। मैंने बरामदे का दरवाज़ा बन्द किया और बत्ती बुझा दी; फिर मैं ऊपर बेडरूम की ओर चल दिया। मेरी ओर की लाइट जल रही थी। बेआते अपना चेहरा उधर को किये लेटी हुई थी और सो रही थी, या सोने का स्वांग कर रही थी। मेरी रज़ाई नीचे को सरक गयी थी और चादर पर वह लाठी रखी थी जिसे मैंने अपने एक्सिडेंट के बाद इस्तेमाल किया था, जिस वर्ष हमारी शादी हुई थी। मैंने उसे उठाया और पलंग के नीचे रखने ही वाला था जब मेरा मन बदल गया। मैं उसे हाथ में पकड़ कर खड़ा रहा और गर्मी की पतली रज़ाई के नीचे उसके कूल्हों की गोलाई को घूरने लगा और अचानक सम्भोग की इच्छा ने लगभग मुझे जकड़ लिया। फिर मैं तुरन्त कमरे से बाहर निकल कर बैठक में चला आया। मैं लाठी अपने साथ लेता आया था, और सच में बिना जाने क्यों, उसे अपनी जाँघ पर मारकर मैंने उसके दो टुकड़े कर दिये।

चोट से मुझे कुछ तकलीफ़ हुई और मेरी बेचैनी कुछ कम। मैं स्टडी में गया और ड्राइंग बोर्ड के ऊपर लाइट जला दी। फिर मैंने उसे बुझा दिया और सोफ़े पर लेट मैंने कम्बल ओढ़ कर आँखें बन्द कर लीं। अपने मन की आँख में मुझे बेआते साफ़-साफ़ दिखायी दे रही थी। मैंने दोबारा आँखें खोलीं लेकिन वह तब भी मुझे दिखती रही।

रात भर मैं कई बार उठा और सुबह जल्दी उठ बैठा। मैंने बैठक में जाकर लाठी को वहाँ से हटा दिया; मैं नहीं चाहता था बेआते देखे कि मैंने उसे तोड़ दिया है। वह सोफ़े पर बैठी थी। उसने मेरी ओर देखा। गुड-मॉर्निंग, वह बोली। मैंने सिर हिलाया। वह मेरी ओर देखती रही। क्या हममें झगड़ा हो चुका है? वह बोली। नहीं, मैं बोला। वह मेरी ओर गहरी निगाह से देखती रही। मैं समझ नहीं पाया। तुम ग़लत समझ रही हो, मैं बोला। मैंने ध्यान नहीं दिया था

कि तुम उठ खड़ी हुई हो, मैं अपने ख़यालों में खोया हुआ बैठा था, और जब अचानक तुम्हारे हाथ मुझे मेरी गर्दन पर महसूस हुए, यह एहसास तो मुझे था कि तुम्हें... लेकिन मुझे नहीं पता था कि तुम वहाँ खड़ी हो। वह कुछ नहीं बोली। मैंने उसकी ओर देखा, और उसी गहरी नज़र का मैंने फिर सामना किया। तुम्हें मेरा विश्वास करना होगा, मैंने कहा। उसने अपनी निगाहें हटा लीं। हाँ, वह बोली, कर तो रही हूँ, नहीं क्या?

रोय याकोब्सन

बर्फ़

क्योंकि जंगल झील के उस ओर था, सर्दी के मौसम में सारी लकड़ी बर्फ़ के ऊपर से लायी जाती थी। एवन पतझड़ के अन्तिम दिनों में उस पार जाता, जितनी लकड़ी की ज़रूरत होती उसे काटकर तैयार करता, और पहाड़ की ढलान पर छोड़ आया करता था। जब बर्फ़ काफ़ी मज़बूत हो जाती तो वह ट्रैक्टर से उस पार जाता, फिर नीचे बर्फ़ पर लाकर अपने ट्रेलर में भरकर इस पार ले आया करता था। पूरे ज़िले में वही एक ठीक-ठाक आकार का जंगल था। ज़्यादातर लोग बिजली या कोयले के ज़्यादा महँगे विकल्प पर निर्भर थे।

"ख़ूब लकड़ी है तुम्हारे पास," वे कहते।

"मैं बर्फ़ के ऊपर से लाता जो हूँ," एवन उन्हें बताता। "इसके लिए तो काफ़ी है।"

उन्हें एवन ने यह छूट भी दे रखी थी कि वे उसके जंगल से लकड़ी काट लाया करें। लेकिन झील पर ट्रैक्टर चलाने का विचार उन्हें ठीक नहीं लगता था। उसके लिए ठीक था, एवन के लिए, जिसने पूरा जीवन झील के किनारे गुज़ारा था—वह अभ्यस्त हो चुका था इस सबका। वह मौसम को पढ़ सकता था और बता सकता था बर्फ़ कब टूटेगी और कब नहीं।

"पतझड़ आयेगा तो चलना मेरे साथ," एवन कहा करता था। "जो लकड़ी तुम्हें चाहिए हम लोग काट सकते हैं, और फिर तुम इस ओर ले आना जब झील जम जायेगी।"

वह जिस शख़्स से भी यह कहता वह ना-नुकर करता। क्या वह कटी लकड़ी ख़रीद नहीं सकता था और एवन को झील पर से लाने का मेहनताना नहीं दे सकता था?

बिलकुल दे सकता था, लेकिन फिर एवन की तरह उस शख़्स के पास मुफ़्त की लकड़ी थोड़े ही होती और न ही उसका घर इतना गरम। *ख़रीदी हुई* लकड़ी को वह एहतियात से इस्तेमाल करता, लगभग आधी, ढेर सारी मुफ़्त मिली लकड़ी की बनिस्बत।

"मैं हमेशा अच्छा-भला लौट आता हूँ," एवन बोला। "देखो तो, पूरा जीता-जागता।"

वे एवन की ओर देखने लगते। वह ऊँचे कद का और कुछ झुका हुआ-सा था। उसके बाल सुर्ख़ थे और उसकी मज़बूत गर्दन पर कुण्डलों में झूलते थे। साधारण आदमी। इस इलाके के बाकी लोगों की तरह खेती-बाड़ी करने वाला। लेकिन पूरी तरह साधारण भी नहीं था वह। अभी तक बर्फ़ पर से अपनी सभी यात्राओं से वह सही-सलामत लौट आया था, लेकिन आगे क्या होने वाला था, इसका कोई भरोसा नहीं था। वह अपने जीवन के साथ रूसी रूले की तरह खेल रहा था, कोई कम पागल भी नहीं था—हालाँकि उसे देखकर यह नहीं लगता था।

उसके पिता के ज़माने में भी उन लोगों के जूतों तले झील पक्की ज़मीन की तरह हुआ करती थी जो झील के किनारे के खेत-खलिहानों में रहते थे। यह लगभग जीने का एक ढंग था, साफ़-सीधे शब्दों में कहें, या रूपक में। लेकिन दूसरे किसान भी बर्फ़ पर जाने से कतराते थे। जब उन लोगों के लिए पहली बार बिजली लायी जा रही थी, तो पहाड़ के ऊपर से तारें बिछायी गयी थीं। खम्भे

झील के उस ओर ले जाये जाने थे। ऐसा विचार था कि उन्हें उस ओर तैरा दिया जाये। लेकिन एवन के बाप ने पेशकश रखी कि वह उन्हें ख़ुद उस ओर ले जायेगा—और भी सस्ते में। उन्होंने आँकड़ों को जाँचा और उन पर विचार किया। वे इनकार नहीं कर सके।

एवन के बाप को देखने काफ़ी भीड़ जुटी थी जब वह पहली बार बर्फ़ पर ट्रैक्टर चलाकर उस ओर जाने की तैयारी कर रहा था। उनके समुदाय में वह पहला ट्रैक्टर भी तो था, और उसे खो देना बहुत महँगा भी बैठता। उसका वज़न था 4.3 टन। ट्रेलर पर लदे हुए क्रिअसोट खम्भों का वज़न तो और भी ज़्यादा था। लेकिन बर्फ़ टूटी नहीं। वह कई बार पार गया और आया, भौचक देखती भीड़ के सामने, और एक ही दिन में वह चमत्कार घट भी गया। उसे इस काम का अच्छा-ख़ासा पैसा भी मिला, इतना कि अनाज-भण्डारण के लिए खत्ती बनाने वाले पहले किसानों में वह भी शरीक़ था।

फाटक और खम्भे और बिजली की तारें बिछाने का काम एक फ़र्म को सौंपा गया था। लेकिन पहाड़ अपने आप में ज़मीन का एक बीहड़ और बेढब टुकड़ा था : इस काम को काफ़ी समय लगना था—सम्भवतः कई वर्ष—और मज़दूरों को रहने के लिए जगह की ज़रूरत भी थी।

"मैं एक पूरा घर बर्फ़ के पार ले जा सकता हूँ," एवन के बाप ने उन्हें बताया।

"पूरा घर?" वे हैरान हुए। "बीस लोगों के लिए?"

"क्यों नहीं?" वह बोला। "इमारत बनाने की पूरी सामग्री यहाँ छोड़ दो। वसन्त के दौरान उस ओर पहुँच जायेगी।"

इस काम के लिए उसे और भी पैसा मिला। इस पैसे से उसने एक बुलडोज़र ख़रीद लिया।

"भला इसकी क्या ज़रूरत है तुम्हें?" उसके पड़ोसियों ने पूछा।

"मैं एक पूरा जंगल बोने जा रहा हूँ," एवन के बाप ने जवाब दिया। "झील के उस पार। बुलडोज़र से मैं ज़मीन साफ़ करूँगा।"

"और उस पार ले कैसे जाओगे उसे?" वे जानना चाहते थे।

"बर्फ़ पर से ले जाऊँगा," उसने उन्हें बताया।

और वह वाक़ई उस बुलडोज़र को बर्फ़ पर से लेकर गया। उसने ज़मीन साफ़ की और पेड़ों को बोया—चीड़ के इतने ऊँचे पेड़ कि उन्हें और उगने देने की ख़ातिर भूर्ज के दरख़्तों को उगते हुए रोकना एवन के लिए काफ़ी बड़ा काम सिद्ध हुआ।

*

लेकिन यह बहुत समय पहले की बात है और एवन के लिए यह महज़ एक स्मृति थी, और वह भी उसकी बैठक में लगे चित्रों की शक्ल में ही थी। कोई सोच सकता था कि समय पाकर हालात कुछ बदल गये होंगे—लेकिन अपनी फ़ौजी निर्देशिकाओं में कोई भी पढ़कर देख सकता था कि चार सेंटिमीटर मोटी बर्फ़ की पर्त एक आदमी का भार सह सकती है, और कि तीस सेंटिमीटर मोटी बर्फ़ एक टैंक का, वग़ैरह वग़ैरह।

"और मैसी फ़र्ग्यूसन भला कोई टैंक थोड़े है," एवन कहा करता था। " वैसे भी यहाँ तो बर्फ़ साठ या सत्तर सेंटिमीटर मोटी होती है।"

वे सब हूँ-हाँ और ना-नुकर करते। वे बर्फ़ से कुछ वास्ता नहीं रखना चाहते थे।

"तुम चाहो तो मेरे साथ चल सकते हो," एवन ने सुझाव दिया। उम्र के साथ-साथ उसकी यह ख़्वाहिश मज़बूत होती चली गयी, और यह बताने की भी कि वह और उसका कुनबा कोई सरफिरे लोगों का नहीं था, बल्कि उन अक़्लमन्द लोगों का था जो अच्छे से जानते थे वे क्या कर रहे हैं। लेकिन उन्होंने कभी उसे मौका नहीं दिया। वे अपने शक और अपनी बेवकूफ़ाना चपड़-चपड़ से उसकी शान को तार-तार कर देते थे। वह उन्हें बताया करता था कि देश के हर हिस्से में लोग सर्दी के मौसम में बर्फ़ पर आते-जाते हैं।

"अन्दर के हिस्सों में, हाँ," वे जवाब में कहते, हर समय उनके पास एक सही जवाब होता था। "लेकिन हम लोग तो तट पर रहते हैं न। समुद्र का पानी

बहकर झील में आता है। नमक का पानी। और झील में पहाड़ से बहती हुई एक नदी भी तो आती है—बहती धारा का पानी।"

इस दौरान एक नयी पीढ़ी भी बड़ी हो रही थी—नौजवान लड़के जो एवन को पागल गाजर कहा करते थे क्योंकि उनसे पहले उनके पिता लोग भी यही कहा करते थे। लेकिन उन्हें यह एहसास भी हो जाता था—कुछ बड़े होने पर— कि शायद एवन उन सबके पिताओं से *ज़्यादा बहादुर* था, और सिरफिरा नहीं था। और एक दिन एवन के फ़ार्म पर एक नौजवान आ ही धमका जो उसके साथ उस पार के जंगल में जाना चाहता था। वह अपने घर में लकड़ी की कमी से तंग आ चुका था जबकि लकड़ी की कोई कमी न थी।

"तो तुम्हारी हिम्मत है यह कर दिखाने की?" एवन हँसा।

"बिलकुल है," लड़का झट से बोला।

नवम्बर के एक दिन जब हवा नहीं चल रही थी वे आरियाँ लेकर उस पार चले गये और अपनी ज़रूरत के लिए लकड़ी काटने लगे। कोई हफ़्ता भर वे लकड़ी काटते रहे। सर्दियाँ आयीं तो वे फिर मिले—पिछले सालों की बनिस्बत ज़रा देर से क्योंकि क्रिसमस पर बारिश हो रही थी और ज़्यादा ठण्ड भी नहीं पड़ी थी, और बर्फ़ के ऊपर तीस सेंटिमीटर पानी रिस आया था। फिर वह दोबारा जम गया। लेकिन बीच की पर्त जमने से पहले एक बार फिर बर्फ़ गिरने लगी। लड़का इस बात से ज़रा चिन्तित था।

"कोई फ़र्क नहीं पड़ता," एवन हँसा, और तैयारी में जुट गया।

"तो इसका मतलब है हम *जा सकते* हैं?" लड़के ने पूछा।

"हे भगवान, हाँ। अगर हम पहली पर्त में धँस भी गये तो निचली इतनी मोटी है कि हमें झेल लेगी।"

वे ट्रैक्टर पर सवार होकर झील किनारे को निकल गये। एवन जेट्टी पर जा चढ़ा और बर्फ़ की ओर चल दिया।

जैसे ही ज़मीन पीछे छूटी, लड़के को सूझा कि बर्फ़ पर चल तो कोई भी सकता है, हल्की-सी बर्फ़ पर भी कोई चाहे तो लड़खड़ाकर पार कर सकता

था—लेकिन ट्रैक्टर पर सवार होकर बर्फ़ पर जाना, यह तो बिलकुल दूसरी बात है। वे एक सीधे तने हुए सफ़ेद कपड़े की ओर धीमी गति से चल रहे थे। आकार एकदम बदल गये, वाहन छोटा हो गया। ऐसा लग रहा था जैसे वे गति खो बैठे हैं, जैसे एक छोटे-से भारी बिन्दु पर आकर वे एकदम रुक गये हों—जो नीचे सरकता जा रहा था।

"ऐसा क्यों किया तुमने?" लड़के ने पूछा जब एवन ने ऊपर के सूराख को खोल दिया।

"बर्फ़ पर गाड़ी चलाते समय इसे खोल देना चाहिए," एवन ने उसे बताया।

"क्यों?" बालक ने पूछा।

"कोई ख़ास वजह नहीं," एवन बोला। "ऐसा करते हैं, बस। ऐसा लिख रखा है।"

उसने ट्रैक्टर के भीतर लगे एक छोटे-से नोटिस की ओर मुण्डी से इशारा किया। लिखा था, "बर्फ़ पर गाड़ी चलाते समय" और नीचे कई तरह के नियम थे कि क्या-क्या करना चाहिए।

लड़के को एहसास था कि वह ठीक से निगल नहीं पा रहा था। उसका पेट ऐंठ गया था और उँगलियों के जोड़ सफ़ेद पड़ गये थे। "यह अच्छा नहीं लग रहा मुझे," वह बुदबुदाया।

"यह नहीं अच्छा लग रहा मुझे।"

एवन गाड़ी चलाता रहा। दस मिनट तक वह उस सफ़ेद चादर पर चलता रहा। उनके आसपास कुछ नहीं था।

सिर्फ़ सर्दी का एक ठहरा हुआ दिन। और फिर वे ऊपर वाली बर्फ़ पर से शोर करते हुए गुज़रे। ट्रैक्टर सीधे तीस सेंटिमीटर नीचे धँस गया और पहियों के इर्द-गिर्द पानी फूट कर ऊपर आने लगा। वे हिले नहीं।

एवन ने इञ्जन को तेज़ किया तो गुर्राहट के साथ ट्रैक्टर एक बार फिर बर्फ़ की सतह पर आ गया। बीस मीटर चलने के बाद वे लोग वापिस धँसने लगे। अब एवन ने हँसना शुरू किया।

"यहीं सबसे ज़्यादा हुई है सूरज की मार," वह शोर से भी ज़्यादा ज़ोर से चिल्लाया, और मुण्डी हिलाकर उसने पहाड़ों की ओर इशारा किया। "वहाँ ऊपर ख़ाली जगह होने का मतलब है इस जगह पूरा दिन धूप रहती है।"

"क्या घूमकर नहीं जा सकते?" लड़के ने पूछा।

"यह इलाक़ा काफ़ी बड़ा है," एवन बोला। "कोई ज़रूरत नहीं है।" वे बर्फ़ के भीतर से तीसरी बार निकले।

"अगर नीचे की बर्फ़ टूट गयी तो?" लड़का जानना चाहता था।

"नहीं टूटेगी," एवन ने उसे बताया।

"आपको कैसे पता?"

एवन मुस्करा दिया।

जब वे चौथी बार बर्फ़ के भीतर गये तो नौजवान लड़का बर्फ़ पर कूद गया और ट्रैक्टर के साथ-साथ भागने लगा, लेकिन बीस या तीस मीटर की दूरी पर। एवन इस बात का मज़ा लेने लगा। उसने इञ्जन को तेज़ किया और ऊपर के सूराख में से बाँह निकालकर हिलाने लगा।

कहीं से कोई बचाने नहीं आयेगा, लड़के ने सोचा। वह इतना तेज़ भाग रहा था कि वह अपने मुँह में ख़ून के स्वाद को चख सकता था। अचानक उसने ग़ौर किया कि वह गोलाई में भाग रहा था, कि ट्रैक्टर से अपनी दूरी बनाये रखने के लिए उसे गोलाई में भागना *पड़ रहा* था। उसने घूमकर बर्फ़ में अपने पैरों के निशान देखे। वे तीखी ढलान से उतरने जैसे निशान थे।

उसने एवन को रुकने का इशारा किया।

"यह कैसे हुआ, आप बता सकते हैं?" वह चिल्लाया, और अपने पीछे बने निशानों की ओर इशारा करने लगा। एवन ने उन निशानों को देखा। उसने वापिस चिल्लाकर लड़के से कहा कि वह फिर से ट्रैक्टर में आकर बैठ जाये क्योंकि "धूप स्थल" निकल गया है। जैसे ही वह तट के पास पहुँचा वह फिर उत्तर की ओर चलने लगा पहाड़ियों की श्रृंखला की सीध में।

"उधर देखो!" दो मिनट बाद उसने फिर आवाज़ लगायी। कुछ दूरी पर बर्फ़ के नीचे एक धूसर-सी छाया नज़र आ रही थी। जितना-जितना वे उत्तर की दिशा में जा रहे थे छाया चौड़ी और स्पष्ट होती चली जा रही थी। और आखिर में सियाह, खुला पानी।

"यह नदी के बहने का रास्ता है," वह बोला।

यही वह जगह थी जहाँ वसन्त ऋतु में उत्तर की ओर लौटते हुए हंस विश्राम करने उतरते थे। लड़के ने चारों ओर नज़र घुमाकर देखा। वे लोग इस समय सौ मीटर चौड़ी बर्फ़ की एक शेल्फ़ पर थे, खुले पानी की नहर और पहाड़ की खड़ी चढ़ाई के बीच। वह फिर से बाहर कूद गया और दोबारा दौड़ने लगा। सीधे खड़े पहाड़ों की वजह से वह बर्फ़ से उतर नहीं सकता था, लेकिन उसे ट्रैक्टर के साथ-साथ भागना पड़ रहा था। एवन हँसने लगा।

एक समय तो वे ऐसी सँकरी ज़मीन तक पहुँच गये जो झील के अन्दर तक आती थी, और जहाँ तट और खुले पानी की नहर के बीच बीस या तीस मीटर से ज़्यादा बर्फ़ नहीं थी।

"यहाँ तट के पास तेज़ धारा नहीं है," एवन बोला, जब वह घुमाकर ट्रैक्टर को खड़ा कर रहा था। "बर्फ़ यहाँ उतनी ही मोटी है जितनी और कहीं।"

वह किनारे पर खड़ा होकर ठोकरें मारकर बर्फ़ को पानी में फेंकने लगा, और ऊपर-नीचे कूदने लगा।

"देखा," वह बोला।

लड़के ने देख तो लिया ही था। फिर वे चढ़ाई चढ़कर जंगल में चले गये और लकड़ी का ढेर लगाने लगे। उस ऊँचाई से जहाँ वे बैठकर सैण्डविच खा रहे थे वे पानी और फ़्योर्ड को देख सकते थे। ट्रैक्टर के पहियों के गहरे निशान भाले जैसी जगह को अर्ध-चन्द्राकार से घेरे हुए थे—शायद न बहुत पास और न बहुत दूर। जैसे-जैसे वे दोनों लकड़ी को चीरते जा रहे थे, लड़का अपने स्वभाव में आ रहा था। अब जो उसने देखा, उससे वह फिर विचित्र महसूस करने लगा।

"लौटते समय मैं लकड़ी के ढेर पर बैठूँगा।" वह बोला। "तब अगर हम बर्फ़ में धँस भी गये तो मेरे पास सहारा होगा।"

"यह भूर्ज ताज़ा लकड़ी है," एवन ने कहा। "यह तैरेगा नहीं।"

लड़का *वापसी में भी* दौड़ा। नहर के पास की बर्फ़ पर, उस भाले जैसी जगह का चक्कर काटते हुए और "धूप-स्थल" के पार। लेकिन इसके बाद उसकी और भागने में कोई रुचि न रही और ले देकर उसे ट्रेलर पर बैठना ही पड़ा। किनारे पहुँच वह पाले से अकड़ा हुआ था और अगली बार इस यात्रा पर जाने की उसकी कोई इच्छा नहीं थी।

"तुम पागल हो," वह एवन से बोला और घर चला गया।

लेकिन वह अगले दिन लौट आया। वह रात भर जागा रहा था, यह सोचते कि जीवित होना कितना अच्छा होता है। वह इसे दोबारा महसूस करना चाहता था। और इस बार वह मूर्खों की तरह ट्रैक्टर से कूदकर उसके साथ-साथ भागेगा नहीं। वह एवन की तरह रहेगा—शान्त और टिक कर बैठा हुआ।

वह ट्रैक्टर के भीतर अगली सीट के पीछे बैठ गया। लेकिन जैसे ही किनारे की ऊबड़-खाबड़ ज़मीन को छोड़ वे समतल बर्फ़ की सतह पर आये, उसे फिर वही लकवा मार गया। उनकी गति धीमी पड़ गयी। वे एक विराट श्वेत में एकदम छोटे पड़ने लगे।

"अरे मत करो!" वह चिल्लाया, जैसे ही एवन ने अपने ऊपर का सूराख खोला।

"क्यों?" एवन ने पूछा।

"मुझसे देखा नहीं जाता," लड़का बोला। लेकिन उसका मतलब यह नहीं था। वह किसी को इसका मतलब समझा नहीं सकता था। एक पहेली थी यह। फिर भी एवन ने सूराख खोल दिया। और जब वे "धूप-स्थल" पर पहुँच कर बर्फ़ के नीचे गये तो लड़का उल्टी करने को हुआ। वह एवन के गले और गर्दन पर साँपों की तरह झूलते हुए उन लाल केश-कुण्डलों पर एकाग्र होने की कोशिश करने लगा जो उसकी कलगीदार टोपी से उसके लबादे के कॉलर तक आते थे और शायद उसकी तने जैसी आड़ी-टेढ़ी बाकी देह तक भी। उसने ऊपर के सूराख में से बादलों को और आसमान को देखा। उसने पानी में ऊपर-नीचे

होती वाहन की शाफ़्ट को देखा और बर्फ़ के कीचड़ को; जिस ट्रेलर को वे ट्रैक्टर से खींच रहे थे वह हरे पानी में उतरते हुए किसी जल-भूमिए विमान की तरह डोल रहा था। न, उससे नहीं बन रहा था। और जब वे बर्फ़ में तीसरी बार धँसे तो वह बाहर कूदकर भागने लगा। "धूप-स्थल" के बाद वह एक बार फिर आ बैठा लेकिन भाले जैसी जगह को पार करने के बाद वह फिर उतर लिया। वह इस बात का फ़ैसला नहीं कर पा रहा था कि उसे ट्रैक्टर और उस खुले दरिया के बीच भागना है जहाँ नदी की धारा बहती थी, या फिर ट्रैक्टर और खड़ी चढ़ाई के पहाड़ों के बीच। अन्त में वह ट्रैक्टर के इतना क़रीब भाग रहा था कि भागने का कोई मतलब ही नहीं रह गया। वह एक बार फिर चढ़ गया लेकिन चक्कर आना कम नहीं हुआ—उसे उतरना ही *पड़ रहा* था, उसे भागना *पड़ ही रहा था*।

एवन को अब हँसी नहीं आ रही थी। उसने लड़के को अपनी मर्ज़ी पर छोड़ दिया, इञ्जन को तेज़ किया और चलता रहा। और जब लड़का ज़र्द पड़ा और काँपता हुआ उसके पास आ गया, तो एवन खुले पानी में हंसों को विश्राम करते हुए देख रहा था। लड़का भी बैठ गया।

"मुझे पता नहीं क्या हो जाता है," वह बोला। "मुझसे बनता ही नहीं है।"

"कोई फ़र्क नहीं पड़ता," एवन ने उससे कहा।

"जितने विश्वासी आप हैं, वैसा बनने में कितना समय लगता होगा भला?" नौजवान ने पूछा।

एवन को कोई अन्दाज़ा नहीं था। वह बर्फ़ पर तीस से भी ज़्यादा साल से गाड़ी चला रहा था—जितना विश्वास उसमें था, था, बस।

"कितनी ख़ामोशी है," लड़का अचानक बोला। "अब जबकि ट्रैक्टर का इञ्जन चल नहीं रहा। इतना शोर मैं बरदाश्त नहीं कर सकता।"

एवन ने कोई जवाब नहीं दिया।

उन्होंने विशाल पक्षियों को खुली नहर के आरपार तैरते हुए देखा। वे हैरान हो रहे थे कि मनुष्यों के और एक भारी-भरकम वाहन के इतना क़रीब

होते हुए भी वे इतने निडर थे। ये वही पक्षी थे जिनसे आपको दो-तीन सौ मीटर की दूरी बनाये रखना पड़ता है।

"मैंने इन्हें पहले कभी नहीं देखा," लड़के ने स्वीकार किया।

"मैं हर सर्दी इन्हें देखता हूँ," एवन बोला। "यह लो।"

वे लकड़ी का एक और गट्ठर उठाकर नीचे ले आये। उन्होंने अपने सैण्डविच खाये और ट्रेलर को भरा। एवन ने इञ्जन चालू किया और दक्षिण की ओर चलने लगा, हंसों के समानान्तर। और लड़का भागा। वह भाग रहा था और रो रहा था। एवन ऐसे पेश आ रहा था जैसे उसे कुछ पता न हो, बस "धूप-स्थल" गुज़र जाने के बाद उसने लड़के को ट्रैक्टर पर वापिस बिठा लिया। लेकिन कोई फ़ायदा नहीं था। उसे वहाँ भी उतरकर भागना पड़ा। और जब वे सूखी ज़मीन पर पहुँचे तो वह अपनी लकड़ी भी नहीं लेना चाहता था। उसने ऐसा कुछ नहीं किया था कि वह लकड़ी का हक़दार हो, उसने कहा।

एवन बोला, "अरे, अरे," और कुछ नहीं। लेकिन उसने लकड़ी को ट्रेलर पर ही पड़ी रहने दिया। और जब अँधेरा हुआ वह उस जवान छोकरे के यहाँ गया और लकड़ी को उसके घर के बाहर छोड़ आया। लड़का उस रात भी जगा रहा था लेकिन अब यह एहसास नहीं था कि जीवित होना कितना अच्छा है। उसे अब यह बोध होने लगा था कि कितनी बुरी बात है यह। और यह एहसास कि एक और कोशिश करना और कामयाब न होना और भी बुरा होगा।

अगले दिन वह नहीं आया। उन पूरी सर्दियों में लड़के का कुछ अता-पता नहीं था। एवन को बर्फ़ पर से अकेले ही लकड़ी लानी पड़ी। और बर्फ़ कभी टूटती नहीं थी।

*

अप्रैल के अन्तिम दिनों की एक शाम बहुत विचित्र घटना घटी। एवन जानवरों को चारा देकर ज्यों ही बाड़े में से निकला उसे बर्फ़ पर खड़ी एक लाल रंग की कार दिखायी दी। वह एक बड़ा-सा अर्धचन्द्राकार काटती हुई चीं-चीं कर रही थी, फिर रुक गयी, इसके बाद तेज़ी से आगे बढ़ी, चलती रही और फिर ज़ोर

से चीं-चीं करने लगी—पहले आगे, फिर पीछे। उसने साँझ के सूरज को लाल रोगन पर चमकते हुए देखा; उसने इञ्जन की गरज सुनी और बर्फ़ की सतह पर टायरों की हिसहिसाहट भी। फिर दो-तीन सैकण्ड तक वह कार एकदम रुक गयी—धीमे-धीमे बर्फ़ में धँसने से पहले।

एवन को अपने फ़ार्म के दो-तीन चक्कर लगाकर खुद को इस स्थिति में लाना पड़ा कि वह अन्दर जाकर फ़ोन कर सके। वह दिन भी शनिवार का ही था। उसे लग रहा था कि वह ज़रूर लड़का ही रहा होगा, जो अपने यारों के साथ दारू पीकर मस्ती कर रहा होगा। सबसे पहले उसने डाक्टर को और पुलिस को फ़ोन किया। फिर लड़के के माता-पिता को। लेकिन एवन क्या कहने की कोशिश कर रहा था, यह ज़रा भी उनके पल्ले न पड़ा। उनके बेटे को तो घर से गये एक महीना हो चुका था, और वह नार्थ सी में मछली पकड़ने वाली एक नाव में सकुशल यात्रा कर रहा था। और जब तक एम्बुलैंस और पुलिस वाले आये, एवन के होश उड़ चुके थे।

"मेरा कसूर है," वह बार-बार कहे चला जा रहा था।

उन्होंने बर्फ़ की कुल्हाड़ियाँ उठायीं और दो-इञ्च मोटे वे सारे तख़्ते जो एवन जुटा सकता था। एक-एक करके वे सभी कच्ची बर्फ़ पर गये, सभी पिक और पोल इत्यादि से लैस थे। एवन सबसे पहले बर्फ़ पर चढ़ा। कुछ ही मीटर के बाद वे लोग ऊपरी सतह के नीचे धँसने लगे। गली हुई बर्फ़ में वे लोग घुटनों तक भीग रहे थे। उनके सामने की सतह गीले, धूसर धब्बों से भरी थी, लिहाज़ा खुले पानी और बर्फ़ पर तिरते हुए पानी में भेद करना कठिन था। पुलिस को कुछ समझ में नहीं आ रहा था कि इन हालात में कोई वाहन कैसे बर्फ़ के ऊपर से चलकर वहाँ पहुँच सकता था। एवन भी उनसे बेहतर जवाब देने की स्थिति में नहीं था। वह बोला शायद वे एक छोटी पहाड़ी की छाया में दक्षिण की ओर गाड़ी चला रहे होंगे—वह खुद भी जब वर्ष के इस समय बर्फ़ पर गाड़ी चलाता था तो ऐसे ही करता था।

वे लोग पक्की ज़मीन पर लौट आये, और फिर एक टुकड़ी झील के दक्षिणी छोर पर टायरों के निशान ढूँढ़ने निकल गयी। कोई निशान नहीं मिले।

"यह मेरा कसूर है," एवन ने फिर कहा। "मुझे उसे अपने साथ नहीं ले जाना चाहिए था।"

पुलिस सिर हिलाती हुई वापिस चली गयी। लाल गाड़ी की खोज की गयी। ज़िले की सारी लाल कारों का पता किया गया। दूर-दूर तक से भी कोई ख़बर नहीं आयी कि कोई लाल गाड़ी लापता है।

*

चार मई को बर्फ़ चली गयी। एवन उसी दोपहर, अपनी नाव को पानी में ले गया और अपने खर्चे पर दो डुबकी लगाने वालों को भी उस जगह पर साथ ले गया जहाँ उसने कार को देखा था। वे तैराक लोग लड़के के दोस्त थे। और हालाँकि लड़के ने अपने दोस्तों को बिलकुल नहीं बताया था कि एवन के साथ उन सर्दियों में बर्फ़ पर जाते समय क्या घटनाएँ घटी थीं, उन्हें एहसास था कि एवन का कोई पेंच ढीला है।

वे अँधेरे में लगभग बीस मिनट तक नीचे पानी में तैरते रहे होंगे लेकिन उन्हें कोई कार-वार नहीं मिली।

"हम और आगे चलकर देखते हैं," एवन बोला।

"हमने सारा इलाक़ा तो छान मारा है," उन्होंने एवन से कहा। लेकिन एवन आसानी से मानने वाला नहीं था। तो उन्होंने ऑक्सीजन की टंकियाँ बदलीं और दूसरी बार नीचे तैर गये, और बीस मिनट तक पानी में ही रहे। और इस बार उन्होंने सुनिश्चित किया कि वे नाव के आसपास ऊपर न आयें। इस बार भी उन्हें कार का कोई सुराग नहीं मिला।

लेकिन एवन के लिए यह भी काफ़ी नहीं था। उसका चेहरा पहले से कहीं ज़्यादा सुर्ख़ हो रहा था। वह ज़ोर से चीखा। तैराकों ने ऑक्सीजन की आख़िरी टंकी भी खर्च कर देने की हामी भरी। और जब वे तीसरी बार भी पहले की तरह ख़ाली हाथ बाहर आये, तो एवन आपे से बाहर हो गया। वह चप्पुओं पर झुककर बुरी तरह काँपने लगा।

"तुम हमसे करवाना क्या चाहते हो?" वे पूछने लगे।

दो मिनट बीत गये, शायद पाँच। तब एवन अचानक अपने स्वभाव में आ गया। वह बोला सच में हम लोग कुछ ख़ास नहीं *कर सकते*। इतनी ज़ेहमत उठाकर उसे राहत बख्शने के लिए उसने उनका शुक्रिया अदा किया। फिर उसने उनका हिसाब चुकाया और उन्हें भेज दिया।

अगले कुछ हफ़्ते वह अपने फ़ार्म और उस पर काम करने वाले मज़दूरों के बारे में सोचता रहा। उसने एक नये टुकड़े को जोता, आलू बोये और दूध दुहा। गर्मियों के दिन लौट आये, जानवर फिर से चरने लगे, उसने घास और भूसे को काटा। गर्मी का वह मौसम बीत गयी गर्मियों जैसा ही था।

उसी अगस्त में लड़का घर लौट आया, और एक दिन वह ब्राण्डी लेकर एवन को खोजता हुआ चला आया। एवन को नौजवान से मिलकर बहुत सुख मिला, और फ़ार्म पर आने वाले लोग वाक़ई विरले थे। वे बैठे दारू उड़ाते रहे, और युवक ने उसे बताया कि कई बार उसने नार्थ सी में तूफ़ानों का सामना किया और कि वह ज़रा भी नहीं डरा। उसने घर छोड़ने के बाद और भी कई चीज़ों का सामना किया—उसे डर का एहसास कभी नहीं हुआ। और पिछली सर्दियों के बर्फ़ के अनुभव की स्मृति से उसे कोई सुख नहीं मिला था। वह एक बार फिर जाना चाहता था, ताकि पिछले एहसास को दुरुस्त कर सके—आने वाली सर्दी में।

"बढ़िया," एवन ख़ुश होकर बोला। उसे लगा कि इस अकेले सुझाव से ही उनमें एक दोस्ती लगभग कायम हो गयी थी।

लेकिन अगली बार जब हंस दक्षिण की ओर कूच कर गये तो एवन को लगा कि पता नहीं अभी उनके एक साथ पार जाने में कितनी देर है, और उसे पतझड़ के मौसम के लम्बे खिंच जाने का अंदेशा हुआ। कुछ-कुछ ऐसा था जैसे गठिया ने उसके शरीर में रिस कर उसे जमा डाला हो, जैसे इस मित्र की प्रतीक्षा ने, जिसकी एवन ने अपने जैसा धैर्य धरने में मदद करनी थी, उसी मित्र ने मानो आकर ऐसा अवरोध पैदा कर दिया हो जिससे एवन अचानक रुक गया हो।

उसे पतझड़ का मौसम हमेशा अच्छा लगता था जब उसका फ़ार्म और वह सुखचैन से रहते थे : वह लकड़ी काटता था, दूध दुहता था, या फिर अन्दर बैठकर अपनी पत्रिकाएँ पढ़ा करता था। फिर जब वह शहर में किसी पार्टी में शरीक़ हुआ तो उसके कानों में पड़ा कि उन दो तैराकों ने उससे चालाकी की थी, कि उन्होंने कार को अच्छे से ढूँढ़ा ही नहीं था, और यह बात उसके मन में उठने वाले अन्य विचारों से हिलमिल गयी, और इससे नौजवान के साथ अपनी दोस्ती में उसे कुछ अजीब-सा लगने लगा। उसने बाड़े के पीछे पिछले साल की लकड़ी को ठीक से ढेरियों में जमा दिया, लेकिन न तो लकड़ी की मात्रा से और न ही उससे मिलने वाली सुरक्षा से उसके मन में ख़ुशी पैदा हुई। वह कार के बारे में सोचता रहा और उस धूप के बारे में जो कि उसके धँसने से पहले उसके लाल रोगन पर इतनी साफ़-साफ़ चमक रही थी। तैराकों और लड़कों के बारे में भी। जब नौजवान क्रिसमस के लिए घर लौट ही आया और जीवन जितने ही बड़े क्षेत्र में आ खड़ा हुआ, तो एवन इतना सकपका गया कि शुरू-शुरू में उसे समझ ही नहीं आया वो चाहता क्या था।

"मेरे पास काफ़ी लकड़ी है," वह बोला। अलावा इसके झील पहले से ही जम चुकी थी, और इसका अर्थ होगा परम्परा को तोड़ना। परम्परा यह कहती थी कि कटाई का काम पतझड़ में हो जाना चाहिए और लादने और लाने का काम सर्दी में। लड़के ने बाड़े की दीवार से सटी ढेरियों की ओर देखा—पुरानी, सूखी लकड़ी।

"क्या हम काटने और ढोकर लाने का काम एक साथ नहीं कर सकते?" उसने पूछा।

"बर्फ़ अभी नयी है," एवन ने जवाब दिया। "हमें ज़ञ्जीरें लेकर जाना पड़ेगा।" उसे ज़ञ्जीरों को इस्तेमाल करना अच्छा नहीं लगता था।

"इससे कोई फ़र्क थोड़े ही पड़ेगा," लड़का बोला।

"हाँ, नहीं पड़ेगा," एवन ने ज़रा नुँची हुई आवाज़ में जवाब दिया, और वह फ़ार्म की ओर चलने लगा।

"क्या मतलब?" लड़के ने पूछा।

"ओह, कुछ नहीं," एवन ने उत्तर दिया। वह गैरेज में गया और एक पेटी

में से उसने ज़ञ्जीरों को खींचकर बाहर निकाला। ज़ञ्जीरों को लगाते समय लड़के ने कुछ मज़ाक करने की कोशिश की—उसे एवन का लहजा अच्छा नहीं लगा था। जैसे ही वे बर्फ़ के पास आये उसे और भी अच्छे से याद हो आया कि पिछले साल कैसा था। लेकिन एवन उसकी चुलबुली बकबक को सुन नहीं रहा था। उसने ज़ञ्जीरों, आरियों और बाकी साज़ो-सामान को वाहन में भरा और खुद भी सवार हो गया। लड़के ने भी वही किया। वे पहाड़ी से उतर कर जेट्टी पर चले आये। फिर बर्फ़ की सतह पर।

बर्फ़ हरे काँच जैसी थी। उनके नीचे पत्थर और पेड़ों के तने साफ़ दिख रहे थे, अपने आकार से बड़े, कीच और हवा के बुलबुलों के साथ। यह निचला हिस्सा जल्दी ही पीछे छूट गया। वे एक झूमते हुए सियाह आइने पर चल रहे थे।

फिर एक गहरी गरज इञ्जन के शोर में चली आयी। पहाड़ी ढलानों से टकराकर गूँज लौट रही थी। दो गूँजें। एक सफ़ेद धारी दूसरी ओर से ज़मीन की ओर हिसहिसाती चली आ रही थी। दूसरी उत्तर की ओर चीरती हुई उस पानी की दिशा में जा रही थी जहाँ से नदी आती थी, एक तीसरी पीछे की ओर—ज़ञ्जीरों के छोड़े हुए निशानों के समानान्तर।

"बर्फ़ जम रही है," एवन बोला।

"तुम्हें पक्का पता है टूटेगी नहीं?" लड़के ने पूछा।

"नहीं टूटेगी," एवन ने जवाब दिया।

लड़के ने अपनी उँगलियों के जोड़ों को देखा। वे एक बार फिर सफ़ेद पड़ गये थे। वह सोच रहा था अगर वे बर्फ़ में धँसने लगे तो क्या वह सहज रह पायेगा।

"क्या तुम उस सूराख को नहीं खोलोगे?" उसने पूछा।

"मैं भूल गया था" एवन ने जवाब दिया। उसने खोला और इञ्जन को तेज़ कर दिया।

यून फ़ोस्से

मैं तुम्हें बता नहीं सकता था

जीवन में ऐसी कई चीज़ें होती हैं जिन्हें आप छोड़ नहीं सकते, कम से कम मेरे जीवन पर तो यह बात लागू होती है, मुझ बूढ़े होते आदमी के जीवन पर, मैंने जीवन में ऐसी कई चीज़ें देखी हैं जो हमेशा देखता रहूँगा, उन चीज़ों की क्षणिक दीप्ति जो घट चुकी है, दीप्तिमान आभास जैसा कि मैं उन क्षणों के बारे में कहना चाहूँगा, ऐसा दीप्तिमान आभास जो मुझमें जड़ पकड़ बैठा है, इतना गहरा इसलिए उतर गया है क्योंकि उसमें कुछ अर्थ भरा हुआ है जिसे मैं समझ नहीं सकता, ऐसा अर्थ जो कि शायद अर्थ भी नहीं है, शायद चीज़ों की उस क्षणिक दीप्ति का कोई अर्थ नहीं होता, या कि और लोगों के लिए तो नहीं ही। और अब जबकि कुछ ही समय में मैं मर जाने वाला हूँ, वे आभास भी मेरे साथ मर जायेंगे, आभास चले जायेंगे, लेकिन इससे शायद इतना फ़र्क नहीं पड़ता, क्योंकि वे आभास ग़ायब हो भी चुके हैं, ये बहुत समय पहले की बात है कि उन घटनाओं के आभास समय में स्थित थे, स्पेस में, एक बिन्दु पर जहाँ समय और स्पेस मिलते हैं, उन आभासों के अस्तित्व में रहे आये होने को बहुत समय हो चुका है, वे आभास जा चुके हैं, बहुत समय हो गया है उन आभासों को गये हुए। जैसे तुम भी बहुत समय से जा चुकी हो। तुम, जो मेरे भीतर इतनी मज़बूती से जड़ जमा चुकी हो, क्षणिक दीप्तियों के माध्यम से जिनमें मैं तुम्हें देख सकता हूँ, जिनमें मैं तुम्हें कुछ करते हुए देख सकता हूँ, वे आभास भी कब से जा चुके

हैं। सभी कुछ चला गया है, तुम चली गयी हो। वह समय जब यह घटना घटी, वह भी। मैं भी ज़्यादा देर ज़िन्दा नहीं रहूँगा। ऐसा ही है यह सब। लेकिन मैं तुम्हें पहली बार देखता हूँ, तुम्हें स्कूल के अहाते को पार करते हुए देखता हूँ, और तब से मैं तुम्हें स्कूल के अहाते को पार करते हुए देख रहा हूँ, तुम्हारे चलने में कुछ ऐसा था, जैसे तुम चलकर जा रही थीं, जैसे तुम हल्की-सी आगे को झुकी हुई थीं, जैसे किसी बात पर नाज़ होने जा रहा था तुम्हें, लेकिन इसके साथ ही तुम शर्मसार भी थीं और छिप जाना चाहती थीं, मैंने तुम्हें स्कूल के अहाते को पार करते हुए देखा, तुम्हारी चाल में कुछ ऐसा था, तुम्हारे काले बालों के साथ, एक जैकेट जो बहुत ढीली सी तुम पर झूल रही थी। जब मैंने तुम्हें स्कूल का अहाता पार करते हुए देखा मुझे कुछ हो गया। मुझे नहीं मालूम वह क्या था, मुझे नहीं मालूम वह क्या है। ख़ैर, इसका कुछ भी अर्थ नहीं है, कोई फ़र्क नहीं पड़ता इससे, लेकिन ऐसे ही दीप्तिमान आभास, जैसे उस समय तुम्हारे चलने के ढंग में थे, जब तुम स्कूल का अहाता पार कर रही थीं, उसी स्कूल में, उसी साल, ठीक उसी सुबह, नये स्कूल में तुम्हारा पहला दिन, पतझड़ के मौसम के बीचों-बीच किसी समय, तुम्हारे चलने के ढंग में वह क्या चीज़ थी जो ऐन उसी वक्त मेरे भीतर जड़ पकड़ बैठी, इतना गहरे में उतर गयी, केवल मेरी स्मृति में ही नहीं, लेकिन मेरे ख़ुद के चलने के ढंग में। मैंने तुम्हें स्कूल के अहाते को पार करते हुए देखा, पतझड़ की एक अलस्सुबह और तुम्हारी चाल में कुछ ऐसी चीज़ को देख लिया मैंने कि मुझमें एक बदलाव आ गया, जब तुम आधे-से अँधेरे में स्कूल के अहाते को पार कर रही थीं। ख़ैर, तुम्हें तो हँसना ही है। हँसना ही है तुम्हें। इसका कोई अर्थ नहीं है, लेकिन मैं इसके साथ-साथ उस चीज़ के अन्त की ओर चल रहा हूँ जो मैं देखने जा रहा हूँ, और वह तुम हो, पतझड़ की एक अलस्सुबह स्कूल के अहाते को पार करती हुईं, यही मैं सबसे साफ़-साफ़ देखता हूँ अपने मन की आँख में, यही वो चीज़ है जो मेरे लिए सबसे ज़्यादा अर्थ से भरी है, यह, और एक और एक अन्य क्षणिक दीप्ति, वह दीप्तिमान आभास जब तुम स्कूल की कैण्टीन में बैठी हो, बाकी कुछ लोगों के साथ, लेकिन तुम उनके साथ नहीं हो, तुम दूसरों के साथ बैठी हो और अपने आप में भी, अकेली, तुम अकेली दूसरों के साथ बैठी हो, तुम वहाँ अकेली बैठी हो अपने काले बाल

लिये, मेज़ के एक एक छोर पर, जहाँ तुम अक़्सर बैठती हो, मैंने कितनी बार देखा है तुम्हें वहाँ बैठे हुए, लेकिन इस एक बार मुझे याद है कि तुम वहाँ बैठी हुई थीं, और तुम्हारी आँखों में कुछ था, तुम्हारे नज़र उठाकर देखने के ढंग में कुछ ऐसा था, तुम्हारी निगाह में कुछ ऐसा जो मैं कभी नहीं समझ सकता, वहाँ कुछ था, तुम्हारी आँखों में, जो मुझमें गहरा उतर गया था, मैं नहीं समझ सकता वह क्या था, या है, लेकिन तुम वहाँ बैठी थीं, तुम बैठी थी वहाँ, और तुमने ऊपर देखा, बस तुम बैठी थीं, तुमने ऊपर देखा, और उस निगाह के बारे में मैं जो कुछ कहता हूँ ठीक नहीं लगता, उस निगाह का वर्णन करना सम्भव ही नहीं है, तुम्हारी निगाह में बहुत कुछ था, उस सुबह, स्कूल की एक कैण्टीन में, जहाँ तुम मेज़ के एक छोर पर बैठी थीं, अकेली बैठी थीं, दूसरों के साथ, तुम्हारी निगाह में कुछ ऐसा था जो समझ से परे था, क्षण भर के लिए, सिर्फ़ वहीं, और सिर्फ़ उसी समय। मैं भूल नहीं सकता उस समय जो मैंने तुम्हारी निगाह में देख लिया था। वह मुझमें जड़ पकड़ चुका है। मैं जो कुछ भी रहा हूँ उसमें वह है। मैं समझ नहीं सकता मैं उस चीज़ को क्यों नहीं भूल सकता जो मैंने उस वक्त तुम्हारी आँखों में देखी थी। मैं उसे अपने भीतर सँजोकर रखता हूँ, कहीं गहरे में, भीतर, मेरी अपनी निगाह का हिस्सा बन चुका है वह, क्योंकि जब मैं देखता हूँ, मैं भी उसी निगाह से देखता हूँ जो मैंने तुम्हारी निगाह में देखी थी। यह एक ऐसी चीज़ है जिसे समझ पाना सम्भव नहीं है, ऐसी चीज़ जो दरअसल कुछ नहीं कहती, जिसका कोई अर्थ नहीं है, लेकिन अब, जब कि मेरा जीवन भी समाप्त होने को आ रहा है, क्योंकि ऐसा है, जो मैंने उस घड़ी तुम्हारी निगाह में देखा था वह मेरी देखी हुई चीज़ों में सबसे साफ़-साफ़ चमक रहा है। सुनने में यह ठीक नहीं लगता, मूर्खतापूर्ण लगता है, क्योंकि जितने भी लोगों से मैंने प्रेम किया है, जो कुछ मैंने देख रखा है, जो कुछ भी घटा है मेरे जीवन में, तुम्हारी हरक़त में, जैसे तुम्हारा शरीर हरक़त में आता है, एक अलस्सुबह, पतझड़ के बीचों-बीच, जब तुम नयी छात्रा के रूप में मेरे स्कूल में आयी थीं, वह मेरी देखी हुई चीज़ों में सबसे साफ़-साफ़ उभरता है। यह भयावह है, एक तरह से असम्भव है यह। यह भी असम्भव है कि तुम्हारी निगाह में, देर सुबह, स्कूल की एक कैण्टीन में, जहाँ तुम मेज़ के एक छोर पर बैठी थीं, अकेली दूसरों के साथ, जहाँ तुम अपनी

वे आँखें लिए बैठी थीं, और तुमने नज़र उठाकर देखा था, यह असम्भव है कि उस समय जो मैंने तुम्हारी निगाह में देखा वह मेरे जीवन की सबसे अर्थपूर्ण चीज़ों में से है, एकदम अर्थ से शून्य जोकि वह दरअसल है, जो मैंने अपने जीवन में देखा। मुझे यकीन है कि अगर तुम्हें पता होता, तुम झेंप जातीं और तब तुम मुझसे कभी बात न करतीं, बहुत विचित्र होता, बड़ा मुश्किल, क्योंकि मैं तुम्हारी मामूली-सी किसी हरकत में, बिलकुल मामूली-सी किसी निगाह में क्या-क्या न ढूँढ़ लेता, तो मेरी उपस्थिति में तब तुम कैसा महसूस करतीं, कुछ सख़्त-सी पड़ गयी चीज़ की तरह, किसी ऐसी चीज़ की तरह जिसे ग़ायब हो जाना था, मुझे यकीन है तुम ऐसा ही महसूस करतीं, अगर मैं तुम्हें बता देता कि तुम्हारे जिस्म की हरक़त में वह क्या चीज़ थी, उस सुबह, मेरे स्कूल में तुम्हारी पहली सुबह, पतझड़ की वह सुबह, एक ठण्डी आधी-सी रोशनी में, हल्की-सी बारिश में, वह हल्की-सी हवा, और कि इस सबका मेरे लिए क्या अर्थ निकल आया था। तुम इसे बिलकुल न समझ पातीं, मेरे साथ रह ही न पातीं। और अगर मैं तुम्हें बता देता कि तुम्हारी निगाह में ऐसा क्या था, उस देर सुबह, स्कूल की एक कैण्टीन में, जब तुम दूसरों के साथ अकेली बैठी थीं, जब तुमने नज़र उठाकर देखा था, यदि मैं बता देता तुम्हें कि उसका मेरे लिए क्या अर्थ था, तुम उन सालों पर इतनी खुली दृष्टि न दौड़ा पातीं जो हमने साथ-साथ बिताये थे, मुझे पक्का पता है। इसीलिए मैंने तुम्हें बताया नहीं था। या शायद मैंने सिर्फ़ ख़ुद को यकीन दिला लिया था कि तुम बँध जातीं। शायद मुझे बता ही देना चाहिए था तुम्हें। जब तुम मर रही थीं मैंने हाथ थाम लिया था तुम्हारा, तब भी मैंने तुम्हें नहीं बताया। मैंने तुम्हारी साँस को मन्द पड़ते हुए सुना, साँस को बन्द होते हुए सुना, साँस को ख़त्म हो जाते हुए सुना, बहुत समय तक ग़ायब रहे हुए सुना, फिर तुम्हारी आँखों में जीवन को देखा, देखा कि लौट आ रही है तुम्हारी साँस, फिर ग़ायब हो जा रही है, फिर तुम्हारी साँस चली गयी थी और तब, बिलकुल तभी, मैंने देखा जो तुम्हारी निगाह में था कमरे में चल-फिर रहा था, जो तुम्हारे जिस्म की हरक़त में था, उसके साथ, मैंने देखा कि जो तुम्हारी निगाह और जिस्म की हरक़त में था वह बदल रहा था, एक दीप्तिमान आभास में, किसी ऐसी चीज़ में जो ज़रा धुँधली होकर अस्पष्ट हुई और फिर ग़ायब हो गयी। मैंने तुम्हारी

निगाह को ख़ाली होते हुए देखा। मैंने तुम्हारी आँखों को अन्तिम बार देखा। मैंने तुम्हारी पलकों को बन्द किया। और मैंने तुम्हारी आवाज़ को सुना, एक ऐसी आवाज़ जिसे मैंने कई बार सुना था, तुम्हारी आवाज़ को कुछ यूँ सुना था जैसे मैं हमेशा के लिए, जब तक मैं ज़िन्दा हूँ, इससे पहले कि मैं भी ग़ायब हो जाऊँ और तुम्हारी आवाज़, ठीक वहीं, ठीक उसी वक्त ग़ायब हो जायेगी, मेरे साथ, मैंने तुम्हारी आवाज़ को सुना था, दोपहर थी वह, सभागार में कोई मीटिंग चल रही थी उस स्कूल में जहाँ हम जाते थे, किसी ने तुमसे कुछ पूछा था, तुम खड़ी हो गयी थीं, तुमने कुछ कहा था, तुम फिर बैठ गयी थीं, मुझे याद नहीं मीटिंग किस चीज़ के बारे में थी, मुझे याद नहीं तुमने क्या कहा था, लेकिन तुम्हारी आवाज़ में कुछ ऐसा था, जैसे तुम्हारी आवाज़ और तुम्हारा शरीर परस्पर सम्बद्ध हों, जब तुम उठ खड़ी हुई थीं, तुम्हारी आवाज़ में कुछ ऐसा था, कुछ ऐसा जिसे मैं तभी से सुन रहा हूँ, मुझे नहीं मालूम तुमने कहा क्या था, मुझे याद नहीं, इसका कोई अर्थ नहीं, इसका, लेकिन इससे ज़रा भी फ़र्क नहीं पड़ता, लेकिन तुम्हारी आवाज़ में कुछ ऐसा था उस दोपहर, वहाँ, सभागार में, स्कूल में जहाँ हम जाते थे, तुम्हारी आवाज़ में कुछ ऐसा था, जब तुम खड़ी हो गयी थीं, अपने काले बाल लिये, कुछ ऐसा था तुम्हारी आवाज़ में, कुछ ऐसा था तुम्हारी आवाज़ में जिसे मैं तब से सुनता चला आ रहा हूँ। मैंने कभी तुम्हें बताया नहीं। ऐसी चीज़ें मैं तुम्हें नहीं बता सकता। मैं नहीं बता सकता तुम्हें कि तब से लेकर अब तक जो कुछ भी तुमने कहा है उसका मेरे लिए उतना अर्थ नहीं है जितना उस दोपहर में तुम्हारी आवाज़ का, वह आवाज़ जिसमें कुछ ऐसा था, सभागार में, उस स्कूल में जहाँ हम जाते थे, जहाँ तुम कुछ तो भी कह रही थीं जो मुझे याद नहीं है। मैंने तुम्हें स्कूल के अहाते को पतझड़ की एक अलससुबह पार करते हुए देखा था, ठण्डी आधी-सी रोशनी में तुम्हारी चाल में कुछ ऐसा देखा था जो मुझे हमेशा याद रहा है। और मैंने तुम्हें मेज़ के एक छोर पर बैठे हुए देखा था, स्कूल की एक कैण्टीन में, तुमने नज़र उठाकर देखा तो मैंने तुम्हारी निगाह में कुछ ऐसा देखा जो मुझे हमेशा के लिए याद रहा आया। और मैंने तुम्हें खड़े हुए देखा, एक दोपहर, सभागार में, उस स्कूल में जिसमें हम जाते थे, और मैंने तुम्हारी आवाज़ में कुछ ऐसा सुना जिसने मुझे कभी नहीं

छोड़ा। अब तुम चली गयी हो। जब तुम मर रही थीं तुम्हारी हरकत में कुछ ऐसा था, तुम्हारी निगाह में, तुम्हारी आवाज़ में, जो मेरे भीतर से गुज़र गया और कमरे में भर खिड़की के बाहर अँधेरे होते आसमान में फैल गया उस अस्पताल के कमरे के बाहर जहाँ हम थे। मुझे नहीं मालूम वह क्या था, मुझे नहीं मालूम वह क्या है। मैंने तुम्हें यह कभी न बताया होता अगर तुम ज़िन्दा होतीं, इससे तुम्हारे लिए सब कुछ बड़ा कठिन हो जाता, क्योंकि मैं बस इतना ही चाहता था कि तुम्हारा शरीर ठीक वैसी ही हरक़त करे, जब तुम जाग गयी थीं, थकी हुईं और टट्टी करना चाहती थीं, जब तुम बहुत गुस्सा थीं, जब तुम ख़ुश थीं, जब तुम गुस्से से फट पड़ी थीं और मुझे टट्टी का सुड्डा कहकर बुला रही थीं, मैं चाहता था तुम्हारा शरीर वैसी ही हरक़त करे जैसी वह चाहता था, मैं तुम्हें बताना नहीं चाहता था, नहीं बताना चाहता था कि मैं उस दीप्तिमान आभास के साथ चलता-फिरता रहा, जैसा कि मैं उस क्षणिक दीप्ति के बारे में कहना चाहता हूँ, मेरे भीतर, उस चीज़ के साथ चलता-फिरता रहा जो तुम्हारे शरीर में हरक़त कर रहा था, या तुम्हारे शरीर में हरक़त पैदा कर रहा था, जब तुम स्कूल के अहाते को पार कर रही थीं, उस सुबह, मेरे भीतर। मैं तुम्हें उसके बारे में कुछ भी बताना नहीं चाहता था जो मैंने तुम्हारी निगाह में देखा था। तुम्हें वैसे ही देखना था जैसे तुम देखना चाहती थीं, इस बात की परवाह किये बिना कि मैं अपने भीतर तुम्हारी निगाह को लिये चल-फिर रहा था, तुम्हारी निगाह को अपनी निगाह में लिये चल-फिर रहा था। और मैं तुम्हें बता नहीं सकता था कैसे तुम्हारी आवाज़ मेरे भीतर घर कर गयी है, तब तुम्हारी आवाज़ ठीक से गुस्सा नहीं सकती थी, एक मायने में, जैसे वह अब हो सकती थी, उन सभी घड़ियों में जब तुम मुझे खरी-खोटी सुनाती थीं, पूरा दिन, हर रोज़, कहती थीं कि मैं टट्टी हूँ, और भाड़ में जाये सब। तुम्हें इजाज़त होनी चाहिए थी कि तुम अपनी आवाज़ को अपने तक रख सको। मैंने कभी तुम्हें बताया नहीं कि तुम्हारी आवाज़ में कुछ ऐसा था जो कहीं गहरे धँस गया था मेरे भीतर। अब तुम मर चुकी हो। अब तुम वुजूद में नहीं हो। अब तुम्हारी हरक़त वुजूद में नहीं है, तुम्हारी निगाह, तुम्हारी आवाज़। उनका वुजूद मेरे भीतर है, फ़िलहाल। और मैं मरने से डरता नहीं हूँ।

लार्स आमुन्द वोगे

गाय

गाय। मैं गायों के गीत गाऊँगा। यकीनन ही वे इस लायक हैं। क्योंकि उनके पास होने की गर्माहट को मैंने महसूस किया है। उन्होंने मुझे सभी कुछ दिया है। तो फिर यह गायों का गीत है। शान्ति-प्रिय गायों का। उनकी टाँगों के इर्द-गिर्द पक्षी फुदकते हैं, कीड़ों और उड़ने वाली छोटी-छोटी चीज़ों की अन्तहीन गुञ्जार में उन्हें खाने को मिल जाता है। कस्तूरी, गौरइया और खञ्जन चिड़िया, वे जानते हैं न्याय का क्या अर्थ है। मैं फ़्रोया की बात करूँगा। उसकी जिसने सबसे ज़्यादा बरदाश्त किया है। इसलिए वह सबसे ज़्यादा समझदार थी। अपने बेहतरीन साल में उसने तीन हज़ार लिटर दूध दिया था। प्रेम की देवी का जो नाम था, उसे वही नाम दिया गया था। सिवा पीड़ा के, वह प्रेम के बारे में जानती ही क्या थी? विनम्र तो वह ज़रा भी नहीं थी। अपनी ज़ञ्जीरों को वह नाज़ से पहनती थी। वह अपने चारे की ओर लपकती न थी, बल्कि मिलने का इन्तज़ार किया करती। वह तो मलिका थी। कितनी शानदार गाय थी वह। उम्दा डील-डौल और नाप में सब अंग सही। उसकी आँखों के गिर्द सियाह घेरे थे, और आँखें उसकी रात-सी काली थीं। अगर मशीन ज़्यादा देर लगी रह जाती तो वह एड़ियाँ पटकती। ऐसा नहीं था कि वह जिस किसी को भी अपना दूध दे दिया करती। विनम्र तो वह कभी थी ही नहीं। वह जिसकी याददाश्त कमाल

की थी। उसे ही सबसे ज़्यादा डिब्बा-बन्द भोजन मिलता। मैं उसके चूचकों को धोने की कोशिश करता। वह अपनी पूँछ से मुझे झापड़ लगाती। न जी, मुझसे कुछ वास्ता नहीं रखना चाहती थी वह। उन्होंने उसे अपना सरगना चुन रखा था। वह उन्हें वहाँ ले जाती जहाँ घास खूब हरी हुआ करती थी। उन्हें वे रास्ते वही दिखाया करती थी जिनसे उन्हें जाना होता था, चारागाह से वापिस होते हुए और दोबारा अन्दर आते हुए। वे बिना कोई सवाल किये उसके पीछे-पीछे चले आया करते। कितने सारे थन झूलते-झालते और खुरों की लम्बी कतारें स्त्रियों जैसी शालीन। और उनकी चाल में वह अपार धीरज। हज़ारों-हज़ार दिन। जब तक कि उनका प्याला छलक नहीं जाता। तब पागलपन छा जाता। उफ़, सुनिए मेरा गीत। वह शान्त-सा चिन्तन जिसमें डूबी हुईं वे बाड़े से रवाना होतीं। रास्ते में सूँघती-साँघती, जबकि वे हरेक पौधे को अच्छे-से जानती थीं। कुकरौंधे के पत्तों को वे आदतन लपकतीं। लेकिन वे अहाते से आराम से गुज़र जातीं। वे कानून और पैग़म्बरों से वाक़िफ़ थीं। फिर वे चारागाह की ओर चलने लगतीं ओस के ग़ायब हो जाने से पहले, और उनके पीछे किवाड़ बन्द हो जाया करता। और हम लोग नाश्ता करने घर चले जाते। लम्बी जीभें रसदार घास को घेर लेतीं, बिना दाँतों के खुरदुरे मसूढ़ों में चढ़ा लेतीं, और फिर दाढ़ों से चीथ-चीथ कर सब निगल लिया जाता। फिर वे लेट जाया करतीं। झपकी लेकर जुगाली किया करतीं। मोटी मक्खियों के झुण्ड, वे भिनभिनाते जीव जिनसे उन्हें कभी छुटकारा न मिलता। और वे अपने कान फटकारतीं। अपने भारी सिरों से पीठ को झटकारतीं। अपनी पूँछों को लहरातीं। और पिस्सू आते, उनसे चिपक जाते, उनका ख़ून चूसते, और चूसते चले जाते। फिर वे उठकर चल देतीं, एक-दूसरे के पीछे, और पूरा का पूरा झुण्ड कहीं और चला जाता। वे सब चरती रहतीं। कीड़े उनके फेफड़ों में घुसे चले जाते और खाँसी कभी बन्द नहीं होती। और शाम जो कभी होती ही नहीं। बस दोहने का समय होता। और फ्रोया जानती थी उसकी औक़ात क्या है। वह सबसे पहले बाड़े के अन्दर जाती। फटे हुए थन और पिछली टाँगों को खोलकर। और फ़र्श पर दूध की लकीरें छलकने लगतीं। फिर एक नन्ही गाय, नयी-नवेली। उसने ग़लत मोड़ काट लिया और बाड़े के दो चक्कर। वह बेहद घबरा गयी, और हैरानी में उसने हग दिया, क्योंकि

वह समझ ही न पायी दूसरे सब कहाँ खो गये थे। हाँ, वे मूरख थीं, मूरख गायें। जिनमें जोश की कमी है, धन्य हैं वे, क्योंकि स्वर्ग का राज्य उन्हीं का है। वही की वही फ्रोया, वह अन्दर चली आयी। सीधे स्टॉल की ओर। अपनी बारी की प्रतीक्षा में। वह आराम से खड़ी रही जब हम उसे बाँध रहे थे। मैं उसके सफ़ेद, सफ़ेद दूध पर पला था। मेरे दाँत और मेरी सेहत उसी की बदौलत हैं। अपनी प्याली लिये मैं उसके छने हुए दूध का एक क़तरा माँगता। झागदार गुनगुना दूध। कितना मीठा, चिकनाई से भरा। मैं दूध का गीत गाऊँगा। क्योंकि नॉर्वे दूध के बिना है क्या? जिन स्टूलों पर बैठकर दूध दुहा जाता है, उनके बिना क्या है नॉर्वे? गड्ढे में लम्बी टाँग, छोटी टाँग स्टॉल में। स्टूल समतल रहता। हाँ, दूध दुहने का स्टूल एक करिश्मा है। और औरतें स्कार्फ़ बाँधे रहतीं क्योंकि वे रोज़ तो बाल धो नहीं सकती थीं। उनके दुबले हाथ थनों को सहलाते हैं। चूचकों को घेरे, वे चूचकों को खींचते हैं। या ख़ुदा! दूध बाल्टियों में उफ़ना चला आता, और उसकी लय। शुरू-शुरू में सख़्त सी, और फिर नरम और भरी-भरी जैसे-जैसे दूध ऊपर आता। और फिर अचानक बाड़े में आदमी लोग घुसे चले आये, और दूध दोहने की मशीनें। मेरा बाप था, वह मोटी गोल धार जब वह मशीन वाली बाल्टी को पचास लिटर के मन्थन-पात्र में ख़ाली कर देता। धीरे-धीरे ताकि छननी से बाहर न छलक जाये। और फिर नीचे के बर्तन में, ताकि रखा रहे, और ढक्कन पर दो पत्थर। शाम हो जाती। दूध। सभी मन्थन-पात्रों में दूध। बड़े कटोरों में दूध डाल दोनों हाथों से रसोई के पास वाले कमरे में, दोनों हाथों से सामने कटोरे में, एहतियात से, ताकि मलाई जम सके। फिर चाँदी के चम्मच से पर्त को सहेज लिया करते। बाड़े में गायों के ख़ाली थन। उन्हें क्या मुआवज़ा मिलता? अलावा घास के चारे के और कुछ भी नहीं? उन्हें हमारा धन्यवाद मिलता। बेमतलब का शुक्रिया। ज़िन्दगी कड़ी मेहनत थी। नासूरों की कोई गिनती नहीं। वे अपने स्टॉल में खड़ी रहतीं, जो कोई भी आ जाये। उनकी गर्माहट के क़रीब और झुकी हुई गर्दन को एक बाँह में ले ले। सिर नीचा किये उनके जिस्म से सट जाये। क्या यह एक किस्म की शुक्रगुज़ारी थी? कुछ तो थी ही। दाँतीदार कंघी और एक सख़्त ब्रश से उनका शुक्रिया अदा किया जाता। वे समय निकालते, किसान और उनके बच्चे, वे समय निकालते। और यकीन मानिए जब मैं कहता हूँ कि

गायें सब समझती थीं। वे एक तरफ़ को पूँछ हिलाने लगतीं। एक कान पीछे कर सर को आगे को तान लेतीं। वे मुड़कर धुँधली आँखों से देखतीं। यकीन मानिए खुजली होती है, उस ढेर सारे गोबर से, वे बाड़े में खड़ी रहती हैं, ख़ाली थन लिए। नींद से भरी। उन्हें नींद आती है। वे पूरा समय खड़ी रहती हैं, वसन्त के आने तक, गले में ज़ञ्जीरें पहने। उसी जगह खड़े-खड़े पाँव उठाना, पटकना। सुबह और शाम, वह सब उनके नीचे डाल दिया जाता है और सोने के लिए सूखे बुरादे का ढेर। सर्दियाँ खूब लम्बी होती हैं। उनके लिए गीत। गाय की पूँछ लम्बी होती है। गाय के चार पेट होते हैं। गाय घास खाती है। गाय रोटी खाती है, अगर मौका मिले। लेकिन उसे कभी मौका नहीं मिलता। गाय काग़ज़ खा सकती है और उसे लोगों के लिए भोजन में बदल सकती है। इतने से ही। जब समय ख़राब था वे पत्ते खाकर ज़िन्दा रहती थीं। वे तो उसे समुद्री शैवाल तक बटोरकर खिला देते थे। और हेरिंग मछली का कूड़ा-करकट। गाय खा लेती थी उसे। वह सब वह खाती रही है जो उसे दिया जाता है। हज़ार साल से वह हमारे लिए जुगाली कर रही है। अगर जुगाली करने लायक कुछ हो। क्षीण सर्दियों के बाद वह लड़खड़ाती हुई वसन्त की धूप में चली आती है। बड़ी मुश्किल से चलती हुई। उसने ये सब किया हमारे लिए। अनगिनत जचकियों को सहन किया है। अपने दुख और रञ्ज को झेला है। उसने ये सब बरदाश्त किया है। झूलते-झालते। दिन गुज़रते रहे। मैं बाड़े में हाथ बँटाया करता था। मैं लकड़ी के बुरादे को फावड़े से उठाकर बिछाया करता था। मैं बछड़ों को पानी देता था। गायों को उनका अनाज। इससे दूध ठीक से बैठ जाता था। फ़्रोया के लिए सात डिब्बे। क्योंकि उसका बोझ सबसे भारी था। बछड़ों को आधा-आधा डिब्बा। हम बाड़े में आते थे। साँकल उतारकर बत्ती जलाते। फ़्रोया सामने होती। टाँगें पसारकर वह एक ओर करवट लिए सोयी रहती थी। कितने सब्र से लेटी रहती थी वह। अफ़रा पेट। आँखें ऊपर को चढ़ी हुईं। पहले से बड़ी लगती थीं, लाल आँखें। उसका मुँह खुला था। टेढ़ा कर वह अपने अफ़रे पेट को उठाती। पाँव को धीरे-धीरे पटकती हुई। कितनी मुटिया गयी थी वह। मुझे हँसी आ गयी। मैं बिल्ली के पीछे भागा। वह उठी ही नहीं। ह्वेल मछली-सी बड़ी हो गयी थी वह। भारी साँसें। अपनी गहरी, गहरी आवाज़ से वह कराह रही थी। वह उठकर

खड़ी नहीं हुई। फ़्रोया की गहरी आवाज़। मैं वहीं का वहीं खड़ा रह गया। मैंने सोचा, यह हँसने की बात नहीं है। मैं, एक छोटा-सा लड़का, भला कर ही क्या सकता था? मेरा बाप बोला, साला अनाज। साला बेकार अनाज। वह इधर-उधर भागा। उसे बाड़े वाली जैकेट नहीं मिल रही थी। मैं उन्हें अनाज डालना चाहता था। मेरा बाप चिल्लाया उन्हें मत डालो अनाज। देना है तो औरों को दे दो, फ़्रोया को नहीं। बाड़े वाली जैकेट पहने वह बाहर की ओर भागा, और उसके पीछे दरवाज़ा झूलता रह गया। कनस्तर में अनाज जम चुका था। वह एइनार को लिये वापिस आया। अफ़रा पेट। उसे खड़ा करना पड़ेगा। वह धीरे-धीरे पाँव मार रही थी। भगवान के लिए, खड़ा करो उसे। एइनार बोला, कोई सी भी दारू है? दारू? मेरे बाप के पास ब्राण्डी थी। जाओ जाकर माँ से कहो तुम्हें ब्राण्डी की बोतल चाहिए। वह आँखें फाड़े देखती रह गयी। मेरी माँ दारू की बोतल लिये देखते ही बनती थी। उधर फ़्रोया उठ खड़ी हुई थी। टाँगें चौड़ी किये। रीढ़ के नीचे उसका पेट पूरा फूला हुआ था। एइनार ने मियान में से लाल हत्थे वाला चाकू झटके से निकाला। उसने चाकू को घूरा। गहरी साँसें भरीं। चाकू उसके हाथ में काँपा। उसने चाकू पर दारू उँड़ेली। महँगे क़तरे। मेरे बाप ने पूँछ को पकड़ा। उसने चाकू घोंप दिया, फुर्ती से, आधा धँसा दिया; फ़्रोया, उसके घुटने हिल गये, लेकिन वह फिर उठ खड़ी हुई। एइनार ने चाकू बाहर नहीं निकाला। वहीं रहने दिया। उसे इधर-उधर घुमाया। सावधान सीटीनुमा, पादने की आवाज़। फिर उसने अपनी आँखें कसकर बन्द कीं, और फिर से चाकू घुमाया। और वह बैल की तरह गरज पड़ी, लम्बी, आधी दबी हुई गरज। दारू दो मुझे, एइनार बोला। छेद में से हवा बाहर निकली, भयंकर बदबू। उसने फिर थोड़ी दारू चढ़ाई, और चाकू बाहर खींच लिया। फिर उसने ओठों से बोतल लगायी और पीने लगा। मेरा बाप खुलकर हँस रहा था। दूध वालों की समिति की दावत हुई। उन्नीस सौ साठ में। मेज़ पर सूखे केक और कॉफ़ी। कोई गाय नहीं आयी। हालाँकि यह पार्टी उनकी थी। सभी कुछ उन्हीं पर टिका था, सारे मौसम, पूरा काम, दूध का पैसा। फिर भी उनकी रूहें वहीं मेज़ों के ऊपर और मेज़ों के बीच घूम रही थीं। हर तरफ़ उनकी रूह थी। गाय की वह भीनी-सी गन्ध। जब भी दो-तीन गायें आसपास होतीं। वे साबुन से उसे छुड़ाने की

कोशिश करते। या शेविंग क्रीम से। या फिर किसी पर्फ़्यूम से, जो ख़ुदा की रहमत से कम नहीं थीं। लेकिन वह जाती ही नहीं थी, गाय की वह भीनी-सी गन्ध हर चीज़ में रची-बसी रहती। कितनी शर्मनाक बात थी। कॉफ़ी की गन्ध से भी वह शर्म मिटती न थी। ज़िले का कृषि-विशेषज्ञ भाषण देने आया। उसके पास कार थी। उसने बताया कि अब बेहतरीन गाय तीन हज़ार लिटर तक दूध देती है। तीन हज़ार लिटर, उसने दोहराया, ताकि उसके शब्द सबके मन में उतर जायें। इतना काफ़ी होना चाहिए। हाँ, ख़ुदा की क़सम, इतना काफ़ी होना चाहिए। बेचारी बेज़बान जानें। दूध में चार फ़ीसदी चिकनाई थी। और इतना, ख़ुदा कसम, काफ़ी होना चाहिए था। लेकिन, आगे बढ़ने के लिए क्या काफ़ी है? और काफ़ी है भी क्या जब किश्तें चुकाना हो, कर्ज़ उतारने हों। गाय की सलाह कोई नहीं लेता। कोई प्याली नहीं भरती जब तक छलक न जाये। अब साल में दस हज़ार की मिक़दार है। अख़बारों में रिकार्ड की ख़बरें छपी हैं। पशुओं को क्या मिलता है? अब एन. आर.सी. का ज़माना है, नॉर्वीजी लाल पशुओं का। सींगों और सफ़ेद धब्बों वाले ढोर। मैं मासूम एन.आर.सी. के गीत गा रहा हूँ। मैं उनका ज़िक्र करूँगा जो मांसल और भारी हैं, पुराने स्टॉलों में खड़े नहीं रह सकते। और जिन्हें खाने के लिए तैयार गाढ़ी ख़ुराक मिलती है। बिजली के चबूतरे, रखा हुआ चारा और दूध की पाइप-लाइन। और ठण्डा करने के लिए टैंक। मैं उन दुखियारों को सलाम करता हूँ जो कभी दिन की रोशनी नहीं देखेंगे, जो पूरा साल अपने-अपने स्टॉल में खड़े रहेंगे सफ़ेद फ़्लोरोसेण्ट रोशनी के नीचे। किसी दिन वे फिर बाहर निकलते हैं। तब जब वे बहुत दे चुके होते हैं। जब उनका दूध बुख़ार उतर जाता है, और जब कैलशियम घोलने का आख़िरी टीका उनके ख़ून में जा चुका होता है। जब थनों की गुठलियाँ ख़त्म हो जाती हैं, और दूध में फिर कोई डिगली नहीं बनतीं, जब उन्हें पेनसिलीन की आख़िरी ख़ुराक मिल चुकी होती है, हर थन में एक, और जब थनों में अब कोई लगने वाली बीमारी नहीं रहती। अब वे मर जायेंगे। ख़ुराक की बदौलत अब उनका वज़न हलाक़ कर दिये जाने के लिए सही है। गर्मी के दिनों में सुबह और शाम वे ताज़ी कटी हरी घास खाते हैं। उनके चेहरे लम्बे और उदास हैं। एक दिन, उन्हें लगता है पीछे कोई है, वे मुड़कर देखते हैं। यह साँड़ नहीं है, सफ़ेद कोट

पहने हुए एक आदमी है। उफ़, ये सुस्त, दोस्ताना गोश्त के पहाड़। उन्हें कोई ख़्वाहिश नहीं होती। कोई ख़्वाहिश नहीं, क्योंकि यह ख़्वाहिश उनसे ले ली गयी है, उनके चैन के लिए यही अच्छा है। उन्हें गर्भ ठहराना मुश्किल होता है क्योंकि उन्होंने किसान को कोई संकेत नहीं दिया। यह दिक़्क़त है, यही दिक़्क़त है, यही तो दिक़्क़त है एन.आर.सी. के साथ। मैं ख़्वाहिश से भरी रेडपोल गायों के बीच बड़ा हुआ हूँ। मैं उन्हें कभी भूल नहीं सकता। वे चारागाह में एक-दूसरे पर चढ़ी रहा करती थीं। और कोई बच्चा भी बता सकता था कि फलाँ गाय अब साँड़ के लिए तैयार है। चारागाह में क्या लहर दौड़ जाती थी। जो बिना हिले-डुले खड़ी रहती, वह चाहती थी, वह चाहती थी। और उसी को घेरकर हम खड़े हो जाते थे। और उसे अन्दर ले जाते थे। हमारे बाड़े में कोई सफ़ेद कोट दाख़िल नहीं होता था। कितना आसान था सब। कोई शर्म नहीं थी। वह चुपचाप खड़ी हो जाती थी, बस। उसका हक़ था यह। वह अपनी पूँछ उठा देती थी, आग की तरह जलती थी, फूल जाती थी। और ख़ुदा ही जानता है उसे किस चीज़ की तलब थी। फ़्रोया जो थी, वह बागोड़ के पार चली गयी। बिजली की परवाह किये बिना। बागोड़ पार कर वह टूर्पे जा पहुँची, मीलों दूर, जहाँ समिति ने अपना साँड़ रख छोड़ा था। सब किसान हँसा करते थे। क्या आनन्द आता था उन्हें। बूढ़ी औरतें, वे भी सड़क पर निकल आती थीं। झुर्रीदार बूढ़े आदमी, छोटी-सी रस्सी लिये चले आते थे, जिसके दूसरे छोर पर गाय बँधी रहती थी। और जवान किसान भी उसी रास्ते से आते थे। गुनगुनाते और गाते हुए आते थे वे। यही उनके जीवन का साधन था; गाय शायद पतझड़ के मौसम में बछड़ा देगी। वे अपनी मर्ज़ी से आते थे। एक शालीन हरम। और मेरे बाप को सच में लगता था लड़कों को साथ रखना ज़रूरी है। मेरा बाप, एक गाय और हम सब लड़के लोग। यह टोली टूर्पे आया करती थी। साल में सात बार। साफ़-सुथरी बर्फ़ पर एक गन्दी-सी गाय। बारिश में एक गीली-ढीली गाय। धूप में चकाचक चमकती गाय। टूर्पे को! और साँड़ तो देखने लायक था। आपने कभी बड़ा-सा साँड़ देखा है? बहुत नहीं रहे अब। उनके यौन अंग। मोटी गर्दन और फूली हुई छाती। वे छोटी-छोटी टाँगें जिन पर वह धपधपाता है, और उसकी पिछली टाँग, जो कुछ होती ही नहीं। इस साँड़ का नाम था ट्रिम। उसकी

नाक में नकेल थी। वह धीरे-धीरे चलता था, आगे-पीछे मुड़-मुड़कर। उसका पूरा शरीर कीचड़ में लिथड़ा रहता था। वह ज़्यादा होशियार भी नहीं था। लेकिन वह अपने काम को अच्छे-से जानता था। हम नन्हे लड़के झाड़ियों में छिप जाते। और गाय चुपचाप खड़ी रहती। जैसे जम गयी हो। ऐसे खड़ी रहती जैसे उसके खुर सिक्के जैसे भारी हों और वह हिल न सकती हो। और साँड़ चला आता था। वह धौंकनी सा बलबलाता था और ज़मीन को चाटता और पञ्जे से खुरचता था। नाक चढ़ाता था। स्वाद अच्छा नहीं था। अच्छा होना भी नहीं चाहिए था। कड़ुवा ही होना चाहिए था। उसे ज़्यादा देर नहीं लगती थी। वह झुकता था और अपने मुटियल सिर से गाय के पेट और पिछवाड़े को सहलाता था, कोमलता न हो, ऐसा नहीं था। और वह स्थिति का जायज़ा लेने आराम से खड़ा हो जाता था। उसे करना चाहिए? और? और फिर वह दोबारा आ जाता था। और किसान लोग सीटी बजाते थे, उन्हें भी मालूम था क्या करना है। यह काँपती-सी एकसुर सीटी उन्होंने रविवार के स्कूल में नहीं सीखी थी। क्योंकि गाय को सभी एक बार और चाहिए था। और साँड़ एक बार फिर चला आता था और वह जस-की-तस खड़ी रहती थी। वे साँड़ को हाँक ले जाते थे। वह टाँगें अकड़ाकर चलता था। और नकेल से उसकी नाक कुछ खिंच जाती थी, और वह चलता जाता था। मैं रेडपोल गायों का गीत गाऊँगा। वही जो अब नहीं रहीं। बिना सींगों का प्यारा-सा सिर, अब नहीं रहा। वे बजरी की सड़क पर हल्के कदमों से उछलती थीं। वे पागलों की तरह कुत्ते-बिल्ली के पीछे नहीं भागती थीं। क्योंकि वे अब रही नहीं। और अब कभी फ़ेंस को फलाँग कर पार नहीं जायेंगी। आख़िरी बार उन्होंने सब्र के बदले पागलपन और आज़ादी हासिल कर ली है। मुझे उनकी फुर्ती याद है, जब वे अपने पूँछ हवा में दाग़ देती थीं। हाँफ़ते हुए एक-दूसरे को देखती थीं, यह सोचते हुए कि अब क्या ख़ुराफ़ात की जाये। वे भागकर सेब के बगीचे में चली आती थीं, टहनियाँ तोड़-तोड़ कर खा जाती थीं। आलुओं को खोद दिया करती थीं। स्ट्रॉबेरी के पौधों को जड़ समेत उखाड़ डालतीं, और गाजर की क्यारी में हग देतीं। ओ, रेडपोल गायो, तुम्हीं ने तो इस मुल्क को बनाया है। तुम्हारा इतिहास कौन लिखेगा? रेडपोल गाय, मैं अब भी तुम्हें देख सकता हूँ, नॉर्वे के गहरे हरे के सामने तुम्हारा सुर्ख़

रंग कितनी राहत देता था। अब तुम महज़ एक पित्रैक हो एन.आर.सी. गायों की असमंजस भरी करुणामयी देह में। मैं सलाम करता हूँ तुम्हें। जब वक़्त धीरे-धीरे बीत रहा होता था और दुख घिर आते थे, मैं बछड़ों के पास चला जाता था। और जब रास्ता मुश्किल से कटता था। मैं अपना हाथ फैला देता था। और तुम मुझे मेरा सुखचैन वापिस दे दिया करते थे। मैं आप सबको सहलाना चाहता था, लेकिन बछड़ो आप तो बस दूध चूसना चाहते थे। उम्मीद से भरे हुए, अजीबो-ग़रीब बछड़े। कई बार तो मुझे बस हँसी आ जाती थी। हालाँकि अगर वे बहुत जोश में आ जाते तो वे चोट पहुँचा सकते थे। ऐसे समय मैं अपना हाथ खींच लेता था और चिपचिपी थूक को भूसे से पोंछ लेता था। अब मैं पूँछ हिलाते बछड़ों का गीत गाता हूँ। उनकी ऊल-जुलूल हरक़तों और ख़ुशी के उन अजीब दौरों के जो उन्हें अचानक पड़ते थे। नाज़ुक जिस्म, गोल खोपड़ियाँ, लम्बी टाँगें, और वह सन्तुलन जिसे बनाये रखना मुश्किल हुआ करता था। और वह सिर, जो थूथनी की ओर इतना ग़ज़ब झुका हुआ होता था, और लटकते, झूलते हुए कान। और वे मुँह जो कभी मुस्कराते नहीं थे। लेकिन वे अपने जिस्म से मुस्कराते थे। वे कोमल आँखें, लम्बी पलकें जिनसे वे झपकते थे। मैं बछड़ों के पास जाया करता था। मैं उनके खाने की लम्बी गली में जाया करता, नींद आ जाती थी मुझे, उस बचे-खुचे भूसे पर जो बहुत पुराना पड़ चुका होता था। और वे चाटते थे मुझे। मेरी टोपी गिर जाया करती थी, और वे मेरे बालों को इस तरह चाटते कि वे खड़े हो जाते थे, अकड़ जाते थे, और एक ठण्डी जीभ से मेरी नींद खुल जाती थी, जैसे मेरी गाल पर रेगमार घिस रहा हो। बछड़े हमेशा एक-से ही होते हैं। जैसे बच्चे अब भी बच्चे ही हैं। सिर्फ़ जीवन ही बदल गया है। अब तो कोई बूढ़ी गाय दिखती ही नहीं। दस साल तो रेडपोल गाय के लिए कोई उम्र ही नहीं होती थी। उन्हें दस साल ज़िन्दा रहने दिया जाता था। आप देख सकते थे वे सड़क पर कैसे पाँव घसीट कर चलती थीं। बूढ़ी लड़कियाँ, अपने थनों को लटकाये। और दिन ही दिन थे उनके पास। कभी उनके लम्बे थन पाँव के नीचे आ जाते। उनके पेट लटक जाया करते थे, पीठें ढीली और उनके जोड़ सूज जाते। बूढ़ी गायें, वे साँझ के सूरज की ओर चलती थीं। हर कदम भारी। ज़रा-भी हिलने से दर्द होता था। लेकिन

उन्हें देख मैं खुशी से भर जाया करता था। वह शान्त-सी मुस्कराहट जो कभी-कभी मेरे ओंठों पर आ जाती थी, जब वे पास से गुज़रती थीं। न दायें देखती थीं। न बायें। हाँ, यह सच है। वे जब दिखती नहीं थीं, सॉसेज में बदल जाती थीं। इससे पहले कि उन्हें मरने का मौका मिले। लेकिन उन्हें बूढ़ा होने दिया जाता था। जब वे कम दूध भी देतीं। उन्हें कुछ इज़्जत तो मिलती थी। अब तो वे मुश्किल से पाँच की भी नहीं होतीं जब ट्रक उन्हें लेने आ जाता है। अब भला कौन बूढ़ी जान को खाना खिलाता है? और वे बाहर आ जाती हैं। ड्राइवर जानता है उन्हें कैसे लेकर जाना है। अगर वे बाहर निकलना नहीं चाहतीं तो वह उनकी पूँछ मरोड़ता है। फिर वे चली जाती हैं, चली जाती हैं वे। फिर वह ट्रक का दरवाज़ा बन्द कर देता है। और अन्दर अँधेरा होता है। अन्दर और भी कई गायें होती हैं जो उसी तरफ़ जा रही होती हैं। जब ड्राइवर आँगन से बाहर निकलता है उनके लिए खड़ा रहना मुश्किल हो जाता है। नर-गायक गाते हैं। गाय की गन्ध आती है। और जब आखिर में यूहान्नेस बाहर निकला तो बाकी गायों की लाइन लग चुकी थी। उसके बाल आँखों में गिर रहे थे और वह लाल-सुर्ख पड़ा मचल रहा था। फिर गाय की भोंसड़ी-सी गन्ध आयी थी और घास के चारे की। तब "माँ गाती है" और "गायकों का नृत्य" और "रूहों का खुदा" जैसे गीत गाये गये। सुर में नहीं। लेकिन वह नर-गायक मण्डली थी और वे किसी तरह अब भी बने हुए थे। जब वे आये तो कमरा लगभग ख़ाली था। जबकि मार्च-बैण्ड से गाय की गन्ध नहीं आती थी। वे वर्दी पहनते थे, और मेरा अन्दाज़ा है कि वे बाड़े में उसे पहनकर नहीं जाते थे। और जब वे वसन्त के मौसम में मार्च की रिहर्सल करने आते तो सभी बच्चे पागलों की तरह दौड़े चले आते थे, यह सोच कि आज़ादी का दिन है। आख़िरकार सत्रह मई का वह ख़ास दिन आ जाता था। और गायें भी शिरक़त करती थीं। सड़क-किनारे की फ़ेंस के पीछे भी। वे अपना रोल अदा कर सकती थीं। और क्या वह मार्च-बैण्ड ही था जिससे उनमें इतना जोश पैदा हो जाता था? या फिर वह सब शोर-शराबा और वह पैरेड जो उन्हें पुकार लिया करती थी? क्योंकि वे अपने को रोक नहीं पाती थीं, वे साथ-साथ भागती थीं। या फिर यह सब वे अपनी मर्ज़ी से करती थीं और इधर-उधर भागती हुईं उस दिन का जश्न मनाती थीं। मेरा मतलब है,

जश्न मनाने के लिए वे और कर भी क्या सकती थीं। और हम सब पैरेड शुरू हो जाने की राह देखा करते थे, और मौसम सुहाना रहता था उस मौके के माफ़िक। और वो जो बैण्ड का यूफ़ोनियम बजाया करता था, वही लेइदुल्फ़ जो साज़ को सिर पर लपेटे खड़ा रहता था, किसी चमकते साँप की तरह, जो लगता था उसे घोंट कर मार डालेगा, वह जब बजता था तो बिलकुल किसी निरीह सीटी की तरह, और उफ़, वह तो बिलकुल ख़तरनाक नहीं लगता था। मेरे पास एक गुब्बारा था। मैं उसे हवा में फेंकता फिर रहा था, जितना किसी गुब्बारे को फेंका जा सकता था; अचानक वह फिसलकर लेइदुल्फ़ के यूफ़ोनियम में अटक गया। ओह, लेइदुल्फ़ का यूफ़ोनियम कितनी इज़्ज़त और ख़ौफ़ पैदा करता था, अपने वाल्व, घेरों और ट्यूबों से। ऐसा नहीं लगता था वह बजाने जा रहा था। सब इन्तज़ार कर रहे थे। फिर मैं लपक कर उसके पास चला गया और बोला कि ऐसा लगता है मेरा गुब्बारा उसके यूफ़ोनियम में अटक गया है, और वह किसी का सहारा लिये वहाँ खड़ा रहा। उसने मुझे अपनी वह मुस्कान दी और बहादुरी से यूँ आगे झुका कि मेरा गुब्बारा लुढ़क कर बाहर आ गया। वह बोला मेरा नाम लेइदुल्फ़ है, तुम्हारा? फिर मुझे गाय की गन्ध आयी। मैं हाथ में गुब्बारा लिए खड़ा रहा और वह गन्ध मेरे नथुनों में चली आयी, जहाँ वह एकदम से पहचान में आ गयी, और मैं ख़ुश हो गया, उस दिन की वजह से और इतना सहारा जो मुझे आसपास मिल रहा था। मैंने किसी तरह गाँठ खोल दी, हवा मेरे गुब्बारे में से बाहर सरसरा गयी, और वह दूर सरक गया। दिन की उनींदी नशीली चिल्लाहटें कहीं दूर से आ रही लगती थीं। झण्डे लहराये जा रहे थे और कागज़ की फन्दियों वाले पक्षी। सत्रह मई का वह धीमे-धीमे लहराना-फहराना चलता ही रहता था। मुझे अपना गुब्बारा दो टाँगों और एक ड्रम के बीचों-बीच जाकर मिला और हाँ, वह इलाक़ा ख़तरनाक था। मैंने उसे फुलाया, यह देखने कि वह कितना बड़ा होता है। मैं तब तक फुलाता गया जब तक कि वह फट नहीं गया। पटाख़ा। उसी वक्त डर ने मुझे घेर लिया, और मुझे अपने चेहरे पर थूक की हल्की-सी फुहार का एहसास हुआ। जब मुझे होश आया सड़क पर रबड़ की चिन्दियाँ फैली थीं। अचानक लड़कियों ने मुझे घेर लिया, लड़कियाँ जो रबड़ के साथ बुलबुले फूँक रही थीं, मुझे गर्मी सी लगी और मैं वहाँ से हट गया।

ख़ाली हाथ। उन्हें थूक का बुरा नहीं लगा। बिलकुल आगे हेडमास्टर खड़ा था फुँदनों वाली टोपी पहने, उसने अपना हाथ ऊपर कर रखा था और उसका मुँह खुला था। ताल देना शुरू करो, उन्होंने ड्रम बजाने वाले से कहा। बजाना शुरू करो। मैं लेइदुल्फ़ के पास ही बना रहा। अब मेरे पास गुब्बारा नहीं था। उससे भी किसी चीज़ की गन्ध आ रही थी। मीठी-मीठी और कुछ-कुछ बीमार सी। उसके ओंठों पर एक मन्द सी चमक थी, और उसके बालों का रंग ऐसा था जैसे वह किसी गाय के पेट से सटकर आया हो। बेशक, वह ऐसा ही तो किया करता था। और उसकी उँगलियाँ जमकर जैसे अकड़ गयी हों। लेकिन सूरज चमक रहा था और भूर्ज के पेड़ों पर पत्ते आ रहे थे। बछिया चिल्ला रही थी, लेकिन उसे कोई जवाब नहीं मिल रहा था। बजाना शुरू करो, बजाना शुरू करो, सब कह रहे थे। मैंने देखा लेइदुल्फ़ का संगीत वाला काग़ज़ गिर गया था; मैंने फुर्ती दिखायी और उसे उठा लिया, क्योंकि उससे गाय की गन्ध आती थी और मुझे मालूम है ऐसे लोगों का। वह भी झुका, और यूफ़ोनियम उसकी गर्दन पर आ गिरा। लेकिन मुझे जाना था, क्योंकि झाँझ-मञ्जीरों और ड्रम की आवाज़ मुझे खींच रही थी, और गायों को भी। पैरेड शुरू हो गयी, पाइपों और तूतियों के शोरगुल में क्योंकि यूफ़ोनियम तो बज नहीं रहा था। और लेइदुल्फ़ जा चुका था। मैदान की ओर। हरियाली की ओर। उन घण्टियों की ओर जो बाहर के खेतों में खनखना रही थीं। और वे घास की सीटें जिन पर हम लोग बैठते थे। और बाहर एक फ़्रीज़र रखा हुआ था, जहाँ आइसक्रीम बिकती है। वह नर-गायक मण्डली जो प्लेटफ़ार्म पर खड़ी थी। और "ख़ुदा नॉर्वे की सरज़मीन पर रहम करे।" साफ़ नीले आसमान तले उनकी आवाज़ मन्द पड़ती चली गयी। और हमने ग़ौर किया कि ज़मीन से ठण्डक उठने लगी थी। बिना अपना सफ़ेद कोट पहने दाँतों का डॉक्टर आया, और भाषण देने लगा। हम अक्सर पुराने दिनों की बात करते हैं। लेकिन पुराने दिन *होते* क्या हैं? वह जानना चाहता था। दो पागल बछड़े उसके पीछे प्लेटफ़ार्म के ऊपर खड़े थे। उनमें से एक फ़्लूमरेइ थी। वे सब साफ़ और चमकदार थे क्योंकि वे दो-तीन हफ़्ते चारागाह में काटकर आये थे। बछड़े, वे आज़ाद थे और कोई फ़िक नहीं थी उन्हें। वे सजावट में लगे भूर्ज के पत्तों को खाने लगे। और यह बिलकुल सच था कि उन गायों को

मज़ाक करना आता था। एक ने पहले नॉर्वीजी झण्डे को धर दबोचा, दूसरे झण्डे को उन्होंने शान्ति से पड़े रहने दिया। उसे ऐसे हिला दिया कि पूरे प्लेटफ़ार्म पर जोश-भरी लय फैल गयी। और कुछ लड़कियाँ उठ खड़ी हुईं और नाचने लगीं, हालाँकि वे अपने देश के लिबास पहने हुई थीं। वे झूम-झूम कर नाच रही थीं और शर्म से उनकी आँखें झुकी जा रही थीं, जब वे गुनगुना रही थीं "मुझ से प्यार करो, नीला प्यार करो।" या ऐसा ही कुछ। और अचानक बिना सफ़ेद कोट पहने उस दाँतों के डॉक्टर के शब्दों का कोई मतलब ही न रहा। और प्लूमरेइ। अब वह रुक कर इधर-उधर देखने लगी। लेकिन उसके मुँह से झण्डा अभी तक लटक रहा था। लेइदुल्फ़, लेइदुल्फ़, लोग पुकार रहे थे क्योंकि उसी के बछिये थे जो हमेशा लीक से हट जाते थे। लेकिन सड़क पर लेइदुल्फ़ अभी तक अपनी संगीत-पुस्तिका ढूँढ़ रहा था। वह मेरी नानी ही थी जिसने उस दिन को सँभाल लिया था। या फिर कुछ-कुछ मेरी माँ ने। और मैं कहाँ था? मैं वहाँ आगे डायस के नीचे खड़ा था, जिससे लोग भाषण दे रहे थे। दाँतों के डॉक्टर ने मुड़कर देखा। शू-शू वह बोला। मेरी माँ और नानी इन्तज़ाम करने वालों में से थीं। शू-शू वे बोलीं, और अपने हाथों को यूँ हिलाने लगीं जैसे वे इस काम में माहिर हों, लेकिन उनके लिबासों के साथ यह सब बहुत अजीब लग रहा था। और प्लूमरेइ, और वह दूसरी भी प्लेटफ़ार्म से नीचे उतर आयी। चलते-चलते उन्होंने कुछ घास लपक ली जो इतनी तादाद में उग रही थी और फिर वे झाड़ियों में ओझल हो गयीं। और जहाँ हार्डांगेर की गुलकारी नानी के एप्रन पर सफ़ाई से काढ़ी गयी थी, वहाँ गोबर का एक दाग़ था। बस इतना ही तो था। और मेरा हाथ पकड़ मेरी माँ बोली वह गाँव के हॉल में जाकर टॉयलेट-पेपर लेकर आयेगी। अरे छोड़ो, मेरी नानी बोली, तुम देख नहीं रहीं बछिया तो पहाड़ी से उतर भी गयी है। कोई बात नहीं, प्यारी बच्ची। और मेरी नानी की मुस्कान, वह हमेशा मुस्कराती रहती थी। गोबर से किसी का कुछ नहीं बिगड़ता। कड़ुवी, ईर्ष्यालु प्लूमरेइ। सत्रह मई थी और वह अभी जवान थी। वह बंजर खेतों पर से भागती हुई दूसरी बछिया के साथ ढलान से नीचे उतर गयी। और भाषण जारी रहा। और उनकी पूँछें हवा में लहरा रही थीं। वह अपना पिछवाड़ा मटकाती हुई चल रही थी। वह चटख जलते हुए लाल रंग की थीं। उसके कोट

पर कोई धब्बे नहीं थे। ख़ुदा ने उसे आग से बनाया था। उसकी पतली, मज़बूत देह, उसकी गुस्ताखी, उसकी सारी शैतानियाँ। इस सबका क्या अन्जाम होता है भला? वह तो एक रहस्य थी। एक और दूसरी कटनी के बीच वह हमारे पास गर्मी के मौसम में आयी थी। गाय बेचने का वह मौसम ठीक नहीं था, मुझसे अगर कोई पूछे। लेइदुल्फ़ उसे रस्सी से बाँध कर लाया था। मुझे तब उसका नाम मालूम नहीं था, पर वह प्लूमरेइ ही थी। वह प्लूमरेइ ही थी, जिसने इतनी बेअदबी से झण्डा खींच निकाला था, और वही निकली वह जो हमारे पास आयी थी। वे सड़क से आये थे, और वह भाग निकली, और लेइदुल्फ़ से जितना उसका पीछा होता था उसने किया, जो ख़ास नहीं था। उसने उसे कोई पट्टी से नहीं बाँधा हुआ था, उसकी जीभ मुँह से बाहर लटक रही थी, झाग निकल रही थी। बाड़े के नीचे एक खूँटी थी; उसने उसे उससे बाँध दिया। उसने अपना सिर सीधे ज़मीन पर रख दिया, घुटनों के बल बैठ गयी, जैसे वह रस्सी से निकल जाना चाहती हो, लेकिन उससे हो नहीं पाया। और लेइदुल्फ़ बाड़े में चला आया, उसके ओंठों पर वही चमक थी, और उसके बाल उसी रंग के थे, लेकिन वह अपना यूफ़ोनियम लेकर नहीं आया था। उसके साज़ का स्वर ऐसे काँपता था जैसे उसकी साँस फूल रही हो। लेकिन लेइदुल्फ़ में काफ़ी दम था। यूफ़ोनियम और पीछे बजते हुए ड्रम। वे बैण्ड का हिस्सा थे। बाकी सबको, पूरी मण्डली को, वे आगे ले आते थे। चलते रहो। यूफ़ोनियम से ज़ोरदार धमाके हो रहे थे। और स्केल नीचे से ऊपर, फिर नीचे, पूरी तरह, इतना गहरा और कोई जा ही नहीं सकता था, और जब वह साँस अन्दर फूँकता था उसकी मुस्कान भी अन्दर घुसी चली जाती थी। और वे दब्बू से कोर्नेट, बढ़िया लालमुँहे। और स्नेयर-ड्रम। और एर्लिंग जो सर पीछे फेंक कर हँसा करता था। और लेइदुल्फ़ के अन्दर-बाहर के गाल। उससे धुएँ और किसी और चीज़ की मिली-जुली गन्ध आया करती थी। वह लम्बे समय तक इस चीज़ की बात करता था कि माँ ने कितना दूध दिया है। ऐसा लगता था वह आसमान से टपका हो, और वह बोला बेशक उसे कुछ पीने को चाहिए। इसे प्लूमरेइ कहते हैं, वह बोला। उसने एक ख़ाली सा पाँव उसकी ओर पटका, और चला गया। सड़क पर तेज़ी से। प्लूमरेइ को देखकर आप कुछ-कुछ बता सकते थे, वह बछड़ा देने वाली है। अगस्त में उसका

थन सूजना शुरू हो गया। प्यारा सा, मज़बूत काँपता हुआ थन, नन्हे चूचकों वाला। उसका कोई कसूर नहीं था कि वह मोटी हो रही थी। वह भारी, गोल-मटोल, ममतामयी प्लूमरेइ बनती चली गयी। ममत्व जो उसमें पनप रहा था। शायद उसने चाहा नहीं था, लेकिन वह मुटिया रही थी। उसका गुस्सा कहाँ से आता था? और उसकी जवानी के वे ख़ुश दिन। और उसका लचीला जिस्म। अब वे चुक गये थे। मैंने कभी इतनी मोटी गाय नहीं देखी थी। जहाँ तक उसकी ज़ञ्जीरें उसे जाने देतीं, वह खींचती थी, शायद भूख से पगला कर। वह दूसरों का खाना भी खा जाती थी। जहाँ सबसे अच्छी घास उगती, वह भाग-भाग कर लपकती, फिर खाये चली जाती, दूसरों को पीछे धकेलती हुई। वह साँड़ की तरह चिंघाड़ती और अपने सिर से घास की सीटें उखाड़ लेती। लेकिन वह ममता से भरी थी। वह पीछे को दुलत्ती मारती, अगर कोई ज़रा-सा भी पास से गुज़र जाता। और वह अपनी आँखें चढ़ा लेती। और हम जो फ़ेंस तानते थे, हथौड़ी से खम्भे गाड़ते थे, और जाली से खींचकर घेराबन्दी करते थे, हम उस पर हँसा करते थे। क्या गुस्सा था। शायद ख़ुशी अब भी थी, भीतर। शायद यह अन्धा गुस्सा ख़ुशी का उल्टा हिस्सा था, या फिर उस ओर का, या शायद वे एक ही चीज़ थे। और हमें गुस्से की तारीफ़ भी करनी चाहिए, शायद, जैसे हम ख़ुशी की तारीफ़ करते हैं। इसलिए शुक्रिया अदा करना चाहिए, प्लूमरेइ, कि तुम दूसरी गायों जैसी नहीं थीं। तुम निरी आग थीं। और जो सिर्फ़ कुनकुने हैं, मैं उन्हें बाहर थूक दूँगा। ओह, नहीं, कुनकुने भी बने रहिएगा। सभी कुछ बने रहिएगा। पूरे सात रंग, लाल से जामुनी। एक दिन वह घर वापिस नहीं आयी। प्लूमरेइ नहीं थी इसलिए औरों को इन्तज़ार करना पड़ा। क्योंकि अगर किसी शख़्स के पास सात गायें हैं और एक खो जाती है, क्या वह छह को छोड़ एक को नहीं ढूँढ़ेगा? और हम शाम में बाहर निकल जाया करते थे। या तो शाम एकदम शान्त हुआ करती थी, या फिर हमें कुछ सुनायी नहीं पड़ता था। सिर्फ़ सीधे खड़े पहाड़ से गिरता हुआ झरना। हमने चारागाह पार की। वह जंगल के अन्दर तक फैली थी। दूर और दूर। हम ऐसी पगडण्डियों पर आ निकले जहाँ पहले हमारे कदम नहीं पड़े थे। वह हमें उस घाटी में मिली जहाँ लम्बे दरख़्तों के साये साँझ की रोशनी को ढाँप रहे थे। वह वहाँ जनी थी, अपने आप, और हरी घास पर

उसका पुत्र लेटा हुआ था। बच्चा, वह बच्चा जिसने उसे फाड़ डाला था। लेकिन उसे कुछ पता नहीं चला था। बच्चा हरी घास पर पड़ा था। छोटा-सा पुलिन्दा, उसी की तरह लाल, लगभग काला। लेकिन चिपचिपाहट तो वहाँ थी न! उससे वह और भी सियाह जान पड़ता था। माँ पाँव पटक-पटक कर ज़मीन को रौंदने लगी। ऐसा लगता था मानो उसकी जानदार ज़बान इन पुलिन्दों से जुड़ गयी हो, काँपती हुई, ख़ौफ़नाक बन्दिश। अपने इकलौते को वह चाटती चली जा रही थी, जो वहाँ पड़ा हुआ काँप रहा था। फ़ख़्र का एहसास नहीं था। न कोई खुशी ही। ममत्व से भरी, पागल, अपनी ज़बान के चलते वह बेसाख़्ता चिल्लाये चली जा रही थी, और पाँव पटक रही थी। हम उसके पास सरक आये, क्योंकि हमें तो काम दिया गया था। बछड़ा हमारा था, उसके तो दूध से फटते हुए थन थे, ख़ुराक और बेहिसाब दिन। हम उसके और पास-पास रेंगते चले गये, बिल्लियों की तरह दबे-पाँव। वह भागी नहीं, वह जो इतनी फुर्तीली थी। उसने अपने सिर से हमें अच्छा झटका दिया। चाटने से छुटकारा नहीं था, लेकिन वह लड़ने को तैयार थी। चाटने से छुटकारा नहीं था। मैंने उसे दाना डाला। मुझे अपने चेहरे पर धूर्त मुस्कान का एहसास हुआ। क्यों मैं उसे दाना डाल रहा था? उसने कोई ध्यान नहीं दिया। मैं वहीं खड़ा रहा। बछड़ा खड़े होने की कोशिश करने लगा। और खड़ा तो वह हो ही गया। वह थनों के चूचकों तक पहुँचना चाहता था। वह मुड़ी, उसे समझ में नहीं आया, वह तो वही चाहती थी जो उसे अच्छा लग रहा था, वह उसे फिर से चाटना चाहती थी, ऐसा लगता था कभी काफ़ी नहीं होगा। उसकी चर्बी में हरक़त हो रही थी। और बछड़ा गिर पड़ा। और वह चूचकों तक पहुँच ही नहीं पाया। मेरे बाप ने उठा लिया उसे। अपनी बाँहों में बछड़े को भर वह तो भाग लिया। बेचारी माँ, उसे कुछ समझ में नहीं आया, वह तो हरी घास में अपने बच्चे को ढूँढ़ रही थी जहाँ से अब भी बराबर गन्ध आ रही थी। मेरा बाप तो घर की तरफ़ भागा चला जा रहा था। और अब प्लूमरेइ भी उसके पीछे थी, उसकी जीभ हवा में चाट रही थी क्योंकि उसके भीतर तो कोई और ही कानून धधक रहे थे। उसे चाटते चले जाने की ज़रूरत थी। मेरा बाप गोली की तरह खेत पार कर रहा था, लग़ातार मुझ पर चिल्लाता हुआ, प्लूमरेइ अन्धाधुन्ध उसके पीछे-पीछे। मेरा बूढ़ा और वह बछड़ा फाटक

पार कर चुके थे, और वह चिल्लाया, बन्द कर दो! और मैंने बाल्टी नीचे फेंक दी, चारा बिखर गया, और फाटक तो बन्द कर ही दिया मैंने। और प्लूमरेइ। वह पागल हो गयी। वह सीधे फाटक से जा भिड़ी। लेकिन फाटक मज़बूती से खड़ा रहा। मेरा बाप सड़क पर भागा चला जा रहा था, उसने बछड़े को कन्धों पर डाल लिया था, पाँव और सिर लटक रहा था। प्लूमरेइ फ़ेंस के उस ओर थी, वह रो-रिरिया रही थी, उसके पिछवाड़े से चिपचिपाहट अब भी रिस रही थी। उससे सहन नहीं हो रहा था। वह चुप हो गयी, अपनी गोल छाती से फ़ेंस पर पिल पड़ी। वह उसे तोड़ देना चाहती थी, लेकिन वह टस से मस न हुई। वह फ़ेंस। उसने कँटीली तार की परवाह नहीं की जिससे चुभकर उसका ख़ून रिस रहा था। मेरा बाप था कि चलता ही जा रहा था। उसका चेहरा डरावना हो रहा था, और घुटने मुड़ रहे थे। तब बछड़े ने अपना मुँह खोला और उसने एक लम्बी, साफ़ और मासूम गुहार लगायी। सो उसका स्वर-तन्त्र बन चुका था, एकदम ख़ालिस और नया। प्लूमरेइ चौंकी; उसने फ़ेंस का पीछा छोड़ दिया और दूसरी ओर से उसके साथ-साथ चलने लगी, नाउम्मीद, और चट्टान के माथे तक पहुँच वह रुक गयी। हम बछड़े को घर ले आये और हमने उसे हाते में बाँध दिया। उसे कोई परवाह हो, ऐसा नहीं लगता था। उसने उठने की कोशिश की और वह लड़खड़ा गया; मैंने हाथ से उसे सहारा दिया, और वह चूसने लगा। चलो, मेरा बाप बोला, अब हम प्लूमरेइ को ढूँढ़ते हैं। हम फिर निकल पड़े, मेरे बाप के हाथ में एक रस्सी थी। शाम एकदम शान्त थी। चारागाह पार करने के बाद हम दोबारा रास्ता नहीं ढूँढ़ पा रहे थे, और यूँ जैसे जंगल पलटकर छा चुका था। हमने आवाज़ लगायी, चिल्लाये, लेकिन प्लूमरेइ का कुछ अता-पता नहीं था। बोरा उठाये एक आदमी जंगल से चला आ रहा था और मेरे बाप ने पूछा तुमने मेरी रेडपोल गाय को तो नहीं देखा? न, वह बोला, मैंने नहीं देखा, और वह चल दिया, लेकिन कुछ ही समय बाद वह फिर दिखायी दिया। वह भी रास्ता भटक चुका था और घूम-फिर कर वहीं पहुँच रहा था। अचानक हम मौत की छाया वाली उस घाटी में थे, और प्लूमरेइ वहाँ थी। वह ज़मीन को सूँघती हुई तेज़-तेज़ घूम रही थी। लेकिन उसे अपनी गर्भ की झिल्ली और अपने ख़ून के सिवा वहाँ कुछ न मिला जो वहाँ पड़ा-पड़ा सूख रहा था। तब मेरे बाप ने

उसे पट्टी पहना दी। लेकिन मैं बताऊँ अब वह सब समझ चुकी थी। वह अपनी मर्ज़ी से हमारे संग चली आयी, उसका गुस्सा दुख में बदल चुका था। वह ऐसे चल रही थी जैसे कुछ हुआ ही न हो। वह हर कदम पर सर हिला रही थी। फिर एक दिन वह चली गयी। दूध के फ़िल्टर में जितना दूध भरता है, बस उससे ज़्यादा वह नहीं दे रही थी, और वह भी हम बिल्ली को दे देते हैं, मेरे बाप ने कहा। मैं एक दिन उसके बाड़े में गया, और उसका स्टॉल ख़ाली था, और उसके न होने से वहाँ शान्ति थी, मैं याद करता हूँ, खाने के हौद में वह अपनी ज़ञ्जीरें छोड़ गयी थी। वह जा चुकी थी। लेकिन भूसे की कुठरियाँ तब भी थीं और अब तक हैं। यानी उनमें से ज़्यादातर। लाल कुठरियाँ। बछड़ा बड़ा हो गया। और हलाक़ करने के लिए काफ़ी वज़न था। और फिर कुठरियाँ भी थीं। जहाँ अबाबीलें अब भी घोंसले बनाती हैं। चारा कटने के दिनों में शोर बहुत ज़्यादा होता है उनके लिए। लेकिन वे अन्दर-बाहर उड़ती हैं। शिशुओं को खाना खिलाना ज़रूरी है। हर अबाबील अपने बच्चों को देखती है। समय गुज़रता है। लेकिन अबाबीलें जारी रहती हैं। अबाबीलें अब भी वहाँ उड़ती हैं। क्या तुम अब भी वहाँ हो? और तिलियर अब भी छतों के शहतीरों पर आ बैठती हैं। वे ज़िन्दा बारिश की तरह बिजली के तारों की तरफ़ उड़ती हैं। और आसपास के खेतों की ओर, कभी उनमें फ़सलें हुआ करती थीं। बड़े-बड़े पत्थर पड़े रहने दिये जाते थे। उनके इर्द-गिर्द घास काट दिया जाता था। उस समय डायनमाइट नहीं होता था। अगर ज़मीन ज़्यादा खड़े ढाल की होती, वे लोग दीवारें बनाकर उन पर मिट्टी डाल दिया करते थे। गायों के लिए ऐसा करना ज़रूरी था, वह सब। गायें, बारिश, पूरी घास वाली फ़सलें। हम इस सब में से उठकर निकल गये, जिद्दी, अनजाने। जीवन हमें दिया गया था। एक ढंग का। कटनी का मौसम आता था। कभी सीध में कटनी नहीं की जाती थी। सीध में कटनी के लिए एक से ज़्यादा लोगों की ज़रूरत हुआ करती थी। उन छोटे-छोटे टुकड़ों पर कोई सीध नहीं हुआ करती थी। लेकिन काटते तो वे थे। जब दिन बहुत गरम हो जाता तो वे चड्डी पहने कटनी करते थे। और दराँती की धार चली जाती थी क्योंकि ओस उड़ चुकी होती थी। उठती हुई दराँती की चिलक। धार के पत्थर का गीत। और औरतें भूसा फैला देती थीं, और वे अन्दर ले जाकर चट्टा बाँधकर रख देती थीं,

और दीवाल पर गिनकर सारे पूसों का जोड़ खुरच कर लिख दिया करती थीं। वे गायों के लिए लिखती थीं। यह देखने के लिए कि वसन्त के आमद तक काफ़ी होगा या नहीं। घास काटने वाला मोवर आ चुका था, और घरघराता फिरता था। और वह गियर-पेटी जिसमें वे तेल डालते थे। और वह उँगली-पट्टी जो चरचराती रहती थी, और लोहे की सलाखें जो घास में फुसफुसाया करती थीं। घास गिर जाती थी। तो अब पत्थर नहीं रहे और बूढ़े लोग इस हक़ीकत को गाली देते हैं। क्योंकि बूढ़े लोग हमेशा गाली देते हैं। क्या आपने कभी ग़ौर किया है? जब उन्हें लगता है कोई सुन नहीं रहा तो वे गाली देते हैं। मेरे पास एक बछड़ा था जो सिर्फ़ मेरा था। हमने उसे नेस्स से ख़रीदा था। बिलकुल ज़र्द पड़ रहा था वह। किसी ने इतना ज़र्द बछड़ा नहीं देखा था। नेस्स एक अजीब जगह थी, एक समतल द्वीपकल्प जो समुद्र में घुसा हुआ था, छोटी-छोटी तिकोनी पहाड़ियाँ, लगभग मस्सों की तरह, और वे सब चीज़ों की कटाई पुराने ढंग से करते थे। छोटे पुराने घर अब भी खड़े थे। और जानवरों के बाड़े चाँदी के-से स्लेटी थे। खेत दीवारों तक फैले हुए थे, और जानवर वहाँ चरा करते थे। जब हम लौटते तो बछड़ा दहलीज पर खड़ा मिलता और लगता था वह जानता है उसे क्या मिलने वाला है। हम फिर भी दस्तक देते थे, और वे हमें अन्दर बुला लेते थे, और वे खाँसते, और थूकते और गला साफ़ करते। हम दरवाज़ा खोलते और सीधे रसोईघर में घुसते क्योंकि घर में कोई हॉल नहीं हुआ करता था। हमें वहाँ खिड़कियों वाली दीवार से सटी बैञ्च पर स्वेर्र बैठा हुआ दिख जाता। वह अपनी पाइप सुलगाता, और पूरी नली उस छेद में ग़ायब हो जाती जहाँ उसके सामने के दाँत होना थे। वह कभी सुलगाता कभी चूसता। मैंने सोचा शायद पाइप ही उसे ज़िन्दा रखती है, क्योंकि वह चूस-चूस कर इतनी हवा अन्दर ले लेता जितनी वह रख सकता था, और फिर बाहर निकाल देता। वह धुएँ के एक बादल में खो जाया करता था। तो तुम पालतू बछड़ा ख़रीदना चाहते हो, वह बोला। और हमने उसे खाँसते हुए सुना। जब धुआँ छत को छूने लगा वह तब भी वहीं था। मुँह लाल। चीड़-अँधेरी दीवारें हमें घेरे हुए थीं। चीड़ जो अपनी गरम चमक से अँधेरा कर देता है। शाम के समय हमने बछड़े को रस्सी बाँधी और उसे लेकर चल पड़े। बछड़ा आना नहीं चाहता था, वह अड़ रहा था। कोई

बछड़ा इस तरह ले जाया नहीं जाना चाहता। लेकिन हम फाटक तक पहुँच गये। और सिगरुन हमें गुडबाय कहने आयी; उसके बाल पीले और घुँघराले थे और सिर के साथ जुड़े हुए-से थे। वह बहुत चुप थी, सिगरुन, और बहुत धीमे सुर में बोलती थी। जब वह कुछ कहती थी, तो एक सुर हवा में लटक जाता था, एक ऐसी ध्वनि जो मिटती ही नहीं थी। हमने सोचा हमें थोड़ा रुकना चाहिए; हमने पीछे मुड़कर देखा, हमें ज़मीन पर काली खुरची लकीरें दिखायी दीं जहाँ बछड़ा अड़ रहा था। सिगरुन एक कटोरी में ब्रेड के टुकड़े लिये खड़ी थी। यह ब्रेड है, उसने बछड़े से कहा। लेकिन बछड़े ने ऐसा दिखाया जैसे सुना ही न हो। यह देखना आसान था कि सिगरुन रो रही थी, और मैंने नज़रें नहीं चुरायीं क्योंकि राहत सी मिल रही थी, वे आँसू जो सरक रहे थे, और वे लाल से निशान जो उसके माथे पर उभर आये थे। ठीक से रहना, मेरे प्यारे बछड़े, वह बड़ी गहरी, स्थिर आवाज़ में बोली, और उसकी आवाज़ हवा में ठहरी रही। हम सड़क तक पहुँच चुके थे लेकिन बछड़ों को अच्छा नहीं लगता यूँ खींचकर ले जाये जाना। क्या उसे मालूम नहीं है? मैंने पूछा। बिलकुल मालूम है सिगरुन को, मेरे पिता ने कहा, और मेरे बाल सहला दिये; उन्होंने मेरे बालों को सहलाया और बछड़ा अच्छे से दुलकी मार कर साथ-साथ चलने लगा। पिता बोले वह मेरा बछड़ा था। उन्होंने उसका नाम हेरा रख दिया। लेकिन वह कोई जन्नत की मलिका नहीं थी। और ज़मीन जुती और सिरी हुई थी। अब तो और भी गहरी खोदी जाती है। चारे की घास उगती है, और तिपतिया घास। वह असल में घास नहीं होती, धतूरे और पीले बटरकप फूलों समेत, लेकिन फ़सल खूब अच्छी होती है। हल्के हरे मैदान, धतूरे के और पीले बटरकप फूलों से भरे। और अब हमें मोवर से काटना पड़ेगा, क्योंकि घास उग चुकी है और जल्दी ही जड़ें पीली पड़ जायेंगी। और चारा काटने वाले हारवेस्टर घरघराने लगते हैं, हमेशा ऐसे ही होता है, सब का सब, गायों के लिए। खेतों में ये मशीनें ऊँची दीवारों के लम्बे ट्रेलर लिए आतीं, और पावर पॉइण्ट से कनेक्शन जोड़तीं, और हाथ-इञ्जन के स्पीड-कण्ट्रोल को नीचे करतीं और इञ्जन के पूरा हरकत में आते-आते क्लच्च को छोड़ देतीं। साँटें उठतीं और काटतीं और बारीक़ कटे घास की फुहार उड़ने लगती। गायों के लिए, सब। और दूधशाला अब भी है और कपड़ों की दुकान

में बदल चुकी है, जहाँ आप फ़र की जैकेट बहुत सस्ते में ख़रीद सकते हैं, और जहाँ जूते एकदम फोकट के दाम मिल जाते हैं। जहाँ पहले दूधशाला हुआ करती थी। और हम लोग वहाँ घोड़ा, ठेला और दो-तीन बाल्टी दूध लेकर जाया करते थे। दूध का ट्रक चलना शुरू हो चुका था, और हरेक को अब वहाँ स्टैण्ड बनाना पड़ता था। दूध के ट्रक का ड्राइवर। उसकी नीली शेवरलेट मोटरकार जिससे उसने तब तक छुटकारा नहीं पाया जब तक कि बॉनेट फोड़ ठण्डा करने वाला पंखा बाहर नहीं निकल आया। तब कहीं जाकर उसने गाड़ी बदली। दूध के ट्रक के भीतर वह इतनी चक्राकार स्टीयरिंग करता था कि शायद ही किसी ने देखी हो। लेकिन वह सड़क से नीचे नहीं उतरता था। फिर वह बड़ा-सा टैंकर जिसके पीछे द्वार था, और पाइप लगा एक ड्रम, मापने का सामान, और वे नकचढ़े नौजवान जो सड़कों को तहस-नहस करते रहते हैं, लकड़ी के जूते और जीन्ज़ पहने, बाहर, फिर अन्दर कूदते हुए, और दूध लिये शहर को निकल जाते हैं। यह सब हमेशा लगभग ऐसा ही होता है। गायों के लिए, सब। ज़र्द, दोस्ताना हेरा, वह नन्ही-सी लेकिन काफ़ी सख़्त-जान गाय थी। मैं उसके स्टॉल में जाया करता था। फिर वह पीछे मुड़कर देखती थी, और मैं खड़ा रहता था, उसकी गर्दन मुझे घेर लेती थी। मैं उसके शरीर पर से खुरचकर गन्दगी साफ़ कर दिया करता था, और उसके रोयेंदार बाल सीधे कर देता था। उसे अच्छा लगता था। वह अपनी मुण्डी आगे को तान देती थी। जब वह जनी तो गर्भ की झिल्ली पर मेरी नज़र पड़ी। वह गोबर की हौदी में पड़ी थी दिन की तेज़ चमकदार रोशनी में और क़रीब-क़रीब सूखने ही वाली थी। मैंने खुद से पूछा वह कब से वहाँ पड़ी होगी। हेरा की पीठ कमान की तरह मुड़ रही थी। वह मुड़ी और उसने मेरी आँखों में झाँककर देखा। मुझे उसकी मदद करनी थी। फ़ौरन मदद करनी होगी। मैं क्या कर सकता था? मैं तो बच्चा ही था। उसके भीतर की वह आवाज़, मैं क्या कर सकता था? मैं भागकर अपने बाप को ढूँढ़ने लगा। हमें उसी पर भरोसा करना था, हेरा और मुझे। वह तो काफ़ी मज़बूत आदमी था। वह निचली सड़क पर था। वह एक शब्द नहीं बोला। लेकिन वह तेज़-तेज़ चलने लगा। क्योंकि हमें अपनी गाय के भीतर से आती हुई आवाज़ यहाँ से भी सुन रही थी। हमें बछड़े के पिछले पाँव दिखायी दे रहे थे। सत्यानाश, मेरा बाप

फुँफकारा, लेकिन वह अपने दाँत पीसने लगा। उसने अपनी आस्तीन ऊपर चढ़ा ली। साबुन ढूँढ़ो और पानी गरम करो। उसने अपने हाथों और बाँहों पर साबुन मला। उसने मुझसे कहा कि मैं क्षण भर के लिए बाहर चला जाऊँ। मैंने पीछे मुड़कर देखा कैसे वह बछड़े को अन्दर धकेल रहा था। और मैंने देखा कि उसका हाथ अन्दर घुसकर ग़ायब हो गया। मैं भाग कर अन्दर गया। लेकिन मुझे फिर बाहर आना पड़ा। वह मुझे बुला रही थी। मैं उसकें स्टॉल में खड़ा होकर उसे खुजला सकता था। टाँगें बाहर आ चुकी थीं। मेरे बाप के बाल उसकी आँखों में गिर रहे थे। उसकी बाँहें चिपचिपाहट और ख़ून से भरी थीं। उनमें से भाप निकल रही थी। लेकिन वह मुस्करा रहा था। हेरा, तुमने ज़ोर लगाया। तुम एक बहादुर गाय हो, कितनी ताक़त है तुम में। मेरे बाप ने खींचना शुरू किया। पीले खुर बाहर निकल आये, वे भिंचे हुए थे। वह बोला बछड़ा ग़लत करवट पड़ा हुआ है। रस्सी लेकर आओ। मुझे दूधशाला में पड़ी हुई हरी रस्सी मिल गयी। उसने रस्सी को नन्हे खुरों के गिर्द डाल दिया, बछड़े ने बिना किसी बचाव के उन्हें भींच लिया। तुम भी खींचो। मेरे पीछे। ख़ुदा के वास्ते, मेरे पीछे। हेरा के शरीर के भीतर से गरगराहट की आवाज़ आयी। उसके भीतर वह आवाज़। और उसके मुँह से झाग निकल रही थी। एइनार को बुलाओ! मेरा कोई कसूर नहीं था, मैं रो रहा था। एइनार गोबर का काँटा छोड़कर भागा चला आया। एइनार, वह जल्लाद, अन्दर आ गया। किस करवट पड़ा है, उसने पूछा। ग़लत पड़ा है, पीठ के बल, मेरे बाप ने जवाब दिया, लेकिन उसने उसे पेट के बल पलट दिया था। चलो खींचते हैं। हेरा अपने स्टॉल में गिर गयी। एइनार बोला, उठाओ उसे। क्या वे उसे पड़ी नहीं रहने दे सकते थे? नहीं क्योंकि फिर खींचना भारी पड़ता है। उसने उसे एक ठोकर मारी। मैं अपनी नन्ही कलाई से उसे पीटना चाहता था। मैं रो रहा था। मुझे जाकर अपने अंकल को लाना था। सड़क में कई बल थे। मेरे अंकल कहाँ हैं? वे जंगल में सैर करने गये हुए थे। दिन-दिहाड़े। वे चारागाह में खड़े हुए एक शूलपर्णी को देख रहे थे। उन्होंने घूमकर पीछे देखा। वे सबसे अच्छे थे। उन्होंने जानना चाहा क्या वे बहुत समय से खींच रहे थे। मैं बोला, वे कम-से-कम एक घण्टा खींच चुके हैं। मैं उनके साथ-साथ नहीं चल पा रहा था। हो सकता है रस्सी टूट चुकी हो। मैं उनके

पीछे-पीछे बाड़े में घुसा। हेरा बछियों के बीच में खड़ी थी। वह इतनी छोटी थी। उससे कोई आवाज़ नहीं आ रही थी। एइनार बोला, उसके कूल्हे बहुत तंग हैं। उन्होंने फिर खींचा। बल देकर भी खींचो, एइनार चिल्लाया। उन्होंने खींचा। लड़का भी, एइनार चीखा। उसने मुझे रस्सी का छोर थमा दिया। लेकिन मैंने नहीं खींचा। अगर उससे एक आवाज़ भी मुझे आ जाती। वह इतनी चुप थी। पिछली टाँगें बाहर थीं, योनि से लटक रही थीं। उफ़, लम्बी साँस भरो। बछड़ा बाहर आ गया। क्या ख़ुशी थी। उसी क्षण हेरा फ़र्श पर ढह गिरी, और निश्चल पड़ी रही। अब वह आराम कर सकती थी। क्या ख़ुशी थी। मेरा चेहरा गर्म था और सनसना रहा था। उसे खाना चाहिए, मैं बोला। लेकिन वह उसे छू तक नहीं रही थी। और न ही वह बछड़े की ओर ध्यान दे रही थी, किसी भी चीज़ की ओर नहीं। हौद में बछड़ा था, टाँगें और हड्डियाँ, और चिपचिपाहट से भरा हुआ। वह काँपा तक नहीं। जीवन का अचरज मेरे लिए, हमारे लिए, नये जन्मे बछड़े की कँपकँपाहट, और फड़कन, और मुँह का खुलना, और पहली साँस का आना, जीवन का करिश्मा, यह सब हवा में लरज़ रहा होता है। और यह जीवन की ही बदौलत था कि एइनार ने ख़ुद को नीचे झोंक दिया, जितना लम्बा वह था, चिपचिपाहट और गन्दगी में, और अपने बड़े से जबड़े को भाप में लिपटी इस मरियल-सी लोथ की थूथनी पर लगाकर फूँकने लगा। वह उसमें प्राण फूँकना चाहता था, लेकिन कोई फ़ायदा नहीं था। उसने मुण्डी को छोड़ दिया जिस पर कान अभी तक चिपके हुए थे। वह सीमेण्ट के फ़र्श पर धनाक से लगा, और एइनार ने मेरे बाप की आस्तीन खींचकर कहा, तुम कोशिश करो। लेकिन मेरा बाप वहीं खड़ा रहा। धत् तेरे की, ऐसे क्या वह बचेगा? फिर मेरा बाप घुटनों के बल बैठ गया। और उसने सिर को उठाया, अधखुली, अन्धी आँखों को, अपनी गोद में रखा, नीचे झुककर चूमा, फूँका, लेकिन प्राण हमसे दूर जा चुके थे। और हेरा, तुम्हें तो उठ खड़े होना चाहिए था, परवाह करनी चाहिए थी। लेकिन उसे कोई परवाह नहीं थी। वह कभी उठकर खड़ी नहीं होगी। वह कोशिश कर सकती थी लेकिन अगर वह चाहती भी तो उसकी पिछली टाँगें साथ नहीं देतीं। वे एक ओर पसर रही थीं, और उससे नहीं बनता था। उसे मरना था, बस, उस मरे हुए बछड़े को जन कर, जिसने उसे मार डाला था। जैसे

किसी ग़ैबी ताक़त ने उन दोनों को ही सज़ा सुना दी हो। उसने तो उसे जीवन नहीं दिया था। लेकिन बछड़े ने उसे मृत्यु दे दी थी। हमने उसे दलदल में दफ़न कर दिया, मेरे बाप ने और मैंने, और उसके ऊपर गीली बदबूदार मिट्टी फेंक दी। और मेरा बाप हौदी के पास से उठा और वह बछड़े को भी हटाना चाहता था। वह और कर भी क्या सकता था? फिर एइनार होश में आया, तुम्हारे पास चक्कू है, वह बोला? कैसी बातें कर रहे हो, वह मर चुका है, और वह उसे हटाने लगा, लेकिन एइनार ने उसकी बाँह पकड़कर उसे रोक दिया। कोमल मांस, मेरे दोस्त, कोमल मांस। लेकिन वह मर चुका है, मेरा बाप चिल्लाया, वह रोने को हो रहा था, मुझे लगता है। बजाय इसके तुम फावड़ा लेकर आओ। मेरे अंकल वहाँ खड़े थे, उन्होंने अपना चक्कू निकाल कर एइनार को दे दिया, और बोले, हम कुछ दिन एइनार के घर खाना खाने नहीं जायेंगे। एइनार ने दुबली-सी चिपचिपी छाती में चक्कू घोंप दिया। और ख़ून बहकर हौद के किनारे-किनारे चलने लगा। जी हाँ, गाय। तो गाय को मिलेगा अपना गीत।

हेरब्योर्ग वास्समू

अभिप्राय

गर्मी? साल के इस समय के लिए तो है ही। चौड़े पत्तों वाले पेड़ जिनकी कोंपलें फूट रही हैं, और सड़ने-गलने की हल्की-सी गन्ध या सड़ाँध की?

घर से टेलीग्राम? मेरे होटल के कमरे में। फिर भी मैंने एक-एक शब्द को पेवमेंट के कैफ़े में बैठकर ध्यान से पढ़ा। मुझे विश्वास नहीं हो रहा था। इतना अविश्वसनीय कुछ भी नहीं है जितना यथार्थ।

इससे पहले कि दादी पर मेरा ध्यान जाता, वह काफ़ी समय से वुजूद में थी।

जब वह मुस्कराती तो उसके चेहरे में दरारें पड़ जातीं। उसकी त्वचा सफ़ेद थी, जिसपर बेहिसाब झुर्रियों का महीन जाल था। चीनी मिट्टी की पुरानी प्लेटों के पीछे की दरारों जैसा, या पहली रोशनी में हवा की बुहारी हुई मरुभूमि। नरम तहों में जीती-जागती हमवार रातहों की छाया।

पहले-पहल मैं कुछ भी नहीं बोली। बस अपने जूते की नोक से पेवमेंट को खुरचती बैठी रही।

"तुम्हें याद है कब? जब हम घर के पिछवाड़े में भूर्ज के वृक्षों के नीचे बैठे थे, मञ्जरियों को सूँघते हुए? और हमने कहा था कि रोशनी का ठीक वही

रंग है जोकि समुद्र के रेतीले तल का जब हम उथले पानी पर से नाव चलाते हुए पृथा मछली को भाले से पकड़ने जा रहे थे?"

"मुझे याद है मैं तुम्हें बताने को मरी जा रही थी कि समुद्र के तल से रोशनी कैसी दिखायी देती है। जब मैं वहाँ लेटे-लेटे छह फुट पारदर्शी पानी में से आसमान को देख रही थी। चुभती हुई नमकीन पनीली रोशनी को आँखे फाड़कर देखने के लिए।"

"तुमने मुझे बताया क्यों नहीं?"

"मुझे डर था तुम मुझे ऐसी चीज़ नहीं करने दोगी।"

"तो क्या तुम रुक जातीं?"

"न, लेकिन मेरी अन्तरात्मा मुझे कचोटती रहती। जब मैं पता लगाने की कोशिश कर रही थी कि मैं बेहोश हुए बिना कितनी देर लेटी रह सकती हूँ, यह बात मुझे परेशान करती रहती।"

"कितनी देर?"

"वहाँ कोई समय का हिसाब रखने वाला था ही नहीं। मुझे इतनी एकाग्रता चाहिए थी कि और किसी का वहाँ होना ठीक भी न होता। मुझे अपने को पूरी तरह नियन्त्रण में रखना होता था। जब मैंने सोचा कि मेरे फेफड़े फट जायेंगे, उस क्षण से लेकर उस घड़ी से कुछ ही पहले तक का समय जब मैं पूरी तरह होशो-हवास खो बैठी।"

"क्या तुमने यह सब करना बन्द कर दिया है?"

"ठीक वैसा अब नहीं।"

"शायद तुम टेलीग्राम के बारे में बात करना चाहती हो?"

"मैं तुमसे उस कला-प्रदर्शनी के बारे में बात करना ज़्यादा बेहतर समझती हूँ जिसे टेलीग्राम पढ़ने के बाद मैं देखने चली गयी थी।"

"क्या यह तुम्हारे लिए ज़्यादा ज़रूरी है?"

"तीन बड़े कमरे थे जो असली आकारों से बड़ी रूहानी आकृतियों से,

बूमरैंगों यानी चलाने वालों के पास वापिस लौटने वाले अस्त्रों और भित्ति-चित्रों से भरे थे। मिथकों और सपनों से निर्मित। कलाकार मूल-निवासियों के वंशज थे। प्रदर्शनी का नाम था 'स्वप्न समय'। वे कहते हैं कि उनके पुरखे उनके सपनों में आते हैं। कि हर व्यक्ति इन सपनों में ख़ुद को पहचानता है, और उस पहचान से अपनी कला की रचना करता है, पेड़ के तनों से शिल्पित करता है और चमकदार कुदरती रंगों से सजाता है, मिसाल के तौर पर लाल बिन्दियाँ और काली लकीरें। पहली नज़र में मैं उन्हें देखकर परेशान हो उठी। कुछ ही समय बाद मुझे सुकून और ताक़त का एहसास हुआ। इनसाफ़ का और बुराई के बदले का भी। ब्रोश्यर में उन कलाकृतियों को आदिम कला कहा गया था। यह भी कि यह कला देशज लोगों के पूरे इतिहास में से लगातार विकसित होती चली आयी है। किसी को नहीं पता कब से। काठ की वे रूहें मुझसे गुफ़्तगू कर रही थीं। वे मेरी सबसे अन्दरूनी, मेरी सबसे अहम समस्या पर टिप्पणी कर रही थीं।"

"टेलीग्राम? ये शब्द : 'अचानक मृत्यु हो गयी'?"

"एक साथ देखें तो युद्ध-पुते चेहरों वाली वे मूर्तियाँ बड़ी डरावनी सी फ़ौज थीं। हालाँकि हो सकता है मक़सद यही हो। फिर भी कोने में वह जो अकेली खड़ी थी, उसी का प्रभाव सबसे ज़्यादा था। उसके एक हाथ में वही बूमरैंग था, और दूसरे हाथ में वही अस्त्र सामने की ओर निशाना साध रहा था। उसका चेहरा क़रीबन उतना ही बड़ा था जितना उसका शरीर, गाल चॉक जैसे सफ़ेद और छाती पर बेतरतीब लाल बिन्दु छाये हुए थे।"

दादी ने मेरी ओर पल भर के लिए देखा, फ़िर आख़िरकार बोली, "जीवित लोगों के लिए मृत्यु और सपनों का कोई अर्थ नहीं होता। इसलिए वे मूर्तियाँ बनाते हैं।"

"वह अस्त्र अपनी साज-सज्जा में ज़बरदस्त था। एक ऐसा विलक्षण प्रक्षेपास्त्र जिसकी जोड़ हमारी संस्कृति में तो बिलकुल नहीं है।"

"हाथ बिलकुल सधा होना चाहिए।"

"मैं तो ठीक से नहीं फेंक सकती थी। मैंने कभी अभ्यास नहीं किया। मैं तो दौड़ा करता थी। अब मैं जा रही हूँ।"

*

दादी जब भी आतीं मेरे मन में उठते ख़याल तरतीब में आ जाते। लेकिन आज उससे यह बना नहीं।

हम सबसे ज़्यादा यात्राएँ उसी ने की थीं। इसलिए नहीं कि वह दुनिया के ज़्यादातर हिस्सों में गयी थी या कि ज़्यादातर शहरों में, लेकिन क्योंकि उसका सफ़र ज़्यादा संजीदा था, ज़्यादा सहज।

"टेलीग्राम को पढ़कर मुझे उसे फेंक देना चाहिए था, ताकि वापिस आकर मुझे वह दोबारा न देखनी पड़ती। ऐसी चीज़ों को हटा देना चाहिए जिससे आपका दिन ख़राब हो सकता है।"

"यह हमेशा अक़्लमन्दी का काम नहीं होता। कभी-कभी चीज़ों को उठाकर उन्हें फिर एक बार देख लेना चाहिए।"

"उससे मिले हुए पाँच साल हो गये मुझे। मैंने सोचा उसके मरने से पहले ही मेरी मृत्यु हो जायेगी।"

"लोग सिर्फ़ इसलिए तो जल्दी से नहीं मर जाते क्योंकि कोई उनसे कुछ देर न मिलने का फ़ैसला कर लेता है।"

"उसे देखकर ऐसा लगता था। पृथ्वी पर शाश्वत जीवन।"

"इससे तो इनसान बस बूढ़ा होता जाता है।"

"वह बहुत-सी चीज़ें जमा किया करता था। वह डरता था कहीं उसकी चीज़ें गुम न हो जायें, डरता था कहीं कोई उससे उसकी चीजें ले न ले। कि उसे उतना नहीं मिलेगा जितना उसे मिल सकता था।"

"ऐसे लक्षण तब पैदा होते हैं जब अचानक बहुत-सा पैसा मिल जाता है।"

"जब वह बच्चा था, क्या उसे काफ़ी नहीं मिल गया था?"

"किसे मिलता है?"

"मुझे याद है जब मुझे जर्मन खसरा निकला था। उसने मुझसे वादा किया था कि अगर मैं न रोऊँ तो मुझे इनाम मिलेगा। लेकिन मैंने तो रोना बन्द नहीं किया था।"

"आख़िर एक जनाज़े का फ़ैसला लेने की ही बात है। ऐसी अपेक्षा जिसकी सीमाएँ बाँध दी गयी हों।"

"क्या मैं घर जाकर यह दिखाने की कोशिश करूँ जैसे कुछ हुआ ही न हो? क्योंकि सब मेरे न आने की वजह पूछेंगे। बिलकुल स्वाँग होगा यह।"

"मैंने ऐसे कई जनाज़े देखे हैं जिनमें सिर्फ़ शव ही था जो स्वाँग नहीं रच रहा था। रस्में अदा की जाती हैं। लोग ख़ुद को काबू में रखते हैं। वे तारीफ़ में कुछ शब्द कहते हैं और अगर रो सकते हों तो रोते हैं। एक सिलसिला सा बना रहता है।"

"मुझसे तो नहीं बनता।"

"तुम तो मेरे जनाज़े में भी नहीं आयीं।"

"वह बात और थी। मैं एकदम टूट गयी थी। युवा, और... डरपोक।"

"मुझे लगता है असली वजह तो यह थी कि उस वक्त तुम अपने बाप जैसी थीं।"

"लेकिन मैंने तुम्हारा चित्र तो बनाया था। पहला चित्र जिसे मैंने कला के रूप में देखा था।"

"जो तुम्हारी माँ ने मेरे जनाज़े में टाँग दिया था क्योंकि तुम आयी नहीं थीं। हाँ भई, तुम्हारा बहुत-बहुत शुक्रिया। जीवित लोगों के बारे में कुछ ऐसा है जो मुझे अच्छा नहीं लगता..."

"कि हम आते नहीं?"

"न, बल्कि यह सड़ाँध।"

"तुम्हारा मतलब है हम यहाँ बैठे-बैठे सड़ रहे हैं?"

"मैं तो नहीं, मैं तो निपट चुकी इस सबसे।"

दादी उसी आवाज़ में बात कर रही थी जिसमें वह अपने घर के पौधों से बात किया करती थी। वह कहा करती थी, "अरे, तुम! ऐसा लगता है तुम तो मर जाने वाले हो।"

ट्रैफ़िक शोर मचाता हुआ चला जा रहा था। मुझे परेशानी महसूस होने लगी। अपनी वाइन का बिल चुका मैं जाने की तैयारी करने लगी।

अचानक वह आदमी सड़क के दूसरी ओर खड़ा था। अपना गिलास उठाकर सटकते समय मैंने उसे देखा। अगर फुटपाथ पर मैंने कुछ गिरा दिया होता और मिसाल के तौर पर उसे उठाने के लिए अगर मैं झुकती तो मेरा ध्यान उसकी ओर न गया होता।

उसका चेहरा बहुत बड़ा था। उसकी आँखें। उसके सिर के सारे नक़ूश बड़े-बड़े थे। उसका शरीर चेहरे से बस टँगा हुआ ही था। एक ऐसी आकृति जो पीछे से आती हुई रोशनी में तेज़ चमक रही थी, शहर के कोई से भी लैम्प-पोस्ट के पास रखी हुई।

ट्रैफ़िक की रोशनी अभी-अभी लाल हुई थी। ट्रैफ़िक सँकरी सी धारा में गरजता हुआ चल रहा था। मैं बमुश्किल उसे कारों के बीच में से देख पा रही थी।

फिर यह हुआ। उसने अपनी दोनों बाँहें उठायीं और अपना मुँह खोलकर कुछ चिल्लाने को हुआ। मेरी ओर?

अगर उसकी आवाज़ उस शोरोगुल में डूब भी जाती तो भी मेरा दिन अच्छा-भला गुज़र रहा था। और उसके गली पार करके मेरे पास आने के अनपेक्षित एहसास से मैं इस बात की योजना बनाने लगी कि उससे क्या कहना है।

"क्या सुन्दर दिन है, नहीं? वसन्त शुरू है!"

मैं बाँहें उठाकर हिलाने लगी।

अञ्जाम! एक साथ सख़्त और नरम।

फिर अचानक वह हवा में से उड़ता हुआ आया और एक कार के बॉनेट पर आ गिरा। फिर अगले ही क्षण बाँहें फैलाकर एक गुज़रती हुई गाड़ी के ऊपर से उड़ता हुआ। क्षण-भर के लिए वह एक सुन्दर गोलाई में कार की विण्डशील्ड की तरफ़ गया, जो कि हज़ारों गिरते हुए सितारों में बदल गयी।

"बम्पर और हेडलाइट्स चूर-चूर। यह उस रसोई में होने जैसा था जहाँ सारी अलमारियाँ दीवारों से टूट गिरी हों।

इसके बाद ख़ामोशी छा गयी, कितनी देर के लिए?

कार के जो टुकड़े वहाँ पड़े रहे वे धूप में छितरायी हुई सीपियों की तरह चमक रहे थे। दो सिक्के लुढ़क गये, डामर पर अलग-अलग दिशा में। एक्ज़ॉस्ट की बदबू में छिप जाने से पहले उन्होंने मुझे आँख मारी।

फिर हवा धीरे-धीरे साफ़ हो गयी। सड़क के दूसरी ओर मोज़ों का विज्ञापन था, दो के दाम तीन जोड़ी लो ।

लोग कारों के बीच बहना शुरू कर भी चुके थे। काँपती, थिरकती गति से। खुले दरवाज़े और खिड़कियाँ। फ़ुटपाथों और घरों से। वे कहाँ से चले आये थे? क्या वे इस बीच वहाँ पड़े-पड़े इन्तज़ार कर रहे थे? इसी घटना की राह देख रहे थे? इसी की?

बाँहों, बालों और बहते हुए कपड़ों की धारा, एक्वेरियम में मछलियों की तरह खुलते और बन्द होते हुए मुँह। मिट्टी में पड़े हुए पुलिन्दे की ओर लय-ताल से चलते हुए। धीमे-धीमे, किसी धीमी गति की फ़िल्म की तरह। या स्वप्न?

कुचला गया था? क्या ऐसा ही था? एक दिन अचानक कुचले जाना।

वह पेट के बल पड़ा था। ऐसा लगता था जैसे सभी कुछ सिर्फ़ एक ग़लतफ़हमी हो। जैसे उसे मज़े-मज़े में एक हल्का-सा धक्का दे दिया गया हो। वह लगभग शान्त दिखायी दे रहा था।

उसका दायाँ हाथ एक केले के छिलके पर पड़ा था। उसकी बाज़ू अजीब

सी मुड़-तुड़ गयी थी और तेज़ लाल रंग में डूबी हुई थी। उसका एक पाँव पीछे की ओर ऐसे कोण में मुड़ा हुआ था जैसा पहले कभी नहीं।

मेरी मेज़ से कुछ ही गज़ की दूरी पर वह चीज़ पड़ी थी जो क्षण-भर पहले एक चश्मा थी।

मैं अपनी कुर्सी से उठकर उसे उठा लेना चाहती थी। या कम से कम मेज़ का सहारा ले सकती थी, ताकि जैसे-तैसे मैं हिलना शुरू करूँ, लेकिन यह मुझे व्यर्थ लगा।

पुलिस और एम्बुलेंस पहुँच रहे थे, नीली लपटों में सायरन। कारें जो स्टार्ट होकर चली जा रही थीं। आवाज़ें। चीखें।

एम्बुलेंस फुटपाथ पर मुश्किल से मेरे शरीर से गज़ भर की दूरी पर आकर रुक गयी, और चार आदमी कूदकर बाहर आ गये। दो ने एक फुर्तीला तालबद्ध नृत्य किया और हवा में एक स्ट्रेचर को फेंक कर खोला जैसे वह कोई बन्द लिफ़ाफ़ा हो।

मैं थियेटर में बैठी एक बड़े से स्क्रीन पर *एमेड्युस* नाम की फ़िल्म देख रही थी। बहुत क़रीब से। मोत्ज़ार्ट की *रिक्विएम* की संगत में लोगों का काफ़िला धीरे-धीरे हिल रहा था। स्क्रीन के बायीं ओर से बहता चला आता हुआ। नदी की दायीं ओर को चलता हुआ। हमेशा बायें से दायें।

नहीं, टॉर्चलाइट में। बेशक, वह रात का समय था। और टॉर्चें! साये नाच रहे थे, मरता हुआ कम्पोज़र उठ और गिर रहा था, जैसे जलते हुए पानी में।

इस सबके ऊपर, संगीत तैर रहा था।

वे उसे जीतकर ला रहे थे। मज़बूत बाँहें प्रतीक्षा में खड़ी थीं और एम्बुलेंस के दरवाज़ों को पूरा खोल दिया गया था।

उसे ढाँप दिया गया था। सिर्फ़ चेहरा दिख रहा था। शान्ति से सो रहा

था। बन्द।

लेकिन अलग-अलग आकारों के नम लाल मोती पेवमेंट पर तालबद्ध टपक रहे थे। सतह की झिल्लियों ने रोकने की कोशिश की लेकिन भीतर का माल बहुत भारी था। क़तरे एक दूसरे में मिल जाने से पहले क्षण भर के लिए काँपते और तेज़ी से मेरे पैरों की ओर सरक जाते।

स्टील-सलेटी पत्थर की ओर लाल। आधी बोतल वाइन की एक सफ़ेद रसीद की ओर लाल जो हवा से उड़कर गिर गयी थी। काले चमड़े की ओर लाल।

वह नाली की ओर बह रहा था, जैसे किसी गीले-गड्डुच्च वॉटर-कलर से।

एक पुलिस अफ़सर ने मुझे मेरी कुर्सी से खींच लिया। मेज़ और बाकी सब को पेवमेंट पर दूर धकेल उसने जगह बनायी और साथ-साथ तमाशबीनों को भी खदेड़ दिया।

उन्होंने आदमी के पाँव को एक लहूरोक से कस दिया। या बाज़ू को? तब भी ख़ून बहता रहा।

अगर घटना के बाद से अब तक बराबर ख़ून बहता रहा है तो बहुत पाइण्ट ख़ून बह चुका होगा।

मनुष्य के शरीर में कितने पाइण्ट होते हैं? मुझे अब नहीं मालूम था। वह एक ऐसी चीज़ थी जो मेरे ख़याल में मुझे याद रखने की ज़रूरत नहीं थी। अब मेरी ज़िम्मेदारी यह पता करने की थी कि एक वयस्क आदमी को यथार्थ में अपनी जगह बनाये रखने के लिए कितने पाइण्ट ख़ून सँभाल कर रखने की ज़रूरत होती है।

दादी अब भी वहाँ थी : "उसने तेज़ी से सड़ जाने का फ़ैसला कर लिया होगा।"

"फ़ैसला? उसने कोई फ़ैसला-वैसला नहीं किया। मैंने बाँहें हिलायी थीं।

मैंने एक आदमी को लाल बत्ती में सड़क पार करने का न्यौता दिया था!"

"तुम अपनी अहमियत को बढ़ा-चढ़ाकर देखती हो। जितनी भी वह है।"

गुस्सा ही अक्सर मुझे कुछ कर गुज़रने के लिए उकसाता रहा है। या फिर हिस्टीरिया की मेरी सामान्य प्रवृत्ति जिसने मुझे एक सफ़ेद-धारी की बाजू थाम किसी विदेशी भाषा में यह कहने को बाध्य कर दिया, "मैं उसकी दोस्त हूँ, मुझे उसके साथ जाना है!"

वह इतनी जल्दी में समझ नहीं पाया, इसलिए मैंने खुद को दोहराया, बहुत तेज़-तेज़ और आग्रहपूर्वक। आख़िर उसने सिर हिलाया और मुझे आगे की सीट में धकेल दिया।

"अब तुम फँस गयी हो। लेकिन क्या पता यही ठीक हो? तुम्हें तब तक बैठे रहना चाहिए था जब तक कि स्क्रीन पर आभार इत्यादि और पात्रों के असली नाम ओझल नहीं हो जाते और बत्तियाँ न जल जातीं। जो भी हो तुम्हारी भूमिका ख़त्म हो चुकी है।"

मैंने खिड़की खोली और बूढ़ी औरत को बाहर कहीं छिन्न-भिन्न हो जाने दिया। फिर मैंने गहरी साँस ली। एक्ज़ॉस्ट।

मुझे रसोई के काले स्टोव पर से सिक्का पिघलने की मरी सी स्मृति महसूस हुई।

सिक्का? मैं नौ साल की थी, और अपनी नाव के लिए लंगर पिघला रही थी। आकृति आधे कच्चे आलू में खुदी हुई थी। जब मैंने गरम-गरम चमकता द्रव्य डाला तो आलू हिसहिसा उठा। वह रिरियाया और कटे हुए भाग के इर्द-गिर्द सिकुड़ गया। मुझे अचानक समझ में आया कि आलू भी ज़िन्दा चीज़ होते हैं। दो भागों में कटे और एक छेद से गुदे हुए।

सिक्के की गन्ध। मेरे मुँह में वह स्वाद जब मैंने अपनी सामर्थ्य से ज़्यादा लम्बी दौड़ लगायी थी। ख़ून?

फ़र्श शतरंज का बोर्ड था। मुझे किनारे की एक कुर्सी की ओर भेज दिया गया। बोर्ड पर चल रहे ज़्यादातर मोहरे सफ़ेद थे। किनारे पर जो हम थे वे एक फीके और क़रीब-क़रीब बिना हिले-डुले पड़े हुए रंग का एक बड़ा-सा थक्का था।

कॉरिडार में एक अजीब सी गूँज थी। मुझे ऐसा महसूस हुआ जैसे मैं एक पूरी इकाई का ज़रा-सा हिस्सा भर हूँ। दरअसल, जैसे किसी और की अनुगूँज के एक छोटे से अंश के सिवा मैं कुछ भी नहीं हूँ।

मैं मछली पकड़ने वाली पट्टी पर पड़े एक बक्से पर जा बैठी।

तब भी जब बर्फ़ीला ठण्डा पानी तेज़ी से हिलते हुए हाथों पर से बहकर नीचे सीमेण्ट के फ़र्श पर छलक रहा हो; तब भी जब अँतड़ियों, मल और ख़ून को पानी की धार से लगातार धकिया कर परे किया जा रहा हो; तब भी जब नमक सारे टबों के धातु को खोर डालता हो; तब भी जब पीसने वाले पत्थर और सामान ढोते हुए व्हीलबैरो और धुलाई के टब सफ़ेद पुते हुए हों; तब भी जब मोमजामे के एप्रन पहने और ज़र्द सफ़ेद चेहरे लिए सभी के नकाबों के नीचे चाकू चमक रहे हों—तब भी निस्सन्देह सड़ाँध की बदबू आती थी।

सड़ाँध मनुष्य के पीछे भाग रही है।

हुकों, क्रेनों, पहियों और चाकुओं के धातु की खनखनाहट सब चीज़ों को आगे धकियाती रहती, घड़ी-दर-घड़ी। नमक, पानी, पसीने और अभी तक न जमे हुए ख़ून के भीतर से।

मैंने पाया कि मैं एक झूलते हुए दरवाज़े के ठीक सामने खड़ी हूँ। नर्सें और डॉक्टर आ-जा रहे थे। वे हमारी तरफ़ को कुछ हरक़तें कर रहे थे, हम जो अपनी

नियति की प्रतीक्षा में बैठे थे।

इसके बाद वे लगभग ऐसा हाव-भाव लिए ग़ायब हो गये जैसे कोई लाइब्रेरियन किताब को सही जगह पर रखकर चला जा रहा हो।

"किसी ने यह फ़ैसला क्योंकर ले लिया कि यह कॉरिडार शतरंज के बोर्ड जैसा होगा? कैसे और कितने टेढ़े-मेढ़े दिमाग यह तय करते हैं कि दुनिया को किस तरह के मञ्चीय सेटों की दरकार है?"

"अब तुम बात को तूल दे रही हो। जब यह फ़र्श बनाया गया था, तो भला उन्हें क्या ख़बर थी कि इतने चौखानों के जमावड़े को देख लोगों को लगेगा कि वे पागल हो रहे हैं।"

"तुम्हें लगता कि जब यह आदमी अभी घर पर था तो उसे पता था वह मरने जा रहा है?"

"शायद। या फिर उसने भी शायद अपनी अन्तिम घड़ियों में अपनी बीमारी का दोष किसी और के मत्थे मढ़ दिया हो।"

"लेकिन मुआफ़ करना, दादी। अगर उसने किसी को पुकारा हो और कोई न आया हो तब?"

"तब बहुत देर हो गयी होगी।"

"बहुत देर..."

"बिलकुल, हम में से हर किसी को यह सुनिश्चित कर लेना पड़ता है कि बहुत देर न हो जाये। यही वजह है हमारे होने की।"

"अन्तिम घड़ियों में तुम क्या सोच रही थीं?"

"आह, मैं बस आख़िरी बार वसन्त की रात में बाहर जाकर नये पत्तों की खुशबू ले सकती। बस आख़िरी एक बार। लेकिन मुझे इस बात की भी सुध थी कि मैं अपने जीवन में वसन्त के कई मौसम देख चुकी थी। और—समय रहते—कई चीज़ें निपटा भी चुकी थी।"

"क्या मैं पागल हूँ जो मैं यहाँ एक ऐसे आदमी के साथ चली आयी हूँ जिसे मैं जानती तक नहीं?"

"शायद कोई वजह रही हो तुम्हारे पास।"

सफ़ेद कपड़े पहने एक औरत मेरे पास आकर धीमे से किसी विदेशी भाषा में मुझसे कुछ कहने लगी। मुझे कुछ ख़ास समझ में नहीं आया। अन्त में वह मुझे कुर्सी से उठाकर खींच ले गयी।

मैं चिथड़ों की एक निष्कवच गुड़िया थी। बचपन की अटारी से शतरंज बोर्ड पर मैं उस श्वेत-धारी की बाँह पर झूलती रही थी और उसके गालों पर अपने सूत के बालों से गुदगुदी कर उससे दोस्ती गाँठने की कोशिश कर रही थी।

चिथड़ों की गुड़िया के सिर में और गन्दे सूती हाथों में छेद थे जो बेसहारा इधर-उधर झूल रहे थे। उन सख़्त हाथों के निशान भी दिख रहे थे जिन्होंने उसे एक कोने में फेंक दिया था।

मुझे एक मेज़ के पास किसी कुर्सी पर बिठाकर किसी ने कुनकुने पानी का एक गिलास मेरे ओंठों पर लगा दिया।

एक महीन-सी आवाज़ मुझे समझाने की कोशिश कर रही थी कि मेरे पति गम्भीर रूप से घायल हो गये हैं। उन्हें होश नहीं आया है। किनारे की कटी-फटी नाड़ियाँ और मल्टिपल फ्रैक्चर तो ठीक हो जायेंगे। समस्या सिर की थी।

"लेकिन उसके सिर में तो कोई चोट नहीं थी।"

"ऐसा लग रहा था," श्वेत-धारी ने सावधानी से घड़ी देखते हुए कहा।

फिर यह सब शुरू हो गया। मुझे एक छोटे-से कमरे में ले जाया गया और एक फ़ॉर्म भरने को कहा गया।

"मैं नहीं कर सकती, मैं तो अपनी भाषा में छपे फ़ॉर्म भी नहीं समझ पाती।"

"लेकिन अब न समझने के लिए बहुत देर हो चुकी है।"

तो अब मुझे फ़ाइनल इम्तहान देना था। उस आदमी की जीवनी पर आधारित एक टेस्ट जिसे मैं जानती तक नहीं थी, और जिसे लापरवही से मैंने सड़क के बीचों-बीच बुला कर कार के नीचे आने दिया था। दोहरा अपराध।

कई सारी जगहों पर मुझे नाम, जन्म-स्थान और तिथि, और अलावा इसके और कई चीजें भरनी थीं।

मैंने सिर झुका लिया, पसीने से भरा, मुझे अभी से परीक्षक की धातुई आवाज़ सुन रही थी : "फ़ेल।"

उस आदमी का व्यक्तिगत ब्यौरा भरने में कोई मेरी मदद नहीं कर सकता था। उसने अपने आप को कुचलवा लिया था। बिना किसी पहचान-पत्र के।

वे समझ गये कि इम्तहान देने वाला किसी काम का नहीं है। कोई और आया और मुझे समझाने की कोशिश करने लगा कि मुझे सहयोग देना चाहिए।

"यह आसान तो नहीं है, लेकिन कोई मूरख भी मन से कुछ गढ़ सकता है, अगर उसपर कोई दबाव डाल रहा हो तो।"

मुझे सूझ गया। मैंने उसका नाम लिखा और काग़ज़ को धकेल दिया।

"आमेदूयुस क्या?" वे अड़े रहे।

फिर मैंने रोना शुरू कर दिया। विश्वास नहीं होता कि रोने से कितना फ़ायदा हो सकता है। तब, जब कि सामने वाला पहले से ही आँसुओं से ऊब न चुका हो। यही वह चीज़ है जिसका औरतें कभी-कभी सही अनुमान नहीं लगा पातीं।

इस व्यक्ति विशेष ने पहले कभी मुझे रोते हुए देखा नहीं था। उसे नहीं पता था मैं कितना सह सकती हूँ और इसलिए कितनी बड़ी मुसीबत खड़ी कर सकती हूँ। तो उसने अपनी आँखों के भाव को दोस्ताना और मददगार बना लिया।

स्कूल के पहले दिन मैं अपने डेस्क पर बैठी थी। मेरे पास काग़ज़ के कई चौकोरों की ढ़ेरी थी जिनपर अक्षर लिखे हुए थे। एकाधिक **E** और **F** और **K** और **A**।

ढेर सारे S भी। इन सबको मिलाने से एक शब्द बन जाना था।

लेकिन मुझे मालूम था मैं कोई भी शब्द क्यों न बना लूँ, वह ग़लत ही होगा। वे मुझे किसी आदमी की पहचान को झुठलाने के लिए जेल में ठूँस देंगे।

इस सब का अन्त सड़ाँध से भरी हुई एक जेल में होगा, गार्डों द्वारा दरवाज़ा खोलकर सूखी रोटी और किसी धातुई कप में पानी सरकाते समय जो खनखनाहट होती है, वह अभी से सुन रही है मुझे।

"अगर तुम अभी निकल जाओ और एयरपोर्ट के लिए टैक्सी ले लो, तो अब भी समय है।"

मुझे उस आदमी का कोहरे सा सफ़ेद चेहरा दिख रहा था, जिसे मोत्ज़ार्ट के *रिक्विएम* की संगत में, फ़तह की मुद्रा में एम्बुलेंस तक ले जाया जा रहा था। उसके चेहरे की ठण्डक से मैं काँप उठी।

"फ़्रॉस्ट!"

मैंने फ़ॉर्म पर लिख दिया : आमेद्युस फ़्रॉस्ट।

एक खाने में उसे कर्कराशि में डालकर, उस आदमी को एक ठीक-ठाक सा पता भी मिल गया।

मैंने सोचा बस हो गया।

लेकिन वे लोग जानना चाहते थे उसने पासपोर्ट कहाँ छोड़ा था। किस होटल में रुका हुआ था वह, आदि।

"अपने हिस्टीरिया से काम लो, लड़की।"

एक और गोली और कुछ कुनकुना पानी। चिथड़ों की गुड़िया को पलंग पर बिठा दिया गया।

इसके बाद मैंने टूटे-फूटे शब्दों में काफ़ी देर से यातना सह रहे सहायक को वह पूरी की पूरी घटना सिलसिलेवार सुना डाली कि हवाई जहाज़ में मेरे पति और मुझमें झगड़ा हो गया था। वह मुझे छोड़कर चला गया था। जब तक मुझे पेवमेंट के कैफ़े में देखकर सड़क पार करते समय वह एक कार के नीचे नहीं आ गया।

मैं हैरान थी कि एक झूठ ने मुझे बचा लिया था—एक बार फिर।

मुझे बिस्तर में एक सैण्डविच और कड़वी कॉफ़ी दी गयी।

"दादी, उसने यह किया क्यों?"

"भरे ट्रैफ़िक में चले जाना आसान काम है।"

"वह आदमी जो घर पर था वह तो नहीं कुचला गया।"

"नहीं, वह यह सुनिश्चित कर चुका था कि दूसरे कुचले जायें।"

"लोगों के जीवन की त्रासदी तुम पर ज़्यादा असर नहीं डालती, दादी।"

"मुझे मृत्यु के बारे में न सोचने की छूट मिली हुई है। लेकिन एक दुर्घटना तुम्हारे लिए कुछ चीज़ें तो खोल सकती है।"

"नीम-मनोविज्ञान।"

"शायद तुम इस हद तक अपने बाप पर गयी हो कि तुम्हें यह सुनकर अच्छा न लगे।"

मैं दीवार को घूरने लगी।

"उसकी भी यही आदत थी कि जब वह ख़ुद कोई सीमा तोड़ देता था वह दूसरों को सज़ा देता था।"

"तुम उस आदमी का ज़िक्र बार-बार क्यों करती हो? उसने न सिर्फ़ मेरी ज़िन्दगी को बरबाद किया, बल्कि उसने..."

"इससे तुम्हें उसकी बुरी आदतों की नकल करने की छूट तो नहीं मिल जाती।"

"तुम्हें लगता है बचे रहने के लिए मुझे नफ़रत करनी होगी?"

"नफ़रत एक अर्से के बाद थका देती है। इससे दूसरी किसी चीज़ के लिए समय ही नहीं बचता। तुम्हें जो करने की ज़रूरत है वो यह कि तुम किसी ज़बरदस्त चीज़ पर इस क़दर एकाग्र हो जाओ कि ख़ुद को भूल सको।"

उसी समय मेरे साथ यह हुआ। मैं शतरंज के बोर्ड से अस्पताल के कमरे में फिसल गयी।

जैसे ही मैंने उसे देखा, मुझे दृश्य के ख़ालीपन का एहसास हुआ। मैं एक ऐसी आकृति थी जो दूसरी बँधी हुई आकृति को घूर रही थी।

वह किसी कोये में लिपटा हुआ-सा कुछ था। क्या मैं मकड़ी थी, प्रतीक्षा में पड़ी हुई?

उसकी एक टाँग को छत की ओर उठा दिया गया था। उसकी दायीं बाजू पट्टी से बँधी थी और पलस्तर में थी। लेकिन उसका सिर सही सलामत लगता था। उसके बाल काले थे, और उसमें चाँदी से धागे थे। उसका चेहरा मुलायम और कुछ नीला सा था, और उसकी आँखें बन्द थीं। जैसे वह अभी से मर गया हो।

कमरे में बत्तियों को सावधानी से कम करके रखा गया था। वह एक ही लैम्प थी जिससे रोशनी उसके ऊपर गिर रही थी। उसके पलंग के किनारे खड़े होकर मुझे उसकी आँखों की नसें दिख रही थीं।

मैं वहाँ खड़ी-खड़ी एक बेहोश व्यक्ति को देख रही थी जो अपने आप को छिपा नहीं सकता था। जैसे सैर करते समय खिड़कियों में मैं लोगों को देखा करती थी।

कभी-कभी मैं बाहर खड़ी सोचा करती थी, "मैं तुरन्त उनका चित्र बना डालूँगी। जब चेहरों को आधा उस ओर को किये वे अपना पूरा जीवन टीवी को समर्पित कर देते थे, यह ध्यान न देते हुए कि उन्हें देखा जा रहा है। सर्कस देखते हुए बिगड़े बच्चों जैसे चेहरे जिन पर आकांक्षा, रोमांच, ऊब, अवसाद और उदासीनता रहती है। और दुर्लभ अवसर पर, जब वे शो से प्रभावित हो जाते हैं, ख़ुशी और ग़म की अन्तर्दृष्टि। हमेशा उस दूर देखती हुई निगाह के साथ जिससे पता चलता है कि वे सर्कस देख रहे हैं।"

लेकिन घर जाकर जब मैं स्केच करने की कोशिश करती, कभी ठीक वैसा नहीं बनता।

"अपनी स्केच-बुक निकालो।"

"नहीं निकाल सकती।"

"बिलकुल निकाल सकती हो। इसीलिए तो तुम यहाँ हो।"

*

क्या यही अभिप्राय था? वह विषय जो मुझे दुख के महसूस न होने की पीड़ा से मुक्त कर देगा?

उसका एक हाथ बाहर कम्बल पर पसरा हुआ था। लम्बी उँगलियाँ। मज़बूत अँगूठा। चुपचाप आँखें बन्द करके लेटे हुए होने के बावजूद, हाव-भाव में कुछ बेचैनी का-सा आलम था।

मैं उसके पलंग के पास बैठ गयी।

"तुम चारकोल का इस्तेमाल भी तो कर सकती हो।"

मैंने अपना हाथ आगे कर उसकी उँगलियों को छुआ। वे ठण्डी थीं।

"शायद वह मुझे इस तरह इस्तेमाल करेगा। मरने के लिए।"

"मृत्यु को तुमसे सहानुभूति है। यही ठीक होगा कि तुम उसे काम में लाओ।"

मैंने उसके पूरे हाथ को अपने हाथ से ढाँप लिया। उसकी त्वचा में अब भी चिपचिपी सी गर्मी थी। जैसे नवजात शिशु में। उसकी गन्ध भी वैसी ही थी। थोड़ी तल्ख़, मीठी, बासी, और कुछ-कुछ ताज़ा।

"यह सावधानी से सड़ जाने वाले किसी पोर्ट्रेट की गन्ध है।"

उसकी दाढ़ी बढ़ गयी थी। एक सियाह सख़्त फ़्रेम उसके चेहरे को घेर चुका था।

मैंने सोचा क्या उसने आज सुबह आईने के सामने खड़े होकर दाढ़ी बनायी होगी। मेरे बिना जाने।

क्या उसने पहले से ही फ़ैसला कर लिया था उसके साथ क्या होने जा

रहा है? फिर उसने दाढ़ी क्यों बनायी?

क्या पता उसने बिलकुल न बनायी हो। शायद उसकी दाढ़ी तेज़ी से न बढ़ती हो। शायद त्वचा पर रेज़र चलाये उसे एक दिन से ज़्यादा हो गया होगा, वे मूर्खतापूर्ण नाक-मुँह सिकोड़ती हुई शक्लें बनाये हुए जो दाढ़ी बनाने वाले आदमी बनाते हैं।

मैंने हाथ उठाकर उसके गाल पर सँभल कर दो उँगलियाँ रख दीं। मुझे चुभ रहा था। मैंने अपने हाथ का एक गुनगुना कप बनाकर उसके पूरे गाल को ढाँप लिया। उसका मुँह। अभी तक मुझे कुछ भी ऐसा नहीं लगा जिससे मुझे घिन आ रही हो।

उसकी दढ़ियल चमड़ी और ओंठों में जो फ़र्क था उसका कोई अन्दाज़ा नहीं था मुझे। हल्के से मैंने उसके हाथ को सहलाया। उसकी पलकें हिलीं। शायद वह इतना बेहोश नहीं था जितना वे सोच रहे थे।

उसकी गर्दन की नाड़ी काम कर रही थी। चमड़ी के नीचे बेचैनी से कुछ फड़क रहा था। ज़्यादातर सम्भावना इस बात की थी कि उसे किसी चीज़ की सुध नहीं थी। फिर भी उन्होंने जो नया ख़ून चढ़ाया था वह उसकी धमनियों में नाच रहा था। दिमाग अब भी निर्देश दे रहा था।

मुझे कुछ बेचैनी महसूस होने लगी, एक तरह की तलब। ब्रश और पेलेट्ट के लिए।

अचानक उसमें कुछ बदलाव आने लगा। उसकी साँस जो अभी तक उसके ओंठों के बीच से चुपचाप सरक रही थी, अब रुक-रुक कर चलने लगी जिससे उसके चेहरे पर पसीने की बूँदें उभर आयीं।

किसी मशीनी सहायक जैसा महसूस करते हुए मैंने मदद के लिए घण्टी बजायी।

*

मुझे समझ में आ रहा था कि वे इस बात की चर्चा कर रहे थे कि उसे रेस्पिरेटर लगाना चाहिए या नहीं। लेकिन जल्दी ही वह ठीक से साँस लेने लगा।

उन्होंने मेरी ओर दोस्ताना शक से देखा, फिर बोले कि मुझे उसे परेशान नहीं करना चाहिए या उठाने की कोशिश।

मैंने कोई जवाब नहीं दिया।

"तुम उनके साथ रुखाई और अकड़ से पेश आ रही हो। आखिर वे लोग उसे ज़िन्दा रखने की कोशिश कर रहे हैं। तुम मुस्करा कर तो दिखा सकती थीं।"

"मैं थक गयी हूँ।"

"तुम्हें यहाँ बैठकर एक अजनबी की ख़ातिर ख़ुद को थकाने की ज़रूरत नहीं है, अगर तुम्हें कोई परवाह नहीं।"

"यह आदमी भी शायद मुझ जितना ही अकेला है।"

"जिस हालत में वह इस वक्त पड़ा हुआ है, अकेलेपन का कुछ मतलब नहीं, वह मरने जा रहा है।"

"चुप रहिए।"

"आसन्न मृत्यु एक दुर्लभ विषय है, तुम जल्दी से कुछ स्केच बना सकती हो, फिर कल समापन के समय आ जाना।"

"वह आदमी जो घर पर था, तुम्हें लगता है वह अचानक मर गया था?"

"अगर तुम्हें इतनी दिलचस्पी है तो फ़ोन पर पूछ क्यों नहीं लेतीं?"

"फिर मुझसे कई सवाल पूछे जायेंगे। मैं कब आ रही हूँ, इत्यादि।"

"तो क्या हुआ? माँ का रिश्ता तो इतना क़रीबी होना चाहिए कि वह एक ईमानदार जवाब सुन सके।"

"तो मुझे क्या कहना चाहिए?"

"कि तुमने अपना अधिकांश जीवन इस तथ्य से उबरने में लगा दिया है कि उसने तुम्हारे लिए ग़लत बाप का चुनाव किया था। तो अब दूसरे लोग शव की देखभाल कर सकते हैं। तुम्हें नहीं चाहिए वो सब। अलावा इसके, तुम्हें अब कुछ ज़्यादा दिलचस्प चीज़ मिल गयी है। यह आदमी चित्र बनाये जाने लायक है।"

"मैं उन्हें लगभग देख सकती हूँ। वे नैतिक न्यायाधीश। हमेशा सही उतरने वाले। वे 'तुम्हें-अपने-दुश्मनों-से-प्यार-करना-चाहिए और माँ-बाप-की-इज़्ज़त'। वे मुझे नरक की आग में झोंक देंगे और सब को मेरे ख़िलाफ़ कर देंगे।"

"तो क्या हुआ? निरीहता और कायरता ज़्यादा दुख पैदा करते हैं बनिस्बत धिक्कार और द्रोह के।"

संयमित आवेश के अजीब से मूड में मैंने अपनी स्केच बुक और चारकोल की कुछ स्टिक्स निकाल लीं।

उस आदमी को अब पसीना नहीं आ रहा था और वह काफ़ी ठीक-ठीक साँस ले रहा था। आँखें फिर भी बन्द थीं।

दादी चाहती थी उसकी ओर ध्यान दिया जाये और मुझे आपत्ति उठाना व्यर्थ लगा।

"जो सच में ख़ूबसूरत होते हैं, वे देखने में शायद ही सुन्दर होते हैं।"

"तुम ठीक कह रही हो दादी। मिसाल के तौर पर, पीड़ा। टूटे हुए दिलों वाले? क्रूरता? वह सब जिससे इतनी तकलीफ़ होती है कि आँखें बन्द कर लेनी पड़ती हैं। जो हरेक देखने वाले को दूसरी ओर देखने को मजबूर करता है। शायद जब हम ख़ुद अपनी पीड़ा को पहचान जाते हैं तभी हम दूर हटते हैं, और ऐसी भावनात्मक घोषणाओं का सहारा लेते हैं : मुझे अच्छा नहीं लग रहा, मैं समझ नहीं पा रहा, मुझे नहीं चाहिए, डर लगता है, घिन आती है।"

"तुममें योग्यता है; बस थोड़ी हिम्मत की कमी है, ख़ुद को और दूसरों को दहलीज पार कराने में।"

चारकोल की स्टिक ने उसके गालों की गोलाइयों को पकड़ लिया। उन गहरी लकीरों को। उसके हाथ की उभरी हुई नाड़ियाँ जैसे बर्फ़ की एक पतली सी सतह के नीचे। उसकी भारी, रोयेंदार नाक। स्टील के रंग की दाढ़ी, जो उसके बिखरे बालों के साथ बदतर होते हालात का फ़्रेम बना रही थी। और नाज़ुकता का।

उसकी त्वचा पर गिरती छायाओं से मुझे सर्दियों के लैण्डस्केप की याद आ रही थी। कोमल, एक मद्धिम सी रोशनी से प्रकाशित जिसका कोई स्रोत नज़र नहीं आता था। इस निष्ठुर यथार्थ में नग्न, लेकिन रहस्यमयी।

उसके मुँह के एक कोने का कम्पन मेरे हाथ के भीतर से गुज़र गया। मुझे ऐसा महसूस हुआ जैसे मैं पीड़ा के लैण्डस्केप को दृश्य कर सकती हूँ। उन कुछेक लोगों के लिए ही सही जो उसे सचमुच देख सकते हैं।

मुझे नहीं मालूम मैं वहाँ कब तक बैठी रही। शायद दो-एक घण्टे। वे लोग बीच-बीच में आते-जाते रहे। पहले वे अविश्वास से घूरते। फिर स्वीकार कर लेते।

कागज़ पर चारकोल की कोमल किरकिराहट के सिवा और कुछ नहीं हो रहा था। वह और मेरी अपनी हँसी। मेरे अन्दर की गहराई से उठती हुई एक साँस की तरह।

मैं स्केच पर स्केच बनाती चली गयी। मैंने रंग भी इस्तेमाल किये। वे चमक रहे थे। सर्दियों का लैण्डस्केप अपना रूप बदल रहा था।

फिर यह हुआ! उसने अपनी आँखें खोलीं। उसने मेरी ओर देखा।

यह पहली बार था कि कोई मुझे देख रहा था! उदास और एकाग्र, तब भी अपार कोमलता से।

उसकी उँगलियाँ कम्बल पर सरकीं। जैसे वह कुछ कहना चाह रहा हो और बहुत ही हल्के से कुछ इशारा करने की कोशिश।

मैंने पेस्टलों को छोड़कर उसका हाथ थाम लिया।

"मुस्करा रहा है! मुस्कान है!"

"ईमानदारी से कहूँ तो जैसे मुँह बिचका रहा हो।"

मैंने उस बच्चे के बारे में सोचा जो माता-पिता को असमंजस में डाल देता है जब वे पहली बार उससे आत्मीयता का कोई संकेत मिलने की आकांक्षा कर रहे होते हैं और एक दूसरे से पूछते हैं :

“मुस्कराहट?”

“या पेट का दर्द?”

“पीड़ा?”

“अब ख़त्म हो गया है।”

कितनी पास थी दादी।

मैं बारिश में चबूतरे पर पड़े एक सूटकेस पर बैठी थी, क्योंकि पिता कहीं को निकल गये थे और उन्हें उनके यार-दोस्त टकर गये थे—और वे हमें भूल गये थे।

मालगोदाम की दीवार पर इनैमल से चबाने वाले तम्बाकू का एक विज्ञापन बना हुआ था। एक दाढ़ी वाला मछुआरा पीला रेनकोट पहने हुए। इनैमल दायें कोने से उखड़ा हुआ था, जहाँ ज़ंग लगा था।

पिता जब लौटे तो मैं पूरी तरह भीगी हुई थी और माँ का चेहरा धूसर पड़ चुका था।

बाद में, जब हम प्रतीक्षालय में रात की नाव की प्रतीक्षा कर रहे थे, मुझे बुख़ार चढ़ गया।

हम लोगों को पैसे की क़िल्लत के बाबजूद एक बोर्डिंग हाउस में रुकना पड़ा। वहाँ फफूँद और मछली की गन्ध थी।

एक गुस्सैल सी महिला एक काउण्टर के पीछे रखे पोडियम पर बैठी थी, और घर के पिछवाड़े में किसी व्यक्ति पर चिल्ला रही थी जो हमें दिख नहीं रहा था।

मैं माँ के पीछे-पीछे गयी, जो सूटकेस को कुछ सीढ़ियों से ढोकर ले जा रही थी। उसके चेहरे पर पसीने की बूँदे थीं, और वह अपना कोट उतारने के लिए रुक गयी। लाल बिन्दियों वाला उसका बलाउज़ उसकी बगलों में पसीने से भीगा हुआ था।

पिता काउण्टर के पीछे रखे पोडियम पर चढ़ चुके थे और उस महिला से बातें कर रहे थे। इस विषय पर कि कैसे मेरे बुखार की वजह से उनकी छुट्टियाँ बरबाद हो रही हैं।

मैंने सोचा जब मैं बड़ी हो जाऊँगी मेरे पिता ज़रूर मर जायेंगे। यह पहली बार था जब मैं इस तरह सोच रही थी?

जब हम लोग कमरे में पहुँचे, सिर्फ़ एक ही सँकरा सा पलंग था। पिता ने माँ से ख़ूब झगड़ा किया, जो कुछ नहीं बोली क्योंकि वो मुझे सुला रही थी। पिता नाराज़ थे कि माँ ने मुझे ठण्ड लगा दी है।

उनके हर शब्द पर मैं बुरी तरह काँप उठती थी। क्योंकि पलंग के हत्थों को पकड़े हुए उनके हाथ हथियारों जैसे थे।

माँ का चेहरा प्रदर्शनी में लगी उस अकेली रूह जैसा सफ़ेद था। लेकिन तब मुझे मालूम नहीं था। और उसके ब्लाउज़ से लाल बिन्दियाँ मेरे चेहरे पर रो रही थीं।

मुझे नहीं मालूम इस घड़ी मुझे उस घटना की याद क्योंकर हो आयी। मैंने ऐसी घटनाओं के बारे में वर्षों से नहीं सोचा था। क्योंकि मैंने रोक लगा रखी थी।

"चलो उसके लिए दुआ-करते हैं," दादी ने कहा।

मैंने हुक़्म बजाते हुए हाथ जोड़ लिये, क्योंकि उसने कहा था। और क्योंकि मैं अकेली नहीं होना चाहती थी।

"मुझे कभी पता नहीं चलेगा वह कौन था।"

"किसी अच्छे विषय के ऐसे कई कक्ष होते हैं जहाँ कोई और प्रविष्ट नहीं हो सकता।"

मैं दादी के आँगन में खड़ी थी, उसे काम करते देख रही थी।

उसका अर्धमुख कितना विलक्षण था। मैं रेत में एक डण्डी से उसका आधा चेहरा बना सकती थी और हर कोई उसे पहचान सकता था।

बीच-बीच में वह खड़ी होकर अपनी कमर सीधी करती थी, और ऐसा करते समय वह इधर-उधर देखती थी। दूर जंगलों और पहाड़ों की ओर। समुद्र की ओर। कभी-कभी मुझे महसूस होता था कि वह प्रकृति को नहीं, बल्कि अपने जीवन को देख रही होती थी।

उसे विधवा हुए कई साल बीत चुके थे। वह सफ़ाई का काम करती थी, और उसके परिवार के लोग और उसके रिश्तेदार हमेशा छुट्टियाँ बिताने उसके पास चले आया करते थे। वे उसके घर को बिस्तर और नाश्ता और पूरे दिन भोजन की जगह की तरह बरतते थे।

मुझे याद नहीं पड़ता आने वाले लोग कभी घर के लिए कोई तोहफ़ा लेकर आये हों।

न ही कभी पिता।

हर साल उसके सारे भाई अपनी पत्नियों और बच्चों और पोते-पोतियों के साथ और अपने मित्रों और जानकारों को भी साथ लिये चले आते थे। अपने ही घर में उसको अपने लिए कोई जगह न मिल पाती। सो उसे बगीचे में अपनी साईबीरी खसखस के फूलों को देखने जाना पड़ता ताकि वह अपनी कमर सीधी कर सके।

मैं उसे थामकर कुछ देर बैठी रही। फिर मैंने पलंग के पास लगे बटन को दबाया।

दो नर्सें चली आयीं। कार्य-कुशल। मेरी बिना परवाह किये वे वही करने लगीं जिसके लिए वे आयी थीं। नब्ज़ देखी। उसकी बन्द पलकों को उठाकर देखा। छत से बँधी उराकी टाँग को नीचे किया और उसे सीधा कर दिया।

वे नहीं चाहती थीं जब वे उसे नहला-धुला कर साफ़ करें तो मैं वहीं बैठी रहूँ। लेकिन मैंने तमाशा खड़ा कर दिया। वे कुछ देर के लिए चली गयीं,

बुड़बुड़ाती हुईं, लेकिन फिर और भी ज़्यादा फुर्ती और कुशलता से लौट आयीं।

इस तरह एक बर्फ़ सा ठण्डा और तकनीकी तौर पर त्रुटिहीन अनुष्ठान शुरू हुआ, जो दो अनुभवी नर्सों और एक शव की प्रस्तुति थी। ठीक वही क्रम और चर्या, छोटे-से-छोटे विवरणों सहित।

उनका प्रोजेक्ट यह था कि मृत्यु हो जाने के बाद शरीर को एकदम निर्वस्त्र कर दिया जाये। जब अंगों में अभी गर्मी और लोच शेष हो।

सफ़ाई की एक अन्तिम रस्म। प्रेम और लगाव की नहीं, न ही शायद मृतक के प्रति सम्मान की। उन्होंने चर्या को ऐसे ही अवसरों के लिए साध रखा था। मृत्यु की देह को धोने के लिए।

और मैं? क्या मैं कोई गिद्ध थी?

मुझे अपने हल्के से अस्त-व्यस्त लेकिन होटल के बड़े से कमरे की इच्छा होने लगी। मुझे चमकदार, सफ़ेद रोशनी की इच्छा होने लगी। तारपीन की। और नीले की एक रंगत बनाने की। नाक के लिए। हल्का गुलाबी और आँखों के आसपास स्लेटी का स्पर्श। बहुत स्लेटी नहीं । न ही बहुत सुर्ख़। पीला भी नहीं। बल्कि भूरा। मुँह के कोने की लकीर के लिए।

धीरे-धीरे मैंने अपनी चित्रकारी का सामान अपने बैग में वापिस डाल लिया। फिर मैं झुकी और मैंने अपने चेहरे को उसके चेहरे के साथ सटा दिया। क्षण भर के लिए।

स्पर्श। वहाँ जैसे किसी पहाड़ी झरने से पानी पीकर मुँह में धातुई स्वाद लिये आगे बढ़ जाना। मिट्टी और बर्फ़ का स्वाद, दलदलों में मरे हुए पौधों के अवशेष का। एक हज़ार साल की सड़ाँध का। ताज़े पानी में बदल गयी हुई।

और इस बीच के अन्तराल में?

वह क्षण? खिड़की से पौ फट कर अन्दर आती हुई। एक शून्य। एक जागृति।

दादी भी थी।

"मुझे याद दिलाना जब मैं भूल जाऊँगी! कैसे चले आते हैं वे—ख़ुशी, दुख, प्रेम। मूर्खता। मालिन्य!"

"बूमरैंग की तरह : एक ऐसी शक्ति—या प्रहार—जो हमेशा लौट आया करती है।"

थूर ओगे ब्रिंगस्वैर्द

वह आदमी जो पहली सितम्बर, 1973 को जमा कर रहा था

1

पीटीके ने पाया कि वह यथार्थ पर अपनी पकड़ को खोने जा रहा है। दरअसल यह कई बरस से होता चला आ रहा था (उसे अचानक एहसास हुआ)—उसके बिना परवाह किये हुए, उसके इस विषय पर सोचे बिना। शायद वह इस चीज़ के प्रति सजग भी नहीं था। अब उस धूसर फ़िल्म पर पपड़ी जम चुकी थी, एक मोज़ानुमा टोपी जो उसकी बाँहों पर तनी हुई उन्हें लपेटे हुए थी, एक ढीलम-ढीली तम्बू सी छतरी जिससे बाहरी दुनिया धुँधला गयी थी। उसकी हाथ-घड़ी की सुइयों से लपटें उठा करती थीं, और उसे कोई होश नहीं था उसके बालों में चीर कहाँ था : दर्पण कहता था उसके दायें, उसका हाथ कहता था बायें। उसने अख़बार में उस फ़्रांसीसी आदमी के बारे में पढ़ा था जिसने कई कारणों से खुद को धरती की सतह से तीन सौ फुट नीचे एक छोटी सी कुठरिया में, नंगा कैद करवा कर रख लिया था। जब वह तीन महीनें बाद अपने एकान्तवास से बाहर आया, वैज्ञानिक इस बात की पुष्टि कर पाये कि मनुष्य की एक अपनी "प्राकृतिक लय" होती है—"अन्तर्निर्मित समयरक्षक" और कि

यह समयरक्षक "सूर्य से निर्धारित नहीं होता, लेकिन दिन-रात के चक्र में चौबीस की जगह इकतीस घण्टे गिना करता है।" लेकिन किसी में निष्कर्ष निकालने की हिम्मत नहीं थी, उस एकमात्र तर्कसंगत सम्भावना की... कि मनुष्य अजनबी है, कि ऑब्सफ़ेल्डर सही था, कि हमारा असली घर कोई और (धीमा) ग्लोब है—जो एक अज्ञात सूर्य से प्रकाशित, अपनी धुरी पर घूमने के लिए पृथ्वी से सात घण्टे अधिक समय लेता है... कि वही ईडन का असली बगीचा है—जिस बगीचे से हमें निकाल दिया गया है... पीटीके दर्पण में अपनी छवि की ओर विस्मय से इशारा करके दिखाता था, और न तो एस्पिरिन और न ही वेलियम की गोली खाकर भी वह इससे कुछ अलग सोच पा रहा था।

2

पीटीके ने फ़ैसला किया कि वह अब रोज़ अपने दिन का सामना किया करेगा, उस यथार्थ का जिसमें वह बुरी तरह फँस गया था। वह बाहर गया और उसने ऑस्लो में छपे उस दिन के सारे अख़बार ख़रीद लिये (शनिवार, 18 अगस्त, 1973), और घर चला आया। उसने उनको ख़ूब अच्छे से पढ़ा—एक-एक पन्ना, एक-एक कॉलम। जब तक उसे लगा कि शनिवार 18 अगस्त पर जैसे उसकी पकड़ कुछ मज़बूत हो रही है, तब तक मंगलवार, 21 अगस्त, हो चुकी थी—और यथार्थ अपना चेहरा तीन बार बदल चुका था। पीटीके को इस बात का एहसास हो गया कि सारी जानकारी का कुल जोड़ इतना वज़नदार था कि कोई भी अकेला आदमी उसे सिर पर रखकर सन्तुलित नहीं कर सकता था। ख़बरें ढेरियों में उसके पैरों में आकर गिरती रहीं, सिरपेंचे की लताओं की तरह उसकी टाँगों से लिपटती रहीं और उसके पेट के इर्द-गिर्द एक पेटी की तरह कस जाती रहीं। वह निराशा में बुधवार 22 और गुरुवार 23 से लड़ता रहा। शुक्रवार 24 के दिन वह पलक झपकने से भी डरता रहा कि कहीं वह तारीख उसकी पलकों को अपने वज़न से बन्द ही न कर दे। और तब भी... दुनिया में सबसे अच्छी मंशा के बावजूद... शनिवार 25 पूरी तरह उसके सिर के ऊपर से गुज़र गयी।

3

पीटीके समझ गया कि उसने जल्दबाज़ी से काम लिया है। वह शख़्स जो ख़बरों का बहुत अधिक उपभोग करता है उसके पास उबालने, तलने या चबा-चबा कर देखने के लिए कोई समय नहीं होता, लेकिन वह हर चीज़ को कच्चा और साबुत चबा जाने को बाध्य होता है। राजनैतिक पाचन और रक्षक चर्बी की तहों के बारे में सोच-समझ कर उसने फ़ैसला किया कि वह समस्या पर बिलकुल किसी दूसरे कोण से धावा बोलेगा। यथार्थ को एक बहुमुखी पशु की तरह सामने पाकर उसने हथियार फेंक दिये और उस जीव की चमड़ी के नीचे तक उतर जाने के लिए उसन उनमें से एक सिर को काट कर उसका विस्तृत अध्ययन करने का फ़ैसला किया। उसने एक सितम्बर, 1973 का चयन किया। पहले ही से उसने अपने बेडरूम के कोने को प्रयोगशाला के तौर पर जमा लिया था, और एक टाइपराइटर, कैंची, गोंद, काग़ज़ और चौबीस भागों का सजिल्द एनसाइक्लोपीडिया भी ठीक से जमा दिया।

4

अक्तूबर के अन्त तक पीटीके एक सितम्बर के सारे नॉर्वीजी अख़बारों को ख़त्म कर चुका था (साप्ताहिक अख़बारों सहित)। बिना किसी संकोच के वह स्कैण्डिनेविया के दूसरे देशों, मुख्यतः डेनमार्क और स्वीडन, के अख़बारों के अध्ययन में भी जुट गया। यूनिवर्सिटी के पुस्तकालय में उसकी एक निश्चित कुर्सी थी, और रात के समय वह अपने बेडरूम की दीवारों पर कतरनें, नोट्स और फ़ोटोकॉपी आदि चिपकाता रहता। गोलाइयों और डायग्रामों में उसकी गहरी रुचि विकसित हो गयी।

5

जल्दी ही उसका बेडरूम बहुत छोटा पड़ने लगा। अध्ययन की सामग्री को यथासम्भव पूरा करने की मंशा से, पीटीके ने दुनिया भर के अख़बारों को लिखकर उनसे एक सितम्बर, 1973 के अख़बारों की कॉपियाँ मँगवायीं—वह किसी भाषा को जानता हो या नहीं । स्पेनी और रूसी सीखने के लिए वह शाम की कक्षा में जाने लगा।

6

चार साल बाद उसका फ़्लैट पूरी तरह से भर गया। एक कुकर, फ्रिज, पलंग, कॉफ़ी की मेज़, और एक लकड़ी की कुर्सी के अलावा और कोई फ़र्निचर या सजावट का सामान नहीं था। कमरे में सैकड़ों विभाजन हो रखे थे, और बीच के रास्ते इतने सँकरे कि पीटीके को तिरछा होकर चलना पड़ता था (बड़ी सावधानी से) जब भी किसी ज़रूरी कतरन को वह दोबारा देखना चाहता था या फिर कोई नया नोट जोड़ना चाहता था। काम के घण्टों को छोड़कर (पीटीके लेखापाल था), पीटीके अपना सारा समय अपने ऐतिहासिक अभिलेखागार में बिताता था। वह दोस्तों और रिश्तेदारों से बचता फिरता था, और जब भी वह उनमें से किसी को सड़क पर मिलता (दफ़्तर आत-जाते) तो उसे उनसे ठीक-ठाक बातचीत चलाये रखने में काफ़ी दिक़्क़त पेश आती। वह इस बात से और से और आक्रान्त हो जाता रहा कि लोग एक सितम्बर, 1973 के बारे में कितना कम जानते हैं। आख़िरकार उसने अपने आप को सब लोगों से पूरी तरह काट लिया, अगर कोई बुलाये तो जाता नहीं था, उसने फ़ोन भी कटवा डाला और परिचित रास्तों को छोड़ दूसरे रास्तों से आने-जाने लगा।

7

दो बार उसे पहले से बड़े फ़्लैट में जाना पड़ा। 1982 तक—कमोबेश—वह बीस अलग-अलग भाषाएँ और बोलियाँ सीख चुका था। लेकिन हर समय उसे सीखने को कुछ और चीज़ें मिल जाया करतीं। यह विषय अन्तहीन निकला। इस बात का अनुमान कोई लगा सकता था भला कि ठीक एक सितम्बर, 1973 को इतना कुछ घट जायेगा? "क्या संयोग है!" पीटीके ने ख़ुद से कहा (उसने पिछले छह साल से किसी से बात नहीं की थी)। "क्या किस्मत थी मेरी कि मैंने *इसी* एक दिन को चुना!" वह कमरों को विभाजित करने की प्रणाली का उपयोग अब भी करता था, और पूरी सामग्री को यथासम्भव संयोजित करने में काफ़ी व्यस्त रहता था। हर विषय को उतनी जगह नहीं चाहिए होती थी। कुछ विषयों, जैसे तापमान और हवा, को केवल आधी ही दीवार की ज़रूरत थी, जबकि दूसरे विषय, जैसे व्यवसाय और वित्त, पूरे डाइनिंग रूम को घेरे बैठे थे (सब मिलाकर तीस दीवारें, यानी लगभग 4,050 वर्ग फ़ुट का क्षेत्र)।

8

फ़रवरी, 1983 के एक फीके से दिन जब बादल छाये हुए थे *गेम्ज़ और स्पोर्ट्स विभाग* में आग लग गयी। पीटीके मंगोलिया की कुछ बोलियों में व्यक्तिगत कोचिंग की कक्षा से घर लौट रहा था। जब उसने सामने का दरवाज़ा खोला तो पूरे के पूरे हैवीवेट चैम्पियनशिप मुक़ाबले से लपटें उठ रही थीं, और चैम्पियन जार्ज फ़ोरमैन ज़बरदस्त राइट हुक जड़ रहा था। उसका प्युएर्टो रिकन प्रतिद्वन्द्वी अपनी तस्वीर सहित जल कर राख हो रहा था। बिलकुल बवण्डर मच रहा था आग का। कुछ भी नहीं बचा। इससे पहले कि फ़ायर-ब्रिगेड वहाँ पहुँचती पूरा दफ़्तरखाना जलकर राख हो चुका था। (बेसमेंट के दो स्टोर बच गये, बेशक। लेकिन यहाँ तो व्यक्तिगत कॉलमों और मिली-जुली निधन-सूचनाओं

का ही आधिपत्य था। वे कोई ख़ास रुचि की चीज़ें नहीं थीं।) पीटीके बुरी तरह जल गया था, और उसने अपना शेष जीवन (दो साल) अस्पताल में ही बिताया।

9

इन दो सालों में डॉक्टर और मरीज़ व्यर्थ ही उससे कुछ सम्पर्क बना पाने की कोशिश करते रहे। लेकिन जब भी कोई दक्षिणी अमरीका के युद्ध की बात करता, पीटीके दक्षिणी-पूर्व एशिया की बात करने लगता। अगर कोई E.E.C की बात करता, पीटीके जवाब देता कि उसके विचार में अब भी नॉर्वे के अधिकांश लोग इसका विरोध करते थे—*वह* तो करता ही था। अगर दूसरे मरीज़ खेलों आदि की बात करते, पीटीके हमेशा अपना सिर हिलाकर एक अवैध घूँसे और बेलग्रेड में शुरू होने वाली समकालवर्ती तैराकी की पहली विश्व चैम्पियनशिप की बात करता। बीच-बीच में वह किन्हीं दो बर्तानवी आदमियों की बात करने लगता जो एटलांटिक के नीचे एक पनडुब्बी में फँस गये थे और उन्हें बचा लिया गया था, वह राजा को राजकुमार कहता, और राष्ट्रपति को "निक्सन," अगर कहीं वह जवाब देने के मूड में होता। ज़्यादातर समय वह नहीं होता था। "कोई उम्मीद नहीं," डॉक्टर कहा करते थे। "हम कुछ भी नहीं कर सकते।"

10

और जब किसी ने भी और कोशिश नहीं की तो पीटीके को वह शान्ति मिल गयी जिसकी उसे तहे-दिल से इच्छा थी। उसने अपने अन्तिम तीन महीने ख़ुशी-ख़ुशी अपनी पीठ के बल लेटकर बिताये। एक-एक कर वह टुकड़े सामने लाता रहा, एक-एक कर बड़ी मेहनत से उन्हें जोड़ता रहा, अपने मस्तिष्क के पिछले दायें कोने से शुरू होकर बायीं ओर जाते हुए। एक सितम्बर, 1973 की

तसवीर उसके मन में बड़ी होती चली गयी, हर रोज़ पहले से बड़ी और ज़्यादा साफ़। नाम और अंक नक़्शों और डायग्रामों में पिघलने लगे। सीमाओं के झगड़े सिनेमा विज्ञापनों से साथ हिलमिल गये। पीटीके मुस्कराया। तसवीर ने उसके मस्तिष्क को पूरी तरह से भर दिया था। कुछ छोटे-छोटे टुकड़े अब भी गायब थे। लेकिन वे उसे मिल गये। उसका सिर बहुत छोटा पड़ गया। तसवीर उसकी खोपड़ी को फोड़ पूरे अस्पताल में फैल गयी। फिर भी कुछ टुकड़े ग़ायब थे। कुछ ही टुकड़े। उसे वे भी मिल गये। तसवीर अस्पताल को तोड़-फोड़ कर बाहर पूरे पार्क में फैल गयी, एक पारदर्शी परत की तरह खुलते-खुलते वह पेड़ों के साथ एक हो गयी, पक्षियों के साथ, और आसमान के साथ घुलमिल गयी। लेकिन तब तक तो वह मर भी चुका था... पन्द्रह मिनट पहले, एक डॉक्टर ने कहा। दस मिनट, दूसरा बोला। और किसी ने ग़ौर नहीं किया कि पतझड़ आ चुका है।

ओयस्तेइन लोन्न

कितनी ख़ामोशी है साली

घर जल्दी आकर वह बैठक की खिड़की के पास खड़ा था जब बारिश होने लगी। तिलियरों का झुण्ड खेतों पर से उड़ता हुआ घर के सामने लॉन में उतर आया था। पतझड़ का समय था, और वह खिड़की में निश्चल खड़ा बारिश को देख रहा था, और उसने देखा कि चमकती हुई चिड़ियाँ घास के नीचे छिपे केंचुओं को खींच रही हैं। पूरी गर्मियाँ वह घर के सामने के लॉन में उन चिड़ियों को देखता रहा था और नन्ही चिड़ियों को भी, और नन्ही चिड़ियों को बड़ा होते और उड़ना सीखते हुए भी।

जब वह अभी लड़का ही था तो उसके टीचर ने उसे बताया था कि तिलियर केंचुओं को सुन सकती हैं। केंचुए अँधेरी ज़मीन के भीतर लम्बे बिल और नालियाँ खोदते हैं, और जब वे हिलते हैं तो तिलियर उन्हें सुन सकती हैं। वह कल्पना करता था कि चिड़ियाँ कैसे सुनती हैं, और जब कीड़ा उन्हें मिल जाता है तो वे सही क्षण की प्रतीक्षा करती हैं, फिर अपनी चोंच से वार करती हैं वे, और कीड़े को निगल जाती हैं।

वह चुपचाप खड़ा रहता और इस घटना को देखता।

उसे चिड़ियाँ अच्छी नहीं लगती थीं, वे कैसी भी क्यों न हों, लेकिन यह बात उसने किसी को नहीं बतायी।

"तुमने बिल चुका दिया क्या?"

उसने रसोई के दरवाज़े से आती हुई आवाज़ को साफ़-साफ़ सुना था। वह कमरे में दाखिल हुई और उसने सिगरेट की राख को झाड़ा।

"देखो तो सही इन्हें," वह बोला। "देखो तो कैसे ठूँस रही हैं। कितनी भूखी हैं इस मौसम में।"

वह खिड़की के पास गयी और चिड़ियों को देखने लगी। "क्या हो गया है तुम्हें? तुमने बिल चुकाया या नहीं?"

"कितनी ख़ामोशी है," वह बोला।

जब वह औज़ार लेने बेसमेंट की सीढ़ियाँ उतरने लगा तो वह अपनी निगाह उस पर टिकाये रही। वह खाने उलटने-पलटने लगा और एक नज़र उसकी ओर देख उसने यह बताने की चेष्टा की कि उसे कोई चीज़ मिल नहीं रही। वह अपनी कुर्सी से उठी, और एक और सिगरेट जलाकर खिड़की के पास जाकर चिड़ियों को देखने लगी। जो खिड़की के बिलकुल पास थीं वे कीड़े निगलने से पहले किसी तरह उड़कर पेड़ों के नीचे पहुँच जाती थीं। उसने अपने फेफड़ों में भीतर तक धुएँ को खींचा और अभी हाल ही में पुती हुई छत की ओर उड़ा दिया। "तुमने क्यों नहीं चुकाया वो बिल?" उसने पूछा।

"कौन-सा?" वह बोला।

वह चिड़ियों को देखने लगी।

"तुम बताओ कौन-सा," वह बोला। "हमारे पास पाँच हैं जो लगभग एक जैसे हैं, और हम सिर्फ़ एक अदा कर सकते हैं। हमारे लेनदार मासिक लॉटरी निकाल रहे हैं। बुरे ख़त लिखने के बजाय उन्हें शुक्रगुज़ार होना चाहिए।"

"तो तुमने नहीं चुकाया न," वह बोली।

वह पिछले दरवाज़े से बाहर निकल आया, गैरेज के पीछे से सीढ़ी लाकर उसने परनाली पर टिकायी। हल्की बारिश हो रही थी, और सीढ़ियाँ चढ़ते हुए उसके हाथ भीग गये थे।

पतझड़ का पहला तूफ़ान ह़फ्ता-भर पहले आया था। ऐसे तूफ़ान पहले भी आया करते थे और घर के पीछे चीड़ झूम उठे थे। गैरेज के ऊपर एक भारी शाखा झूल आयी थी जो छत को बुहार रही थी। वह बाथरूम में खड़ा दाढ़ी बना रहा था जब उसने टाइलों के नीचे की फ़ेल्ट को हवा में फड़फड़ाते हुए सुना। वह दाढ़ी बना चुका था जब उसने देखा कि लकड़ी की तख़्तियों में से बारिश दीवार पर रिसने लगी थी।

वह सीढ़ी चढ़ा, और छत की पाँच बेकार पड़ चुकीं टाइलों को उखाड़ कर नीचे उतरने लगा, ताकि ज़मीन पर उनके गिरने की आवाज़ उसे सुनायी न दे। छत की टाइलों के फूटने की सूखी ध्वनि उसकी बरदाश्त से परे थी। उसने गहरी लाल टाइलों को प्लास्टिक की बोरी में भरा और कार की डिकी से नयी टाइलें उठा लाया।

रसोई के रेडियो से मार्च के बैण्ड की आवाज़ आ रही थी। साधारण जर्मन फ़ौजी मार्च जो आपको समय में मार्च करने का न्यौता दे रही थी। उसने घर के भीतर जाकर रेडियो को बन्द कर दिया, और ग़ौर किया कि वह अब भी खिड़की के पास खड़ी चिड़ियों को देख रही थी। घर में इतनी ख़ामोशी थी कि उसे छू सकते थे। उसने थोड़ा पानी पिया, और जब वह उसके पास से गुज़रा, तो उसने पीछे मुड़कर उसे अपनी बाँहों में ले अपने चेहरे को उसकी गर्दन में टिका दिया, लेकिन वह उसे परे धकेलने लगा ताकि उसके नीले ब्लाउज़ पर निशान न लग जायें।

"तुम ठीक तो हो?" वह बोली।

"ठीक ही हूँ," वह बोला।

"आज तुम घर जल्दी क्यों लौट आये? काम में कुछ गड़बड़ तो नहीं हो गयी थी? तुम इतनी जल्दी तो नहीं आते घर।"

"नहीं, कुछ भी नहीं," वह बोला।

"हम आज रात क्या करेंगे?"

"क्या पता," वह बोला।

"फ़िल्म देखने चलें? मैंने अख़बार में देखा था, एक अच्छी फ़िल्म चल रही है।"

"बढ़िया," वह बोला।

वह एक बार फिर घर के पीछे चला आया, और कन्धे पर नयी टाइलों को लादकर वह सँभलकर सीढ़ियाँ चढ़ने लगा। सीढ़ी के कुछ डण्डे फिसल रहे थे, और वह अपने बायें हाथ पर ज़ोर डाले सँभल रहा था। दूर एक कुत्ते के भौंकने की आवाज़ उसे सुन रही थी; नीचे सड़क पर कारें बिना शोर किये घूम रही थीं; और उसने देखा कि किसी ट्रैक्टर का एक्ज़ॉस्ट खेत पर सफ़ेद धारी की तरह फैला हुआ था। वह सीढ़ियाँ चढ़ने से डरता नहीं था, लेकिन उसे अच्छा नहीं लगता था, और वह ख़ुश था कि उसे घर की छत पर जाने की कोई ज़रूरत नहीं थी। इतना काफ़ी था कि सीढ़ी के किसी ऊपरी डण्डे पर खड़े होकर वह टाइलों को धकेल कर खाइयों में रख सकता था। पर नाली चीड़ की सड़ी-गली सुइयों से आधी भर चुकी थी। अपने काम करने वाले दस्ताने पहन उसने पूरी तरह परनाली को साफ़ किया और फिर उसने सावधानी से गाढ़े कीचड़ को ज़मीन पर डाल दिया। पाइप लगाकर परनाली को पानी से धो डालना ठीक था, लेकिन पतझड़ के चलते बागबानी की चीज़ें शेड में सँभाल कर रख दी गयी थीं।

सीढ़ी पर खड़े-खड़े उसे कुछ नहीं सुन रहा था; हर चीज़ ख़ामोश थी, हवा का कोई झोंका तक नहीं था, न सड़क की कोई आवाज़, और घर के भीतर वह घूम-फिर भी नहीं रही थी। उसके तेज़ कदम एक से दूसरे कमरे में जाते हुए सुनायी नहीं पड़ रहे थे, न रेडियो की ही आवाज़ थी। उसे अच्छा लग रहा था। ख़ामोशी कभी पूरी नहीं पड़ती थी उसे। वह बहुत देर तक सीढ़ी पर खड़ा रहा, काफ़ी देर, जब तक उसे समझ में नहीं आया कि बारिश हो रही थी, और वह भीग रहा था।

"क्या तुम अभी तक ऊपर हो?"

उसने नीचे देखा।

"तुम्हें होश है कि सीढ़ी पर चढ़े हुए आधा घण्टा हो चुका है तुम्हें?"

"ऐसा?" वह बोला।

"वहाँ खड़े-खड़े क्या कर रहे हो? बस घूर रहे हो।"

"यहाँ एकदम चुप है," वह बोला।

वह घर के भीतर चली गयी। जब वह सामने के दरवाज़े पर पहुँचा रात, के खाने की ख़ुशबू थी। वह बेसमेंट का दरवाज़ा खोल सीढ़ियों से नीचे चला आया। उसने टूल-बॉक्स को शेल्फ़ पर वापिस रख दिया। फफूँद की गन्ध छायी हुई थी, और उसने बढ़कर उस खिड़की को बन्द कर दिया जो पूरी गर्मी खुली रही थी। फिर उसने सावधानी से सफ़ेद फफूँद को दीवार पर से पोंछकर दवाई छिड़क दी।

"तुम आ रहे हो?" वह चिल्लायी।

"क्या हो रहा है?" वह बोला।

"कुछ नहीं हो रहा।"

वह बेसमेंट के दरवाज़े में से सुन रहा था।

"क्या कोई आ रहा है?"

"नहीं," वह चिल्लायी।

उसने बेसमेंट का दरवाज़ा खोला। "खाना," वह बोली।

उसने मुँह-हाथ धोकर अपनी कमीज़ बदली और ऊपर चला आया, खिड़की के पास। तिलयरों का एक झुण्ड सेब के पेड़ों में आ बैठा था, और सब पक्षी निश्चल बैठे रहे जब तक उसने अपनी बाँहें नहीं उठायीं। सबसे पास की शाखाओं पर बैठे पक्षी खेतों की ओर उड़ गये! लेकिन कुछ जो निडर थे वे पेड़ पर ही डटे रहे और अनिच्छा से एक शाखा से उड़कर दूसरी पर जा बैठने लगे। वह देखता रहा कैसे वे पक्षी खेत का दूसरा फेरा लगाकर सड़क के उस ओर के दरख़्तों के गिर्द उड़ते-उड़ते फिर घर की ओर लौटकर झाड़ियों में आकर बैठ रहे थे। वह देख रहा था कैसे वे लॉन तक आने से पहले संकोच बरत रहे थे, फिर उड़कर खिड़की के पास चले आ रहे थे, और जैसे ही वह हरकत करता वे उड़कर झाड़ियों के नीचे चले जाते।

"साली चिड़ियाँ," वह फुसफुसाया।

"क्या कहा तुमने?"

वह रसोई के दरवाज़े में खड़ी थी। जब वह झाड़ियों में बैठते हुए पक्षियों को देख रहा था, वह अपनी निगाह से उसका पीछा कर रही थी।

"कुछ नहीं," वह बोला। "मैंने तो कुछ नहीं कहा।"

बारिश अब भी हो रही थी, हल्की फुहार, लॉन हरा और फिसलन-भरा था, और पेड़ों से पहले पत्ते गिर रहे थे।

"तुम आ रहे हो?"

"अच्छा," वह बोला।

खाना खाते समय वह छुट्टियों की बात करने लगी, कि उन्हें किस जगह जाना चाहिए और कि वह एक ट्रैवल ब्यूरो में किसी को जानती थी जो उन्हें किफ़ायती रेट दिलवा सकता था। अख़बारों के शेल्फ़ से उसने कुछ ब्रोश्यर उठाकर मेज़ पर फैला दिये, और उसे बताने लगी कि ऑफ़-सीज़न में यात्रा करना कैसे सस्ता पड़ता है। "पतझड़ का समय ज़्यादा ठीक रहता है," वह समझाने लगी। वह उसकी आतुर आवाज़ को सुनता रहा : "कौन अपने होशो-हवास में गर्मियों में यात्रा करेगा," वह बोली, "गर्मी बहुत होती है। लेकिन अगर हम सीज़न के ज़रा बाद दक्षिण जायें तो ज़रूर कोई ऐसा होटल मिल जायेगा जहाँ हम जर्मन टूरिस्टों से बच सकते हैं। गाँव में छोटे-छोटे कैफ़े टाइप रेस्तराँ होते हैं, जहाँ हम शाम के समय बैठकर वाइन पी सकते हैं और ताश खेल सकते हैं। बाहर पक्के चबूतरों पर मेज़ लगे रहते हैं, एक छोटे से कैराफ़ में वाइन मिलती है, और देखो इस चित्र में समुद्र कितना साफ़ दिखायी दे रहा है और पहाड़ की ढलान पर सफ़ेद घर," वह बोली। "ज़ंग-रंगी ज़मीन और होटल के सामने खजूर के पेड़, और कितनी सारी चिड़ियाँ, और क्षितिज के साथ-साथ तैरता हुआ टैंकर।"

"कौन-सी चिड़ियाँ?" उसने पूछा।

गिलासों में पानी डालते हुए उसने समझाया कि हॉलिडे-रिज़ॉर्ट पहले से काफ़ी सस्ते हो गये हैं क्योंकि ख़राब समय चल रहा है और लगभग किसी के

पास भी छुट्टी मनाने का पैसा नहीं रहता। "बहुत महँगा पड़ता है, बहुत ज़्यादा महँगा," वह बोली। और वह साफ़ सुन रहा था कि उसकी आवाज़ और भी तल्ख़ होती जा रही है, कुछ ज़्यादा ही जोश में थी वह, और उसके मन में आया कि वह चुपके से पिछले आँगन में जाकर वापिस सीढ़ी के सारे डण्डे चढ़ जाये।

"कैसे किफ़ायती रेट?" उसने पूछा। "तुम्हारे पास तो कई स्कीमें रखी हैं। मुझे तो कुछ समझ में नहीं आता।"

वह ब्रोश्यर समेटने लगी। "थोड़ा सब्र तो करो।"

"क्या मैं उसे जानता हूँ?"

"बिलकुल," वह बोली।

"कौन है?"

"तुम्हारा चचेरा भाई," वह बोली। "तुम भूल गये वह एक ट्रैवल-ब्यूरो में काम करता है? उसी ने ये ब्रोश्यर मुझे दिये हैं। इन गर्मियों में किसी ग्रीक टापू पर रहने गया था वह। वहाँ एक घर भी ख़रीद लिया है उसने।"

वह अचानक उठकर बरामदे में चला आया और चिड़ियों को डराने लगा। वह अपनी बाँहों को लहराकर चिल्लाने लगा कि वे भाड़ में जायें, दक्षिण, हेलास, या कहीं भी। सड़क पर कोई भी नहीं था; वह ज़ोर से चिल्ला रहा था और सुनने वाला कोई भी नहीं था। वह देख रहा था कैसे वे चमकती हुईं चिड़ियाँ झाड़ियों के नीचे अपनी छिपने की जगह से फड़फड़ा कर बाहर आतीं, और सेब के पेड़ों से, और कैसे उनमें से कुछ शेड के पास की लम्बी घास में छिपी बैठी थीं। वे फड़फड़ायीं, बिना किसी आहट के, घर के ऊपर एक बड़ा-सा झुण्ड बनाकर, जंगल में से होते हुए दोबारा सड़क की ओर निकल आयीं।

वह शान्त होकर बैठ गया और सिगरेट सुलगाने लगा।

"क्या वहीं बारिश में कॉफ़ी पिओगे तुम?" वह मुस्करा रही थी। उसने बरामदे का दरवाज़ा खोल दिया था।

वह बैठक में चला आया, टीवी के सामने रखी चमड़े की कुर्सी में बैठ गया, फिर उठा और पानी पीने रसोई में चला गया। उसने देखा कि चिड़ियाँ

पंक्तियों में टेलीफ़ोन की तारों पर बैठी थीं, कम-से-कम पचास तिलियर, कोई भी हिल नहीं रही थी, और क्षण-भर के लिए उसे लगा कि वे हमेशा के लिए वहाँ बैठी रहेंगी। बर्तन धोने वाली मशीन गुनगुना रही थी, और उसने सुना कि वह बेसब्री से अपना गला साफ़ कर रही थी। वह पहले-सी ही आकर्षक थी, और वह उसके नाजुक हाथों को और उसके कानों के पास बालों को देखता रह गया।

"मैं आ रहा हूँ," वह बोला।

"तो चलोगे न तुम?"

"लगता तो है," वह बोला। "अगर मुझे पता चल जाये तुम कह क्या रही हो।"

"मैं छुट्टियाँ मनाने की बात कर रही थी। काफ़ी सस्ते में।"

"कितनी ख़ामोशी है साली," वह बोला।

"क्या यह अच्छी बात नहीं है?" वह बोली।

उसने ख़बरें सुनने के लिए रेडियो ऑन किया, लेकिन फिर उसका मन नहीं हुआ और वह पैण्ट बदलने ऊपर चला आया। वह दोबारा नीचे आया और बैठक में उसे अख़बार फड़फड़ाने की आवाज़ सुनायी दी। नीचे बेसमेंट से वह नारंगी के जूस का एक डिब्बा उठा लाया और उसे कैंची से खोल उसने गिलास में जूस डाला। वह पीले जूस को बहुत देर तक देखता रहा और उसे समझ में नहीं आया वह क्या करे। वह बैठक में चला आया और देर तक उसे देखता रहा। अपना पढ़ने वाला चश्मा उतार वह उसकी ओर देखने लगी।

"कुछ सुन रही हो?"

"नहीं," वह बोली। "कुछ भी तो नहीं।"

"पक्का मालूम है तुम्हें?"

"हाँ," वह बोली। "पक्का मालूम है।"

"तुम ठीक कह रही हो," वह बोला। "एकदम शान्ति है यहाँ। कोई आवाज़ नहीं। हमेशा थोड़े ही रह पायेगा ऐसा।"

यूहान हार्शटा

क्लोरीन

मुझे नाप-तोल लिया गया है और कमी पायी गयी है। लगभग दो बज गये हैं और दिन का आख़िरी पाठ है, और मैं डाइविंग बोर्ड के पिछले हिस्से में, बिलकुल किनारे पर खड़ा हूँ, मेरे सामने दूसरे हैं, वे दूसरे जो कूदने वाले हैं, और जल्दी ही मेरी बारी भी आने वाली है। पर यह असम्भव है। चाहे कुछ भी हो जाये। मैं जानता हूँ।

पर मुझे यह करना ही है। यह आख़िरी ड्रेस-रिहर्सल है। अन्तिम मौके से पहले वाला मौका। मुझे डाइविंग बोर्ड के छोर तक चलना है, घुटने झुका, अपनी पूरी ताकत लगा उछलना है और पूल में छलाँग लगा, पानी की सतह बेध लतियाते हुए नीचे जाना है, पूल के तल तक पहुँच, उस बेजान प्लास्टिक की पुतली को ढूँढ़ना है, उसे बचा पानी की सतह तक लाना है, तब उसके साथ तैरते हुए उसे ज़मीन की ओर ले आना है, और तैराकी हॉल की फिसलन भरी टाइल्स पर घसीट उसकी जान बचानी है। तो यह मुझे करना है। और जब मैं यह सब कर चुकूँगा तो उसकी बगल में बने वॉटर प्रूफ़ खाँचे से काग़ज़ का एक टुकड़ा निकलेगा जिसमें कहा होगा कि वह पुतली ज़िन्दा है और उसकी धड़कनों की गति क्या है, कि वह साँस ले रही है, और यद्यपि वह इतने लम्बे समय से डूबी रही है, फिर भी वह बची रहेगी। अब मेरी बारी है।

सीनियर स्कूल के अन्तिम साल में शारीरिक शिक्षा के लिए यह कर गुज़रना ज़रूरी है। वह घड़ी आ चुकी है, यह महत्त्वपूर्ण है और मैं इसी एक पल से ख़ौफ़ खाता रहा हूँ। मुझसे यह नहीं हो सकेगा, फिर भी मुझे उसे बचाना ही है, मुझे उससे काग़ज़ की वह पर्ची चाहिए, नहीं तो मैं हार जाऊँगा और शारीरिक शिक्षा में गुड़क जाऊँगा, और यह मुझे नहीं पोसायेगा। सो मैं कूदता हूँ, मेरी आँखों में क्लोरीन घुस जाती, है मैं उस हवा के लिए छटपटाता हूँ जो नदारद है, मेरा शरीर हठपूर्वक पानी में ख़ुद-ब-ख़ुद मुड़ता है और मैं ऊपर की ओर उठ आता हूँ, सतह बेधते समय पहले मेरा एक पैर निकलता है, तब सिर पूरी साँस खींचता भी नहीं कि मुझे डाइविंग बोर्ड के पास सफ़ेद पतलून और नीली टी-शर्ट पहने खड़ी शिक्षिका नज़र आती हैं, उनके गले में सीटी झूल रही है, जब वे उसे बजायेंगी तो मेरा काम तमाम समझो, मुझे पानी से बाहर निकल आना होगा, पर वह सीटी बजाती नहीं हैं, वे कहती हैं *फिर से कोशिश करो*—और मैं सिर पानी में डुबोता हूँ, दूर नीचे कुछ लाल सा दिखायी दे रहा है, यह वही होगी, वही जो डूबी है, और मुझे उस तक पहुँचना है, सो मैं लतियाता हुआ नीचे बढ़ता हूँ, मेरे कान दर्द कर रहे हैं, मैं लात पे लात चलाता हूँ, पर मैं नीचे बढ़ नहीं रहा, मेरे फेफड़े पूरी तरह ख़ाली हैं और मैं तकलीफ़ में हूँ, और मैं नीचे बढ़ रहा हूँ पर तेज़ी से नहीं, मेरा शरीर सही दिशा से भटकता है, मुड़ता है और मैं उठता हुआ सतह पर आ जाता हूँ, वे सीटी बजाती हैं, *अगला परीक्षार्थी*!

जब आप अपनी डाइव पूरी कर चुके होते हैं तो चन्द मिनट आपको चैन में छोड़ दिया जाता है, आप ख़ुद को सहज करते हुए बड़ी खिड़की के पास रखी बैञ्च पर बैठ सकते हैं, उसी खिड़की से सूरज भी आता है और पानी पर चमकता है। मैं बैञ्च पर बैठता हूँ, काँपता और क्लोरीन को सूँघता हुआ और कतार का अगला लड़का छलाँग लगाता है, मैं उसे पूल की ओर ग़ायब होते, डमी थामते और उसे अपने ऊपर डाले वापिस आते देखता हूँ, वह उसे ठुड्डी के ऊपर से पकड़ता है, उसका सिर पानी की सतह के ऊपर किये ज़मीन की ओर लौटता है, पूल के किनारे पहुँच उसे बाहर खींचता है, उसे टाइलों पर लिटाता है, उसकी

नब्ज़ जाँचता है, अपने होंठ उसके रबर के होंठों से लगा उसमें प्राण फूँकता है, स्थान चुन उसके हृदय की मालिश करता है, उसे उसकी जान लौटाता है, एक उपहार, टीचर सीटी बजाती हैं, उसके पास जाती हैं, पुतली की कमर से निकली पर्ची जाँचती हैं, वह सही है, उम्दा ग्राफ़, वे प्रिण्ट-आउट फाड़ती हैं, अपनी किताब में उसके नाम के नीचे उसे स्टेपल से लगाती हैं, और उसमें *"संतोषजनक'* या ऐसा ही कोई ग्रेड लिखती हैं, और पुतली को पानी में फेंक देती हैं, वह अनाटकीयता से, धीरज से, फिर से डूब जाती है।

मैं बैञ्च पर बैठता हूँ, सूरज मेरे पीठ पीछे है और मेरी बाँहों और मेरे बालों में क्लोरीन की गन्ध बसी है, डाइविंग बोर्ड के ऊपर लगी बड़ी घड़ी बता रही है कि केवल पन्द्रह मिनट बचे हैं, और अगर मैं बिलकुल चुपचाप बैठूँ, बिना हलचल के, और यह स्वाँग करूँ कि मेरा वुजूद ही नहीं हैं, तो शायद मुझ पर ग़ौर ही न किया जाये और शायद मुझे दो सप्ताह बाद के अन्तिम प्रयास के पहले आज एक और कोशिश न करनी पड़े। पर मैं यह भी जानता हूँ कि वे इसी के प्रति चौकन्नी रहती हैं, ऐसी ही कमज़ोरियाँ तलाशती हैं, जो बच्चे ख़ुद को छुपाना चाहते हैं, यों ढोंग करते हैं कि वे हैं ही नहीं, उन्हें वे ऊष्मा-संसूचकों से पकड़ लेती हैं, उनके चेहरे चिन्ताग्रस्त निराशा से गरमाये होते हैं, वे डाइव नहीं कर सकते, और वे शारीरिक शिक्षा में पास नहीं होंगे।

और मैं सोचता हूँ : किसी बात की तह में जाना हो, तो सोचो वह कहाँ से आयी होगी। जैसे कोई पुराने एलबम को देखता हो, उसके कार्डबोर्ड से बने मोटे पन्ने पलटता हो। शायद यह डर पहले से ही कहीं जन्मा हो, बस गया हो। 1982 का वर्ष है और मैं डूब रहा हूँ, एक ग्रीष्मावकाश में, पश्चिर्मी तट पर कहीं एक नाव में। हम तट पर लौट आये हैं, चिकनी चट्टानों के पास, डैड ने बोट बाँध दी है। और मैं ज़मीन पर आ गया हूँ। हम सॉसेज भून रहे हैं। पर सरसों की चटनी बोट पर रह गयी है, हम उसे भूल आये हैं, और *सरसों की चटनी ज़रूरी है,* मेरी माँ कहती है—*क्या तुम उसे बोट से नहीं ला सकते* और *बेशक मैं ला सकता था,* सो मैं उस भूरी दरी से उठता हूँ जहाँ चट्टान पर हम बैठे थे, मैं बोट तक जाता हूँ, उसे अपनी ओर खींचता हूँ जैसे मुझे सिखाया गया

है, रस्सियों पर ज़ोर लगाता हूँ ताकि बोट पास सरक आये, और मैं नाव पर चढ़ता हूँ, सरसों उठाता हूँ, मैं सीढ़ियों पर पैर रखने के लिए पैर फैलाता हूँ, पर सीढ़ी फिसलनी है, मेरी पकड़ सरकती है और मैं बोट के नीचे ग़ायब हो जाता हूँ।

मैं बोट के नीचे ग़ायब हो जाता हूँ, उसके तल की ओर खिंच जाता हूँ, और खुद को बिलकुल नीचे पाता हूँ, पत्थरों पर, और मेरे बगल में समुद्री खरपतवार है, एक सी-अर्चिन है, एक विशाल सी-अर्चिन और उसके पास एक और, एक केंकड़ा मेरी ओर बढ़ रहा है और मेरे ऊपर, वहाँ ऊपर है बोट।

मैं अपने अगल-बगल हाथ ऊपर नीचे करता हूँ, ख़ुद को ऊपर धकेलने की कोशिश में, कहाँ जाना है यह जानता हूँ, पर वहाँ कैसे पहुँचना है यह नहीं, मैं हाथ फड़फड़ाता हूँ, पर वहीं नीचे अटका हूँ और सतह बहुत ऊपर है, मैं थकने लगा हूँ, मैं फिर बैठता हूँ, ऊपर देखता हूँ बोट की ओर, और एक हाथ नीचे बढ़ता है, बड़ा हाथ जो पानी को चीरता नीचे आता है, और वह हाथ मुझे थाम लेता है, उसके साथ-साथ एक सिर है, वह सिर ठीक मेरी ओर देखता है, डैड मुझे पानी से निकालते हैं, ऊपर तट की ओर, तब बोट से सरसों की चटनी ले आते हैं। मैं तौलियों में लपेट दिया जाता हूँ, मुझे चॉकलेट दिया जाता है, गोकि वह शनिवार नहीं है, और लेमोनेड भी। पर यह जल-भय का केवल सतही, आंशिक स्पष्टीकरण ही हो सकता है। यह स्मृति तो अर्जित है, मुझे तो मुश्किल से यह घटना याद है, कम से कम इस तरह तो नहीं। मैं जानता हूँ कि मैं इस बात से भी डरा हुआ हूँ कि मैं आगे नहीं बढ़ सकूँगा, मुझे डर है कि मैं यह नहीं कर सकूँगा, सीधी और साफ़ बात यह है कि मैं मरने से डरता हूँ। पानी में ग़ायब हो जाने से ख़ौफज़दा हूँ।

हम यह कई सप्ताहों से कर रहे हैं। ये प्रशिक्षण सत्र। हम मीलों दौड़े हैं, घोड़ियों से कूदे हैं, सिर के बल खड़े रहे हैं, जंगल के बीच साइकिल दौड़ा चुके हैं, मैं मय कपड़े और जूतों के दो सौ मीटर से भीं ज्यादा तैर चुका हूँ, यह परीक्षा इसलिए होती है कि कहीं आप दुर्भाग्य से डेनमार्क वाली फ़ैरी से हिर्टस्हाल्स से दो सौ मीटर की दूरी पर ही गिर न जायें। अब केवल डाइव बची है। जीवन रक्षा। और यह मैं कर नहीं पाऊँगा।

डाइव।

डाइव।

डाइव।

यह बेकार है। असम्भव।

फ़र्श को घूरते, बड़ी खिड़की से बाहर घूरते, सीधे सूरज की ओर घूरते, उसकी चकाचौंध से अन्धा हो, ख़ुद को बैञ्च पर बिलकुल सिकोड़ कर कन्धे झुका, खुद को गुड़ीमुड़ी समेटने पर, मैं जल्दी ही चेंजिंग कक्ष में जा सकूँगा, कुछ जल्दी, सामान्यतः वे इस पर ग़ौर नहीं करतीं, बस यही आख़िरी उपाय बचा है मेरे पास। पर मैं बैठा रहता हूँ, आख़िरी उपाय बचा रखूँगा, हो सकता है दो सप्ताह बाद मुझे इसकी ज़रूरत पड़े, वही तो अहम घड़ी होगी, जब परीक्षा पास करने का बिलकुल आख़िरी मौका मिलेगा, तब मुझे या तो यह करना होगा या फ़ेल कर दिया जाऊँगा, मेरी ग्रेड छिनं जायेगी, सब कुछ खो बैठूँगा, वहाँ जगह नहीं मिलेगी, उसी स्कूल में जहाँ वह होगी, सब छिन्न-भिन्न हो जायेगा, वह हर चीज़ जो बनायी गयी है, रोमन साम्राज्य का ह्रास और पतन।

सो मैं चेंजिंग कक्ष में नहीं जाता, गोकि डबल स्विमिंग के सिर्फ़ दस ही मिनट बचे हैं, जल्दी ही हम सब कपड़े बदलने के कक्ष में जायेंगे, शावर से हम अपनी आँखों, चमड़ी और शिश्नों में जमी क्लोरीन हटायेंगे, ऊपरी चाम के नीचे वह फिर भी चरपरायेगी, पर हम यह जतायेंगे कि हम उस पर ध्यान नहीं दे रहे हैं, हम शैम्पू उधार लेंगे, और अपने बाल धो डालेंगे, पूरी चुप्पी या हड़बड़ाहट में कपड़े पहनेंगे, दो बाल सुखाने के यन्त्रों के नीचे जगह पाने को झगड़ेंगे जो बेसिन के ऊपर लगे हैं ताकि यथासम्भव अव्यावहारिक रहें, और यान दोनों यन्त्रों पर दावा ठोंकेगा क्योंकि लड़कों में वह अकेला है जिसके लम्बे बाल हैं, और उसे स्विमिंग कैप इस्तेमाल करनी पड़ती है, वह दोनों ड्रायरों और यों बेसिन पर भी काबिज़ हो जायेगा और वह उनको छोड़ेगा ही नहीं, सो हम चेंजिंग कक्ष से निकल आयेंगे, ठण्डी फ़रवरी में मय गीले बालों के, हमारे हाथ हेयर वैक्स से चिपचिपे होंगे, और हम बाहर, पीछे की ओर, लड़कियों से मिलेंगे, हम एक-दूसरे से सुट्टे उधार लेंगे और इस बीच लड़कियों के बाल ठण्ड में कुछ यों

अकड़ कर जम जायेंगे मानो काँटे हों, और बस में सब क्लोरीन से गंधायेंगे, हमारी आँखें नर-पिशाचों सी सुर्ख होंगी, हम आधी बस को अपने जिम-झोलों को गोद में रखे घेर लेंगे और तब इस बात में कोई शंका नहीं रहेगी कि आज मंगलवार है।

स्विमिंग से बचने के असंख्य उपाय हैं। ज़्यादातर का मैं पहले ही इस्तेमाल कर चुका हूँ। मैं अपनी तैराकी की चड्डी भूल आया हूँ, तौलिया भूल आया हूँ, मैंने बीमार होने का नाटक किया है, मितली आने का, मुझे ज़ुकाम हो चुका है, मैं पूल से निकल चेंजिंग कक्ष दौड़ा हूँ, वहाँ अपने कॉनटैक्ट लैन्स उतार टीचर के पास वापिस पहुँचा हूँ, पलक खींच उनसे कहा है, *देखिए, मेरा एक कॉन्टैक्ट लैन्स खो गया है, मुझे कुछ नहीं सूझता*—और उन्होंने जवाब में *ओके* कहा है—और मैं देर से पहुँचा हूँ, अपनी नाक तब तक मरोड़ी है जब तक नक़सीर न फूट जाये, मैंने अपने पेन्सिल बॉक्स से कैंची निकाल अपना पैर चीरा है, पूल में ख़ून बहे तो छूत का डर रहता है। पर मैं ये सभी बहाने काम में ले चुका हूँ, सो मैं वहाँ बैठा रहता हूँ।

टीचर फिर से सीटी बजाती हैं, लड़कियों में से एक ने लैर्दाल मेडिकल से आयी प्लास्टिक पुतली को अभी-अभी फिर से जीवनदान दिया है, उसकी पीठ थपथपायी जाती है, वह झुकती है, उसका चेहरा लाल हो चुका है, वह साँसें स्थिर करती है, और टीचर अपना रूमाल मीथाइलेटेड स्पिरिट में डुबो कर डूबी हुई लड़की के रबर के होंठ पोंछ कर रोगाणुमुक्त करती हैं, उसे फिर सिर के बल पानी में वापिस फेंकती हैं, वह तेज़ी से डूबती है और अपनी छाती के बल, मुँह नीचे की ओर किये, जा टिकती है, और सारा डाइविंग बोर्ड पर आगे बढ़ती है, वह कक्षा की सबसे पतली लड़की है, वह बमुश्किल सीधा खड़े हो पाती है, वह बीमार है, एनोरैक्सिक, उसे भूख नहीं लगती और कोई कुछ कहता नहीं है, पर सब उसे देख रहे हैं, और मुझे वह बेहद पसन्द है, उसकी तैराकी की पोशाक उसके लिए ढीली है, वह कुछ पल बोर्ड पर खड़ी रहती है और तब कूद पड़ती है, पानी की सतह बिना विरोध टूटती है और वह तल की ओर लुप्त हो जाती है, कुछ ही पलों बाद जब वह डमी को हाथ में थामे सतह पर लौटती है तो सब

राहत की साँस लेते हैं, पुतली उससे मोटी है, टीचर ताल की सीढ़ियों के पास तैयार खड़ी हैं, वे पुतली ले लेती हैं, उसे पानी से निकालती हैं और सारा तेज़ी से सीढ़ियाँ चढ़ आती है, हैरान सी, मानो पुतली को उसे बचाना, हो पर टीचर कहती है, *ठीक है, सारा, अच्छा प्रदर्शन रहा*—और सारा को समझ नहीं आता कि उसे आगे क्या करना है, वह टीचर की ओर ताकती है, और तब पुतली पर झुकती है, नब्ज़ जाँचती है, अपने होंठ डमी के होंठों से लगाती है और उसकी छाती पर अपना हाथ धरती है, और टीचर कहती हैं, *ठीक है, सारा*—और सीटी बजा देती हैं, सारा को जबरन उठकर हट जाना पड़ता है, और टीचर मुझे पुकारती हैं, *फिर से कोशिश करते हैं, करें क्या?*—और सूरज डूब जाता है, बड़ी खिड़की के सामने परदे लस्टम-पस्टम नीचे गिरते हैं, तरण ताल में तूफान आता है, वहाँ से उठी लहरें किनारे बढ़ आने वाली हैं, बच्चों को पानी में ले जाने वाली हैं, नीचे भँवर में घसीटने ही वाली हैं, मैं तेज़ हवा में बैञ्च को मज़बूती से पकड़े बैठे से उठता हूँ, मैं डाइविंग बोर्ड की ओर बढ़ता हूँ, टीचर पुतली को उठाती हैं, और मेरे दिमाग में यह ख़याल उठता है कि उन्हें उसके होंठ पोंछ कर संक्रमण मुक्त नहीं करने चाहिए, उन्हें वह भूल जाना चाहिए, तब ऐसा ही होगा मानो मैंने सारा को ही चूमा हो, और टीचर सच में भूल जाती हैं, मैं डाइविंग बोर्ड पर खड़ा होता हूँ और टीचर कहती हैं, *बाकी सब जाकर कपड़े बदल सकते हैं*—और तब मैं छलाँग लगाता हूँ, पर मैं नीचे जा बढ़ ही नहीं पाता, और तल पर वह पुतली है, जिसे सारा ने प्रायः चूमा था, अपने होंठ उस पर लगाये थे, और कामना करता हूँ कि मैं भी वही कर पाता और मुझे सारा को उसके अपने होंठों को चूमने की इच्छा होती, सिर्फ़ इस प्लास्टिक की पुतली को नहीं, और मैं उससे कहना चाहता हूँ कि मैं उसके लिए हमेशा हूँ गोकि मैं डाइव नहीं कर सकता फिर भी उसके लिए रहूँगा, और मैं जानता हूँ कि तुम बीमार हो, यह मुझे पता है, पर इससे कोई फ़र्क नहीं पड़ता, क्योंकि तुम एक ख़ूबसूरत इनसान हो और मैं हमेशा तुम्हारे लिए पूरी तरह हाज़िर रहूँगा और मुझे तुम्हारी बनायी तसवीरें पसन्द हैं, मैंने तुम्हारी स्केचबुक में उन्हें देखा है और मुझे तुम्हारी आवाज़ पसन्द है सारा, और तुम्हारे बारे में गीत लिखे जाने चाहिए और मेरी टीचर पूल के किनारे से चीखती हैं कि मुझे फिर से कोशिश करनी चाहिए और मैं साँस खींचता

हूँ, लतियाता हूँ और नीचे की ओर तैरने की कोशिश करता हूँ, पानी को पञ्जों से नोचते नीचे पहुँचना चाहता हूँ, पर मुझसे नहीं होता, कानों में दबाव बढ़ता है, नीचे बढ़ते हर सेंटिमीटर के साथ मेरा डर गहराता है, मुझे भय है कि मैं कभी सतह पर नहीं लौटूँगा, पर पुतली अब भी कई मीटर दूर है, टीचर सीटी बजा अपना सिर हिलाती हैं, कहती हैं, मुझे अभ्यास की ज़रूरत है—*अगले बुधवार को तुम्हारा आख़िरी मौका होगा, इस बीच तुम्हें अभ्यास करना होगा, सभी यह कर सकते हैं*, वे कहती हैं, *पानी से तुम कैसे डर सकते हो भला*—और तब मुझे दूसरों के पीछे शावर में जाने दिया जाता है।

बैठक। सब बाहर फिर से इकट्ठे होते हैं। मानो जो कुछ घटा उसका लेखा-जोखा कर रहे हों, मैं सोचता हूँ कि यह एस.ए. समूह है, यानि सर्वाइवर एनोनिमस, हमें तो नहान घर के बाहर कन्धों पर सलेटी कम्बल लपेटे, हाथों में धुआँती गर्म कॉफ़ी की प्यालियाँ थामे खड़े होना चाहिए था और दया भरी आवाज़ों को हमें आश्वासन देना चाहिए था कि सब कुछ ठीक हो जायेगा और उन्हें पत्रकारों को भगाना चाहिए था, पर ऐसा नहीं होता, हम अपनी टी-शर्टों में धुआँते पाले में गीले और अकड़े बालों के साथ, उँगलियों पर लगे वैक्स के साथ खड़े हैं और सुट्टे मार रहे हैं, मैं जुगत से सारा के पास जा खड़ा होता हूँ, यों जताते मानो बस यों ही जा खड़ा हुआ हूँ, ऐसा करना अस्वाभाविक लगे तो भी, मुझे उसकी सहेलियों के बीच घुसना पड़ता है क्योंकि मैं उसे अच्छे से नहीं जानता, हमारे बीच स्वाभाविक प्रतिक्रियाओं का अभाव है, वे हमेशा जबरन और कृत्रिम लगती हैं, यद्यपि हम सालों से एक कक्षा में रहे हैं, वह ख़ुद में इतनी बन्द सिमटी सी है, उसी दिन से जब वह चार साल पहले यहाँ आयी थी, और वह जानती है, उसे पता ही होना चाहिए कि मैं उसे कितना पसन्द करता हूँ, और मैं उसके पास जमकर खड़ा रहता हूँ, कहने को कुछ सोचने की कोशिश करता हूँ, पर क्लोरीन मेरे दिमाग में भर गयी है और मैं खड़ा रहता हूँ, कंकड़ों को अपने जूते से कुरेदता हूँ, दूसरों को सुनता हूँ, सप्ताहान्त पर क्या होने वाला है, वे क्या करेंगे, पर सारा बातचीत को सुन नहीं रही है, वह अपने बस्ते के नीचे अपने पेन्सिल केस में छान रही है, लाइटर तलाश रही है, और मुझे अपनी जेब में एक मिल जाता है, मैं उसे लाइटर देता हूँ, वह मेरा शुक्रिया अदा करती है,

मैं उसी जेब में सिगरेट ढूँढ़ता हूँ गोकि मैं जानता हूँ कि मेरे पास सिगरेट है नहीं, ख़त्म हो चुकी है, सो मैं ख़ाली पैक निकालता हूँ, दिखातें-जताते उसे मरोड़ता हूँ और हमारे पीछे रखे कूड़ेदान में फेंकता हूँ, अपने हाथ जेबों में ठूँस लेता हूँ, उसकी ओर देख कहता हूँ : *वह पक्की गाय है, वह टीचर।*

हाँ, सारा कहती है।

मुझे बस यही सूझता है, अकेली बात जो कहने को मिलती है, पर यह काम कर जाती है, हमेशा असरदार रहती है, मैं कुछ भी कह सकता था, क्योंकि वह जानती है, मुझे पक्का भरोसा है, वह जानती है कि मैं जानता हूँ और वह मुझे एक सिगरेट देती है और मैं उसके साथ होना चाहता हूँ, उसे खाना खिलाना शुरू करना चाहता हूँ, मैं उसके साथ उसके घर में उसके कमरे में बैठना चाहता हूँ, उसे चित्र बनाते, गिटार बजाते, देखना चाहता हूँ, और मैं उसका कमरा देखना चाहता हूँ, वह कमरा जिसे मैंने अपनी कल्पना में कितनी ही बार देखा है, वह कैसा लगता होगा उसकी कल्पना की है, मैं उसके घर के सामने से कई-कई बार गुज़रा हूँ, दूसरी मंज़िल की खिड़की की ओर देखा किया हूँ, जिस पर नीले परदे हैं, और मुझे पता रहा है कि वह उसी का कमरा है, अपने दिमाग में मैं उस कमरे में सैकड़ों बार घुसा हूँ, उसके बिस्तर पर उस वक्त बैठा हूँ जब वह इधर-उधर खदोड़ती रही है, चीज़ों से कुछ करती रही है, मुझसे बतियाती रही है, मैं उसके बिस्तर के किनारे बैठा हूँ, उसकी मेज़ के पास रखी दफ़्तरी कुर्सी जिस पर वह अपनी किताबें, सीडी, और कपड़े रखती है, मुझे अच्छी तरह पता है कि कमरा कितना अस्त-व्यस्त है, फ़र्श पर बिछे कालीन के कोने कैसे गोल मुड़ चुके हैं, वहाँ बिस्तर के पास जिसे वह सुबह अपने पैरों से खींचती है, क्योंकि जब वह उठती है तो फ़र्श ठण्डा लगता है, मैंने वे परदे भी खींचे हैं, जिन पर चाँद-तारों का बचकाना डिज़ाइन बना है, मैं उसके बिस्तर पर लेटा हूँ, उसके मुँह को चूमा है, उसे बताया है कि मैं उसे प्यार करता हूँ, कि सब, सब ठीक हो जायेगा, वहाँ कितनी ही बार गया हूँ, अक़्सर।

वह अपने पैक से मुझे सिगरेट देती है, और मैं कहता हूँ *शुक्रिया*—और उसकी ओर देखता हूँ और वह मुड़कर अपनी दोस्त से कुछ कहती है, और कोई,

मुझे लगता है शायद माट कहता है कि मुझे आज न्यूटन को ग़लत सिद्ध करने के लिए नोबेल पुरस्कार दिया जाना चाहिए था, पर मैं जवाब नहीं देता, मैं सारा को देखता हूँ, और वह बेहद दुबली-पतली है, मैं उसे साथ ले जाना चाहता हूँ, अपनी जेब में, वह अब इतनी पतली है, और वह हर बीतते दिन के साथ कुछ और ग़ायब होती जाती है, उसका चेहरा ख़ुद को मिटा देने की प्रक्रिया में है, उसका चेहरा हमारे सामने ही ग़ायब हुआ जा रहा है और वह वहाँ ठिठुरती खड़ी है, उसे बेहद ठण्ड लग रही है, मैं उसके लिए सिगरेट जलाता हूँ और वह *शुक्रिया* कहती है—और पूछती है कि क्या मैं बाद में कैफ़े आने वाला हूँ, उसे बेहद ठण्ड लग रही है, मैं यांत्रिक सा जवाब देता हूँ : *बिलकुल आऊँगा*। आज मंगलवार है, और सप्ताहान्त में युगों देर है, मंगलवार सप्ताह का वह दिन जो इतना उजाड़ दिन हुआ करता है।

तुम बीमार हो। तुम इतनी दुबली-पतली हो, मुझे तुम्हें खो देने का डर सताता है, क्या तुम यह देख नहीं सकतीं, क्या तुम्हें नज़र नहीं आता कि मैं तुम्हारे पास यहाँ बैठा हूँ? मैं लगभग अदृश्य हूँ। पर मैं सिर्फ़ इतना कहता हूँ क्या तुम ठीक हो?

वह गर्दन हिलाती है, मेरी ओर देखती है, खिड़की से बाहर देखती है, *नहीं*, वह कहती है, *मुझे कल दाखिल किया जायेगा, पर ठीक है, मुझे परवाह नहीं, वह कहती है, उन्हें मुझे दाखिल करना ही होगा, यह भी एक दशा है, है कि नहीं, वैसी ही जैसे तुम्हारा पानी से डरना*—और मैं सोचता हूँ कि वह अपने प्रति कितनी कठोर है, वह ऐसी क्यों है, और मैं उसके कॉफ़ी के प्याले को देखता हूँ, उसने उसे दोनों हाथों से पकड़ा है, वह प्याले से अपने हाथ गरमा रही है, और कैफ़े में शोर-शराबा है, वह जो कह रही है उसे सुनने के लिए मुझे ज़ोर लगाना पड़ रहा है, लाउडस्पीकर पर दिन की ख़ास पेशकश और परिवार से बिछड़ गये बच्चों की जानकारी दी जा रही है, वह मुझे चीनीदान देने को कहती है, अपनी कॉफ़ी में शक्कर के तीन चौखटे डालती है, मैं उन्हें प्याले के तल को छूते सुनता हूँ, और अपनी दिमागी आँखों से उन्हें प्याले के पार देखता हूँ, गहरी कॉफी में चीनी के कण विलग होते हैं, और घुलते हैं, और जब वह प्याले

से उसे पीती है तो उसके पेट में फिर से मिल जाते हैं, सभी, केवल उन्हें छोड़कर जो प्याले में, प्याले के किनार और उसके होंठों पर चिपके रह जाते हैं, जिन्हें वह बाद में नैपकिन से पोंछ डालेगी, या जो उसकी तश्तरी में रह गये हैं, जब तक सहायक आकर टेबल ख़ाली नहीं करता, और अपने साथ कप, तश्तरी, नैपकिन और बची हुई चीनी, सभी कणों को नहीं ले जाता और उन्हें रद्दी काग़ज़ के साथ फेंक नहीं देता, वे अपना चौरस आकार फिर कभी नहीं पायेंगे, फिर नहीं जुड़ेंगे।

तुम्हें डर है कि तुम डूब सकते हो, है ना?

हाँ, मैं कहता हूँ।

हम वहाँ कैफ़े में शॉपिंग सेण्टर में बैठे रहते हैं, और दीवार पर लगा लाउडस्पीकर *अनचेण्ड मेलोडी* की धुन घड़घड़ाता है, और मैं बेहद थक चुका हूँ, डरने से आज़िज़ आ चुका हूँ, मैं उस सारे पानी और जिस सबमें मैं नाकाम रहा हूँ उससे आज़िज़ आ चुका हूँ, और मैं इतना डरा हुआ हूँ कि सब कुछ ठीक-ठीक नहीं सलटेगा और मेरा कोई भविष्य ही नहीं होगा, और रेडियो *अनचेण्ड मेलोडी* उलीच रहा है और वह फिर से ज़ोर से घड़घड़ाता है, दूसरे लाउडस्पीकर पर एक आवाज़ सर्दियों के स्पोर्ट्स विभाग की ख़ास पेशकश की घोषणा करती है जहाँ सस्ते स्लेज की कीमतें बिलकुल कम हैं, और आयातित अंगूरों, सेबों और टमाटरों, जिन पर सरसों गैस से मिलते-जुलते मिश्रण का छिड़काव किया गया है और जिन्हें आनुवांशिक छेड़छाड़ द्वारा डरावनी फ़िल्मों के आकार में बड़ा बना डाला गया है और जिन्हें अकल्पनीय कम दरों में बेचा जा रहा है, सभी ग्राहक अपनी कटलरी खड़काते हैं, उनकी छुरियाँऔर काँटे प्लेटों पर रगड़ खाती हैं, और वे अपनी कुर्सियाँ मेज़ से दूर और पास खींचते समय घसीटते हैं, वे उठते हैं, कॉफ़ी लाते हैं, और वापिस लौटते हैं, और सब एक-दूसरे को उपदेश देते हैं, और लाउडस्पीकर व्यञ्जन विभाग की एक पेशंकश की घोषणा करता है और रेडियो *अनचेण्ड मेलोडी* से घरघराता है पेशतर इसके कि एक आवाज़ उसमें बाधा डाल घोषणा करती है कि चार बज चुके हैं और समाचार शुरू होने वाले हैं, और मैं टेबल पर उसकी ओर झुकता हूँ और कहता हूँ *आज शाम तुम क्या*

कर रही हो—और वह मुझे चूमती है।

पर फिर से कहूँ, वह नहीं चूमती, पर मेरी इच्छा सच में यही होती है कि काश वह मुझे चूमती। इसके बजाय वह कहती है, *ठीक, तो अब मुझे सच में जाना चाहिए, पर हम बात करेंगे। दो-एक रोज़ में, शायद अगले सप्ताह, ओके?*—*ओके*। तब वह उठती है और मेज़ का चक्कर लगा मुझे जल्दी से गले लगाती है और मैं भी पलट कर भेंटता हूँ, दोस्तों की तरह, वह इतनी पतली है और मैं उसे छोड़ना ही नहीं चाहता, पर मुझे इस बात से बड़ा डर लगता है कि मैं उसे तोड़ दूँगा, सो मैं अपनी गिरिफ़्त ढीली करता हूँ और वह कसमसा कर छूटती है, मेरी बाँहों से निकल जाती है और मैं साँस खींचता हूँ, और कहता हूँ, *मैं तुम्हें सच में पसन्द करता हूँ, सारा*—और वह कहती है, *मैं जानती हूँ। मत करो*—वह कहती है, *प्लीज़*—और तब *बाय*—वह मुड़ती है और कैफ़े से बाहर निकल जाती है, और लाउडस्पीकर घोषणा करता है कि बाल विभाग, बॉल रूम और वीडियो कक्ष बीस मिनट में बन्द होने वाले हैं और जिस किसी का बच्चा गुम हो गया है वह पाँच बजे से पहले तीसरी मंज़िल पर स्थित कार्यालय से उन्हें ले ले, अन्यथा उन्हें गुज़र रही कारवाँ ट्रेन को बेच दिया जायेगा, पर वे बात का आख़िरी भाग नहीं बोलते, यह तो मैं ही सोचता हूँ, और मैं उठ कर उसी दिशा से जाता हूँ जहाँ से सारा गयी है, दूसरी मंज़िल पर जहाँ रिकार्ड की दुकान है, और बेतरतीब चुनी रैकों में उन्हें देखता हूँ, पर कुछ अच्छा नहीं मिलता, सब बकवास है और वैसे भी मुझे सच में पता ही नहीं है कि मैं दरअसल क्या सोच रहा हूँ, सो मैं फिर निकलता हूँ, घर की बस पकड़ता हूँ, आज मंगलवार है और कल सारा एक अनिश्चित अवधि के लिए दाखिल कर दी जाने वाली है, सारा विलीन हो जाने वाली है।

रोमन साम्राज्य का ह्रास व पतन।

इस भावना को पछाड़ा नहीं जा सकता।

मुझे नाप-तोल लिया गया है और कमी पायी गयी है। मुझे और सारा को। हमें सिक्के के वज़न चाहिए ताकि हम धरती से उड़ न जायें। मैं अपने कमरे में बैठता हूँ और टीवी देखता हूँ, रात तक, सारे सिटकॉम्स जो उन सारे दोस्तों

दम्पतियों और लोगों के बारे में हैं जो हमेशा एक-दूसरे के लिए हाज़िर रहते हैं, मैं समाचार देखता हूँ, जो कुछ भी आ रहा है, मैं पुनःप्रसारण के भी पुनःप्रसारण देखता हूँ और सोचता हूँ कि समय धीमे नहीं गुज़रता, घड़ियाँ ही उसके साथ नहीं चल पातीं, और दो सप्ताह बाद मुझे डाइव कर पाना होगा; अगर नहीं कर पाता तो सब कुछ खो बैठूँगा, अगर नहीं करता तो शारीरिक शिक्षा पास करने का कोई रास्ता नहीं है, और तब मैं उस स्कूल में नहीं जा पाऊँगा जहाँ वह जाने वाली है, मैं अब तक कूद नहीं लगा पाता गोकि सब यह कर पाते हैं, और प्रेरणा के एक पल में मैं उठता हूँ, बाथरूम की ओर दबे पाँव जाता हूँ और अपनी तैरने की पोशाक, एक साफ़ तौलिया ले आता हूँ, अपने कमरे में लौट तैयार होता हूँ, और घर मौन है, मेरी बहन के अलावा, वह जगी है, अपने कमरे में बैठी है, संगीत सुन रही है, उसके ईयर-फ़ोन की तीखी ध्वनि बाहर गलियारे में सुनायी दे रही है, मैं उसे डेस्क पर पेन्सिल से ताल देते सुन पाता हूँ, पर उसे तालबोध नहीं है और मैं माता-पिता के शयनकक्ष के खुले दरवाज़े पर जाता हूँ, मैं डैड को खुर्राटे भरते सुनता हूँ, कमरे से उठती नींद की महक और चादरों की ध्वनि गलियारे में नीचे तक जाती है, मैं जूते पहनता हूँ और बाहर बर्फ़ में निकल, अपने पीछे दरवाज़ा बन्द करता हूँ।

मैं साइकिल से शहर की ओर बढ़ता हूँ, बर्फ़ गिरनी बन्द हो चुकी है और बाहर जो इकलौता हिमहल है उसे कोई काम नहीं है, क्योंकि वह बर्फ़ हटाने के लिए है और हटाने को बर्फ़ ही नहीं है, बस हल्की-सी हिमी भर है, और मैं स्कूल की ओर साइकिल चलाता हूँ, फ़ुटबॉल के मैदान के पार और नहान घरों के पास अपनी साइकिल पर ताला लगाता हूँ।

मैं पिछवाड़े की ओर जाता हूँ, पिछले दरवाजे को, पास की फूलों की क्यारी की किनार बनाने को जो पत्थर रखे हैं उनमें से एक मैं उठाता हूँ, खिड़की के काँच पर अपना तौलिया लगा मैं पत्थर से उसे तोड़ देता हूँ, अपना हाथ अन्दर घुसा मैं दरवाज़ा खोलता हूँ, कॉरिडार में चलता हुआ, चेंजिंग कक्ष की ओर बढ़ता हूँ, यद्यपि आधी रात का समय है अन्दर प्रकाश है, सब कुछ प्रतिबिम्बित हो रहा है, सफ़ेद दीवारें, नीला फ़र्श, विशाल खिड़कियाँ।

कपड़े बदलने के कमरों में अन्धकार है, मैं बत्तियों का खटका टटोलता हूँ, सिंक के ऊपर एक मिलता है, तैरने के सामान वाला बैग मैं लकड़ी के बैञ्च पर रख, कपड़े उतारता हूँ, अपना जैकेट हुक पर टाँगता हूँ, पतलून और स्वेटर को तह करता हूँ, उन्हें एक-दूसरे पर रखता हूँ, अपने जूते बैञ्च के नीचे रखता हूँ, मोज़े उनके अन्दर घुसे हैं, और मैं अपनी तैरने की चड्डी पहनता हूँ और पूल के पास आ जाता हूँ, क्लोरीन की तेज़ गन्ध मुझे मिलती है, पानी पूरी तरह स्थिर है और कमरा नीला है, स्थिर और नीला, हवा ठण्डी है, शरीर के बाल खड़े हो जाते हैं और मैं ठिरे फ़र्श पर पैर की उँगलियाँ सिकोड़ लेता हूँ। पूल अटेण्डेण्ट के दफ़्तर का दरवाज़ा जो पीछे, डाइविंग बोर्ड के पिछवाड़े है, बन्द है, पर उसे खोलना आसान है, उस पर पुराना सा ताला जड़ा है जो कुछ भी घुसेड़ उमेठने पर खुल जाता है, सो मैं अपने घर की चाबी ही इस्तेमाल करता हूँ, और वहाँ अन्दर, टेबल पर चीर-फाड़ की प्रतीक्षा में रखी लाश की तरह, वह फ़र्स्ट एड डमी पड़ी है। फिर से डूबने को तैयार, मुझे इस बार उसे बचा ही लेना है। अन्यथा वह वहीं पड़ी रहेगी।

मैं उसे काँख में लेता हूँ, उसने जो ट्रैकसूट पहना है उसके सहारे उठाता हूँ, बत्ती गुल कर अपने पीछे दरवाज़ा बन्द करता हूँ, गर्दन पर लगे बटन को दबा मैं उसे चालू करता हूँ; पूल के पास जाता हूँ और उसे फेंकता हूँ। विशाल, ख़ाली तैराकी हॉल में छपाक की आवाज़ गूँजती है, और लहरें चारों ओर दीवार पर चढ़ते साँपों सी प्रतिबिम्बित होती है। वह मदद के लिए चीख सकती थी, पर वह ऐसा करती नहीं है। वह कर्तव्य-परायणता के साथ, पूर्व अभ्यास के अनुरूप डूब जाती है।

और मैं वहाँ खड़ा हूँ, डाइविंग बोर्ड पर, पानी एक मीटर नीचे है, सब कुछ फिर से शान्त है, और उसके नीचे साढ़े चार मीटर की दूरी और है, वह वहाँ पड़ी है, मेरे द्वारा बचाये जाने के इन्तज़ार में, कोई आये और उसे उठा कर प्रकाश में लाये, फिर से हवा में लाये, और पानी साफ़ है, क्लोरीन पानी को तल्ख़ और साफ़ बनाता है, और वह नीचे धीरज से अपने लाल ट्रैकसूट में पीठ के बल पड़ी है, उसकी बाँहें बगल में हैं, सफ़ेद स्नीकरों के तस्मे सफ़ाई से बँधे हैं।

अगर पानी के घटक को आप नज़रअन्दाज़ कर दें तो सारा के होंठों ने ही पुतली को आख़िरी बार स्पर्श किया है, उन नरम रबर के होंठों को छुआ है जो वहाँ पानी में पड़ी है, और अगर मैं उतना नीचे जा सका तो यह उसे चूमने जैसा होगा, ठीक वैसा नहीं, पर तकनीकी रूप से देखें तो जहाँ तक मैं पहुँच सकता हूँ उसके लगभग पास। उसका थूक अब भी वहाँ नीचे हो सकता है, और पल भर के लिए ऐसा लगता है कि पुतली नीचे पानी में मुस्करा रही है, पफर मछली की तरह होंठ सिकोड़ रही है।

और मैं वहाँ डाइविंग बोर्ड पर, अब सिर्फ़ मैं ही उसे बचा सकता हूँ, और मैं एक गहरी साँस खींचता हूँ, छोड़ता हूँ, और कूद जाता हूँ, मैं बिलकुल सही तरह से पानी में घुसता हूँ, लतियाना शुरू करता हूँ, पर भय पल भर में उपस्थित हो जाता है, एक गुब्बारे की तरह, और यद्यपि मैं पूरे ज़ोर से पैर चला रहा हूँ, मैं कहीं नहीं पहुँचता, मैं पाता हूँ कि मेरा शरीर मुड़ रहा है, मुझे ऊपर-नीचे का भान नहीं रहता, भय जकड़ता है, मैं सहज ही साँस खींचता हूँ और पानी निगलता हूँ, मेरा शरीर झटका खाता है, मुझे वह नज़र आती है, उसका हाथ बढ़ता है और वह समुद्री खरपतवार और जन्तुओं को हटा देती है, वह मुझे पुकारती है, पर उसकी आवाज़ पानी में मुझ तक नहीं पहुँचती। उसके मुँह से निकले बुलबुले मेरे चेहरे से मिलते हैं, और मैं पैर चलाता हूँ, मैं अपने हाथ फेंकता हूँ और पानी की सतह फोड़ता हूँ, बाहर हवा में आता हूँ, साँस खींचने की कोशिश में हाँफता हूँ और वापिस ज़मीन की ओर तैर जाता हूँ, टाइलों पर बाँह टिका सुस्ताता हूँ, उसे नीचे धीरज, नाराज़गी और भय से पड़ा देखता हूँ। तब मुझे बाहर के पत्थरों की याद आती है। मुझे भार की ज़रूरत है।

कूदो।

कूदो।

कूदो।

मैं अपने पैर सुखाता हूँ। चेंजिंग कक्ष से बाहर चला आता हूँ, बाहर कॉरिडॉर में और घुसने के टूटे दरवाज़े तक, और मैं तीन सबसे बड़े पत्थर अपने साथ पूल तक लाता हूँ, उन्हें ऑफिस में बॉल की खाली जाली में डाल अपने

साथ डाइविंग बोर्ड तक घसीट लाता हूँ, जाली का सिरा मज़बूती से हाथ के इर्दगिर्द बाँधता हूँ, एक साँस खींचता हूँ, उसे बाहर छोड़ता हूँ, देर तक साँस रोके रहने का अभ्यास करता हूँ, फिर छोड़ता हूँ और फिर से साँस खींचता हूँ, अपने फेफड़े भर लेता हूँ, और तब ख़ुद को जाने देता हूँ, नीचे की ओर धँसता हूँ।

मैं सतह को अपने ऊपर ग़ायब होते देखता हूँ, मेरा दिल छाती में ज़ोरों से धड़कता है, मेरे कानों में धमाधम होती है और मैं देख पाता हूँ कि नैं नीचे पड़ी पुतली के पास जा रहा हूँ, वह इतनी शान्ति से पड़ी है, ऊपर से आने वाले फ़रिश्ते की राह देखती, और पत्थर मुझे हौले-हौले नीचे खींचते हैं, मैं पैर से लात लगा नीचे को बढ़ता हूँ, और मेरे चारों ओर शान्ति है, सारे कोने वृत्ताकार हो गये हैं, मैं दूसरी ओर पूल का छोर देख पाता हूँ, जो सबसे छिछला है, अब से पहले अधिकतर समय मैंने वहीं गुज़ारा है, जहाँ मैं सुरक्षित महसूस करता हूँ, मैं नीचे पुतली की ओर तैरता हूँ, पत्थरों से खिंचता हुआ, इतनी गहरे मैं पहले कभी नहीं आया हूँ, और जब मैं उसके पास पहुँचता हूँ तो मेरे फेफड़े हवा से भरे हैं, जब मैं तल को छूता हूँ तो मुझे विश्वास ही नहीं होता, सफ़ेद और काली टाइलें, बुलबुले, ऑक्सीजन सब मेरे ऊपर उठ रहे हैं, और पुतली अपने लाल सूट में स्थिर मेरे पास पड़ी है, मानो कुछ हुआ ही न हो, मानो वह हमेशा की तरह शोकातुर हो, बचाये जाना ही उसकी नियति है।

पर अब जब मैं नीचे आ चुका हूँ, मुझे क्या करना है यह अचानक मुझे पता ही नहीं पड़ता। सो मैं उसके पास बैठता हूँ, उसका हाथ अपने हाथ में ले, ढाढ़स बँधाता हूँ, हथेली मुलायम, रबरनुमा है, उसका हाथ, कोहनी, शरीर कठोर प्लास्टिक का, उसकी आँखें बन्द हैं, पलकें दायें-बायें नाचती हैं। मैं अपने पैर, अपनी टाँगें देखता हूँ, उसकी ओर देखता हूँ, सब कुछ असाधारण रूप से स्पष्ट है, मानो रेखांकित यथार्थ, मानो डिजिटल कैमरे से फ़िल्माया गया हो, नीले-हरित रंगों में, और मैं उसके मुँह को देखता हूँ, मुँह जिसे सारा ने आज कुछ पहले अपने होंठों से छुआ था, और मैं झुकता हूँ, अपने होंठ उसके होंठों पर रखता हूँ, अपनी आँखें बन्द कर कल्पना करने की कोशिश करता हूँ कि मुझे सारा का स्वाद पता चल रहा है, कि मैं जानता हूँ कि उसका स्वाद कैसा है, उसे चूमने पर वह कैसी

लगती होगी। और उसका स्वाद क्लोरीन का है।

मुझे जल्दी ही ऊपर जाना चाहिए, मैं यह जानता हूँ, मुझे बाँह पर बँधे पत्थर खोलने चाहिए, पुतली को साथ ले जाना चाहिए, उसे पुनर्जीवन देना चाहिए, पर मैं करता नहीं हूँ। मैं पूल के तल पर बैठा रहता हूँ और मैं डर नहीं रहा हूँ। जिस हाथ पर पत्थर नहीं बँधे उससे मैं पुतली को उठाता हूँ सो वह भी पूल में सीधी बैठी है, और मैं उसके पास बैठ जाता हूँ, इस तरह कि हम दोनों ताल के दूसरे छोर को देख रहे हों, सबसे छिछले भाग को, जहाँ मैं समय गुज़ारा करता था, और मेरे फेफड़े दुखने लगे हैं, मुझे कुछ हवा छोड़नी होगी, थोड़ी-सी हवा, और बुलबुले उठते हैं और सतह पर फूट जाते हैं, मुझे भी ऊपर उठ जाना है, और पुतली मेरी ओर मुड़ कर कहती है : *अच्छा हुआ कि तुम अब आ गये।*

हाँ, मैं कहता हूँ, *बेशक मुझे देर-सबेर आना ही था।*

वह आँखें खोलती है, सूनी निगाहों से पानी को घूरती है और कहती है *मुझे हमेशा अजनबियों के रहम पर निर्भर रहना पड़ा है।* तब वह हँसती है, खिलखिलाहट भरी हँसी जो उसके आसपास के पानी को पूरी तरह सफ़ेद बना डालती है।

मैं ऊपर सतह की ओर देखता हूँ, कि हमारी नाव वहाँ ऊपर है, नौका का तल पानी को काट रहा है, मैं डैडी के हाथ को तलाशता हूँ, पर मुझे वह मिलता ही नहीं, नाव का तला इधर से उधर हिलडुल रहा है, मैं उस तरफ़ से ऊपर न जा सकूँगा, सो मैं हाथ पुतली के गिर्द डालता हूँ, पानी में खड़ा होता हूँ, और मेरी छाती में दर्द है, मैं फेफड़ों की बची-खुची आख़िरी हवा निकालता हूँ, मेरी आँखों के पीछे अँधेरा गहराता है, दृष्टिपटल पर लाल कौंधता है, मानो सिर फट जाने वाला हो, मैं उसे अपने पीछे घसीटता ऊपर ले चलता हूँ, वह अपनी आँखें बन्द कर बेहोश हो जाती है, अपने पैरों पर खड़ी नहीं हो पाती, सो मैं उसे उठा कर चलना शुरू करता हूँ।

मैं ताल के दूसरे छोर की ओर चलता हूँ, हल्के उठान पर चढ़ता हूँ, उस निशान की ओर जो बताता है—*आकस्मिक गहरा पानी,* मैं अपने पीछे तल से

छूते पत्थरों को घसीट रहा हूँ, छिछले पानी की ओर बढ़ रहा हूँ, धीमे-धीमे, और प्रकाश का रंग बदल जाता है, मुझे आवाज़ें सुनायी देने लगती हैं, बाहर की, मैं सतह फोड़ता हूँ, ऊपर आ जाता हूँ, मेरा सिर पानी के बाहर है और मैं पहली बार साँस लेता हूँ, और मैंने एक जान बचा ली है।

विशाल खिड़कियों से नीली बत्तियाँ मेरी ओर कौंध रही हैं, और मैं पुतली को सीढ़ियों के ऊपर खींचता हूँ, जल्दी से, उसे फ़र्श पर लिटाता हूँ, और सोचता हूँ, कि वे मेरे लिए आ गये हैं, उन्होंने टूटे दरवाज़े को देख लिया और अब मुझे ले जाया जायेगा और मुझे पूरी रात अपनी तैरने की चड्डी में ही सवाल-जवाब के दौर से गुज़रना होगा और मेरी कुर्सी पर पानी टपकता रहेगा, पूछताछ कक्ष की काली चमड़े वाली कुर्सी पर, और हर बार जब बूँद काले चमड़े पर टपकेगी तो छपाक की आवाज़ होगी, और वे मुझसे पूछेंगे कि मैंने ऐसा क्यों किया तब तक जब तक मैं जवाब न दे दूँगा और वे मुझे जाने न देंगे, और मैं उन विशाल खिड़कियों के पास खड़ा हूँ, पुतली मेरे पीछे है, और मैं बत्तियों को देखता हूँ, नीली बत्तियाँ बड़ी होती जा रही हैं और मैं लिवा लिये जाने को तैयार हूँ, मैं सब कुछ स्वीकार लेता हूँ, हाँ, मैं ही, अन्दर घुस आया हूँ, हाँ, मैंने ही पुतली चुरायी है, हाँ, हाँ, और अब मैं डरता नहीं हूँ, मैंने एक ज़िन्दगी बचायी है। पर बत्तियाँ दिशा बदलती हैं, और साइरन बजने शुरू हो जाते हैं, एम्बुलेन्स सड़क पर गुज़रती है, मैं उसे रफ़्तार पकड़ते सुनता हूँ, गति पकड़ वह मेरे कानों और दृष्टि से ओझल हो जाती है, और मेरे पीछे, पुतली लेटी है, आँखें मूँदे, टाइलों पर सुरक्षित, अपने गीले ट्रैकसूट में। मैं उसे यथास्थान वापिस रखता हूँ, कपड़े बदलने के कक्ष में जाता हूँ, कपड़े बदलता हूँ, पत्थरों को बाहर रखता हूँ, साइकिल से घर जाता हूँ, गुपचुप अपने कमरे में घुसता हूँ, बिस्तर में घुसता हूँ, गीले बालों में ही सो जाता हूँ।

घड़ियाँ ही समय का साथ नहीं दे पातीं, और दो सप्ताह बाद मैं उसी तरण ताल में वापिस आता हूँ। स्थानीय अख़बारों में सेंध का ज़िक्र होता है, ख़ास ग़ौर करने लायक नहीं, किसी को जाँच करने लायक कुछ नहीं लगता, आख़िर कुछ भी तो चोरी नहीं गया है, सब कुछ यथास्थान है, और जिन लोगों

ने दो सप्ताह पहले अपनी डाइविंग परीक्षा पास कर ली है उन्हें ताल के छिछले भाग में वॉटर पोलो खेलने की इजाज़त मिल जाती है, जबकि हम तीनों जिन्हें एक और मौका दिया जा रहा है असहाय से डाइविंग बोर्ड पर खड़े हैं, तख्ते पर बढ़ने को तैयार, सो मैं हूँ, और जुआकिम, जिसे पिछले तीन सप्ताह अपने पिता के साथ बेल्जियम जाने की अनुमति मिली थी, और काथरीना जो कूदने को तैयार है, पर काथरीना हमेशा इससे बच निकलने में सफल रहती है, वह हम सबसे साल भर बड़ी है, और वे कहते हैं कि उसे इस साल फिर से परीक्षा देनी होगी क्योंकि वह इतनी बेवकूफ़ है कि उसे यह तक नहीं पता कि वह कहाँ रहती है, कम से कम हम तो यही अन्दाज़ लगाते हैं क्योंकि उसे हर रोज़ स्कूल तक पहुँचाने और वापिस घर ले जाने के लिए एक टैक्सी आती है, गोकि किसी ने उससे पूछा नहीं है। काथरीना रोकर कूदने से बच जाती है, इस बार भी, उसे वॉटर पोलो खेलने की छूट मिल जाती है, जबकि मुझे और जुआकिम को रुकना पड़ता है। टीचर सीटी बजाती हैं और जुआकिम कूदता है, पानी में ग़ायब होता है, वापिस लौटता है, पुतली के साथ ज़मीन पर आता है, उसे कृत्रिम साँस दे जिलाता है, वह रटता रहा है, पढ़ता रहा है, प्रिण्ट आउट निकलता है, उसकी टिप्पणियों के साथ नत्थी किया जाता है और जुआकिम जिसने अपना होमवर्क किया है, फिर चाहे वह बेल्जियम गया हो या नहीं, की पीठ थपथपायी जाती है।

तो एक बार फिर हम दोनों बचे हैं—वे कहती हैं। मुझे देखते हुए।

हाँ, मैं कहता हूँ।

और कूदता हूँ।

और मैं लम्बे समय तक नहीं लौटता।

मैं पैरों के बल शरीर तानता हूँ, फेफड़ों से पूरी हवा निकाल देता हूँ, ख़ुद को बिलकुल सपाट बना लेता हूँ और पैर चलाता हूँ, धीरे, पर अपने अंग-संचालन में मज़बूती के साथ, मैं इतना ध्यानमग्न हूँ और फिर से नीचे बढ़ता हूँ, नीचे तल की ओर उस लाल ट्रैकसूट की ओर, और जब मैं उसके पास नीचे बढ़ता हूँ तो वह अपनी आँखें खोलती है, एक बार आँख मारती है, और मैं उसे उठा लेता हूँ, एक पल उसे देखता हूँ और उसके इर्दगिर्द बाँहें डालता हूँ, यह जाँचने के लिए

देखता हूँ कि वह मुझे देख रही है या नहीं, वह मुझे कोई प्रतिक्रिया दे रही है या नहीं, मैं उसके होंठ छूता हूँ, और तब ऊपर की ओर देखता हूँ, वहाँ रंगों का ढेर लगा है, बच्चों का एक झुण्ड ताल के किनारे एकत्र है, और ठीक उसी पल मैं सतह पर, पुतली के साथ निकल आता हूँ, कोई भी कुछ नहीं कहता, पूरी शान्ति है, और मैं देखता हूँ कि टीचर का चेहरा ज़र्द पड़ गया है, उन्होंने अपनी पतलून और टी-शर्ट उतार दी है, और वे अपने तैरने की पोशाक में खड़ी हैं, अन्दर कूदने को तैयार, मैं अपने पीछे पुतली को ज़मीन पर घसीटता हूँ, अपना पानी निकालने के बाद उसमें जान फूँकता हूँ, उसके होंठ मेरे होंठों से लगे हैं, सही जगह तलाश पाता हूँ, और इस दौरान टीचर मेरे पास हतप्रभ सी खड़ी हैं, पुतली कृतज्ञतावश अपने शरीर के एक हिस्से से प्रिण्ट-आउट निकालती है, और टीचर उसे सायास स्टेपल करती हैं, मुझसे पूछती हैं कि क्या मैं ठीक महसूस कर रहा हूँ, क्या मुझे शेष दिन की छुट्टी चाहिए और मैं कहता हूँ—*शुक्रिया*, पलटता हूँ और चला जाता हूँ, कपड़े बदलता हूँ, निकल आता हूँ, बर्फ़ गिरने लगी है, और बाहर सारा खड़ी है, नयी पोशाक में, वह बेहतर लग रही है, कहीं बेहतर, उसका चेहरा जीवन में लौट आने की तैयारी में है, एक नया रोमन साम्राज्य, और मैं कहता हूँ, *तुम लौट आयीं?*—मैं चेहरे पर मुखौटा लगाये रखने की कोशिश करता हूँ, पर कोशिश त्याग देता हूँ, उसे भेंटने की कोशिश करता हूँ, और सब ठीक हो जाता है। *बढ़िया डाइव थी,* वह कहती है। *पर तुम कितनी देर ग़ायब रहे। वे तुम्हें बचाने कूदने ही वाले थे। मैं खड़ी चीखी, चिल्लायी।* मैं कुछ कहने को सोचता हूँ, पर कुछ सूझता नहीं, सो मैं रुका रहता हूँ कि वह बोलती जाये, इन्तज़ार करता हूँ कि उसकी आवाज़ सारी जगह घेर ले और वह मुझे बताती है कि वह कल ही लौटी है, कि अब उसे शारीरिक शिक्षा से छुट्टी मिल जायेगी, उसे बदले में कुछ असाइनमेण्ट करने होंगे, और मैं पूछता हूँ कि क्या वह उस स्कूल में दाखिला लेने की कोशिश करेगी जिसकी बात वह पहले कर रही थी, और वह यह करने वाली है। सो मैं गहरी साँस लेता हूँ, उससे पूछता हूँ कि क्या वह कॉफ़ी पीना चाहेगी, अपनी बाइक की ओर बढ़ता हूँ, हौले-हौले, मानो उससे कह रहा हूँ—*चलो चलें।*

सीमोन स्त्रांगेर

मनैम

अगस्त 24, 1999

अब मैं भूलने लगा हूँ। सिर्फ़ नाम, चेहरे, या प्रसंग ही नहीं; स्मृति के वे सामान्य दोष ही नहीं जो मुझे जीवन भर परेशान करते रहे हैं और जिनकी बदौलत मैं लगातार कुछ ऐसी परिस्थितियों का सामना करता रहा हूँ कि मैं किसी के सामने खड़ा हूँ, मुस्कराता हुआ, उससे पूछते हुए कि उसके हालचाल कैसे हैं, ताकि मुझे कुछ समय मिल जाये; जैसे आप किसी कमरे में खड़े हों जिसकी बत्ती चली गयी हो और आप चीज़ों के दोबारा लौट आने की प्रतीक्षा करते हैं, ताकि आँखें अँधेरे की अभ्यस्त हो जायें (और यह हास्यास्पद सम्भावना मेरे ज़ेहन में अभी-अभी आयी है कि कई बार मैं किसी ऐसे शख़्स के सामने खड़ा रहा होऊँगा जिसे मैं वास्तव में नहीं जानता; कि हम दोनों शायद खड़े रह गये हों, बातचीत के दौरान बदहवासी में पहचान के किसी एहसास को ढूँढ़ते हुए, जब तक कि आख़िरकार हम एक-दूसरे को अलविदा नहीं कह देते, बुरी तरह झेंपकर, और अपना-अपना रास्ता नाप लेते)।

लेकिन अब बात बिलकुल कुछ और है। पिछले कुछ समय से मैं बिलकुल साधारण चीज़ों और सुपरिचित लोगों के नाम तक भूलने लगा हूँ। काम पर जाते समय मैं कुछ दिन पहले किसी ऐसे आदमी से मिला जिसे मैंने बड़ी मुश्किल से

पहचाना। फिर भी उसने मुझे बताया कि हम एक दूसरे को आठवें दशक से जानते हैं। बड़ी करुणा से वह मेरी कुछ स्मृतियों को जगाने की कोशिश करता रहा यह बताकर कि वे कौन-सी चीज़ें थीं जिन्हें हम एक साथ किया करते थे: एक नाव का सफ़र, मेरे पचासवें जन्मदिन का जश्न। मुझे केवल कुछ छोटे-छोटे टुकड़ों की ही याद थी और यह टुकड़े यकीनन सबसे अहम चीज़ों के हिसाब से जमे हुए नहीं थे। बात इससे ठीक उलट है। सड़क पर मिले मेरे इस दोस्त की स्मृति जिसे मैं तीस साल से जानता हूँ, और मेरे जन्मदिन पर उसका भाषण, इन घटनाओं की जगह किसी और चीज़ ने ले ली है, यानी भोजन के बाद के आहार ने : वनीला आइसक्रीम के साथ फलों का सलाद (कीवी नाम का फल मैं पहली बार खा रहा था) और चाँदी के चम्मच पर खुदी हुई ख़रगोश की आकृति। मेरी पहली पत्नी की स्मृति भी ग़ायब हो चुकी है, सिवा उस आश्चर्यजनक रूप से जीवन्त—और विचित्र स्पर्शमयी एहसास के—हमारे पहले आलिंगन की स्मृति (कोमल, गर्म त्वचा का बिजली सा कम्पन जैसे ही उसके स्वेटर के नीचे मेरा हाथ उसके कूल्हों को...), आदि।

पहले की अपेक्षा आजकल ऐसा कम होने लगा है, ऐसी दरार जो अचानक खुलती है, और फिर बन्द हो जाती है; लेकिन ये घटनाएँ अब कम अन्तराल पर होने लगी हैं, और गहरी से गहरी होती चली जा रही हैं। ऐसे शब्द ढूँढ़ने में मुझे कठिनाई होने लगी है जिन्हें मैं कम इस्तेमाल करता हूँ, लेकिन अलावा इसके मेरा जीवन कमोबेश ठीक-ठाक चल रहा है। मैं अब भी म्यूज़ियम में नौकरी करने जाता हूँ, साब्बा पर खाना खाता हूँ, शाम को सैर करने जाता हूँ या घर पर बैठकर कुछ पढ़ने की कोशिश करता हूँ; लेकिन अचानक बिना किसी चेतावनी के मेरे सामने एक दरार खुल जाती है और मुझे याद नहीं रहता कलम को क्या कहते हैं, या सड़क को, या कुत्ते को।

आज सुबह मैं उठा तो मैं याद नहीं कर पाया मैं कहाँ हूँ। मुझे क़मरे में लगे फूलदार वॉलपेपर की भी याद नहीं थी, न ही बेड-कवर की, और न ही दरवाज़े को देखकर याद आ रहा था कि वह कहाँ खुल रहा है। यह वैसी चीज़ नहीं थी जो मैं पहले अपनी यात्राओं के दौरान अनुभव किया करता था जब मैं पहले

कुछ दिन जाग जाने के बाद याद नहीं कर पाता था कि मैं कहाँ हूँ (वैसी ही अनुभूति जैसे किसी अन्य संस्कृति में भी होती है—क्या कोई मूल-निवासी अमरीकी जनजाति थी वह?—कि ट्रेन का सफ़र बहुत तेज़ रफ़्तार से तय हुआ था, कि मेरी आत्मा साथ-साथ नहीं चल पा रही थी और कुछ समय पाकर ही पहुँच पायेगी। यह सब तो मुझे याद है!); नहीं, मैं कई क्षण वहाँ पड़ा रहता बिना इस बात का ज़रा-सा अन्दाज़ा हुए कि मैं कहाँ हूँ, अपने हाथ में अलार्म-क्लॉक पकड़े, जैसे कि उससे कोई मदद मिल जाने वाली थी, जैसे वह किसी तरह की तिलिस्मी वस्तु हो। अन्ततः मुझे याद आया कि वह वॉलपेपर किसी समय मैंने ही लगाया था; मुझे याद आ गया कि उभर आयी हुए सलों को निकालने में मुझे कितना कष्ट उठाना पड़ा था, कि कोई और था जो मेरी मदद कर रहा था (कोई औरत?); और मुझे याद आ गया कि मैंने वह वॉलपेपर कहाँ ख़रीदा था, जो कि एक बहुत बढ़िया स्मृति थी : जैसे ही वह दुकान मुझे याद आयी, स्मृतियाँ जैसे कोई बाँध तोड़कर चली आने लगीं, और मुझे वेरोनिका की याद भी हो आयी, उस अपार्टमेंट की, और शहर की : हमारा शानदार प्रोजेक्ट। हर चीज़ कुम्हला जाती है, ग़ायब हो जाती है।

लेखक परिचय

हांस हेरब्योर्नस्रूद (जन्म 1938) की पहली किताब तब प्रकाशित हुई जब वे इकतालीस बरस के थे। 1976 में जब वे अपने पुश्तैनी फ़ार्म पर जाकर बस गये तो उनके भीतर का लेखक उजागर हो गया, और वे खेती-बाड़ी, पशु-पालन और लेखन करने लगे। बातपोशी की ज़ोरदार भाषाई ऊर्जा का द्वार उनके लिए खुल गया और मनुष्य के मानस को समझने की क्षमता का भी, इस विश्वास से कि प्रत्येक मनुष्य एक अलग सृष्टि है और लेखक का काम खोजबीन करना है। अक़्सर वे तार्किक और गूढ़ तत्त्वों में सामञ्जस्य स्थापित करते हैं और इस प्रश्न का कोई अन्तिम उत्तर नहीं मिलता : *मैं कौन* हूँ ? वे हमारे पृथक पड़े हुए आत्मिक तत्त्वों के अलगाव पर चिन्तन करते हैं, आसपास के भूदृश्य, से प्रेरणा लेते हैं, और उसके अनुकूल भाषा का आह्वान करते हैं। उनका पहला कहानी संग्रह ***Vitner*** (साक्षी) 1979 में छपा था और तब से उन्होंने पाँच और संग्रह प्रकाशित किये हैं, और वे कई साहित्यिक पुरस्कारों से सम्मानित किये गये हैं जिनमें वेसोस फ़र्स्ट नॉवल प्राइज़ (1980), क्रिटिक्स प्राइज़ (1997), और आश्केहूग प्राइज़ (2005) शामिल हैं। 2001 में ***Vi vet så mye*** (हम बहुत जानते हैं) छपा।

शेल्ल आस्किल्दसन (जन्म 1929)। पहला कहानी संग्रह 1953 में। नॉर्वे में इन दिनों उन्हें कहानी का उस्ताद माना जाने लगा है। सातवें दशक में उनके संग्रह ***Kulisser*** (सीनरी) ने नॉर्वीजी साहित्य पर गहरी छाप छोड़ी; 1969 में छपे उपन्यास ***Omgivelser*** (पर्यावरण) सहित इन दोनों कृतियों में हमें शैलीकरण और मानवीय सीमाओं के संकेत मिलते हैं। अपनी कथा-कृतियों में आस्किल्दसन इस बात की खोजबीन में भी लगे रहे हैं कि कैसे कोई मनुष्य दूसरे मनुष्य द्वारा वश में कर लिया जाता है, क़ैद कर लिया जाता है, ख़ासतौर से निगाहों के माध्यम से। उनके लेखन में रोज़मर्रा का गद्य ख़ूब अच्छे से तराशी गयी सटीक अभिव्यक्ति से जोड़ दिया जाता है और मितभाषिता हर जगह देखने को मिलती है। ***Ingenting for ingenting*** (कुछ नहीं के लिए कुछ नहीं), 1982, के प्रकाशन के बाद उनकी सभी प्रकाशित कृतियाँ कहानियाँ हैं। उनके काम का रूपान्तरण नाटक और फ़िल्मों के लिए भी किया गया है। 1996 में उन्हें ब्रागे प्राइज़ का हॉनरेरी पुरस्कार प्राप्त हुआ। प्रस्तुत कहानी उनके संग्रह ***थेस्सालोनिकी में कुत्ते***, 1996 से ली गयी है।

रोय याकोब्सन (जन्म 1954) को पिछले सालों में आलोचकों और साहित्यिक परिवेश द्वारा ख़ूब सम्मान प्राप्त हुआ है। 1982 में अपने पहले कहानी संग्रह ***Fangeliv*** (जेल का जीवन) के बाद से वे एक बहुमुखी, खोजी स्वभाव के और विश्लेषणात्मक लेखक के रूप में सामने आये हैं जिनकी मानवीय सम्बन्धों में निहित मनोवैज्ञानिक अन्तर्क्रियाओं में गहरी रुचि है। उनके कहानी संग्रह ***Det kan komme noen*** (शायद कोई आ जाये), 1989, में कोई स्पष्ट हल नहीं है लेकिन सत्य को लेकर बिलकुल समझौता

न करने वाली खोज है। याकोब्सन चार कहानी-संग्रह और नौ उपन्यास लिख चुके हैं, जिनमें आधुनिक परिवार गाथा ***Seierherrene*** (विजेता), 1991, भी शामिल है, जो उनका सबसे सफल उपन्यास माना जाता है। इसके अलावा उन्होंने एक जीवनी और बच्चों के लिए कई पुस्तकें भी लिखी हैं।

यून फ़ोस्से (जन्म 1959) का बचपन नॉर्वे के पश्चिमी तट पर हार्डांगेर फ़्योर्ड के किनारे बीता, लेकिन इन दिनों वे नॉर्वे के शहर बर्गेन में रहते हैं। 1983 में उनके पहले ही उपन्यास ***Raudt, Svart*** (लाल, काला) के बाद से वे यूरोप के अत्यधिक मञ्चित किये जा रहे नाटककारों में शामिल हैं और उनकी पुस्तकें तीस से भी अधिक भाषाओं में अनूदित हैं। उन्होंने उपन्यास, कहानियाँ, प्रगीतात्मक (lyrical) कविता, निबन्ध, बच्चों की किताबें और नाटक लिखे हैं। अपने अधिकांश लेखन में वे रोज़मर्रा के सन्दर्भों में मनुष्य की परिस्थिति की जाँच-पड़ताल करते हैं, गद्य में लाघव, न्यूनतम शब्दावली और दोहराव से काम लेते हैं। यह उनके लेखन की विशेषता है कि उनकी लयात्मक भाषा में संकेतात्मक सांगीतिक तत्त्व हैं। 1989 में छपा उनका उपन्यास ***Naustet*** (नावघर) एक ज़ोरदार कृति सिद्ध हुआ। हाल के कुछ बहुचर्चित उपन्यासों में ***Melancholia*** (विषादोन्माद) I और II, जो नॉर्वीजी चित्रकार लार्श हेर्तेरविग के विषय में है, और ***Morgon og kveld*** (सुबह और रात) शामिल हैं। 1993 में अपना पहला नाटक ***Nokon kjem til å komme*** (कोई आने वाला है) लिखने के बाद से यून फ़ोस्से ने कोई बीसेक नाटक और लिखे हैं। उनके नाटक अत्यन्त पठनीय हैं और प्रेम, दोष, अकेलेपन, ईर्ष्या और अभाव की बात करते हैं। यून फ़ोस्से को कई साहित्यिक पुरस्कार मिल चुके हैं, जिनमें इब्सन प्राइज़, ऑस्ट्रियन नेस्ट्रॉय प्राइज़, स्कैण्डिनेवियन थियेटर प्राइज़ और जर्मनी में सर्वश्रेष्ठ विदेशी नाटककार पुरस्कार आदि शामिल हैं।

लार्स आमुन्द वोगे (जन्म 1952) ने उपन्यास, कहानियाँ, नाटक, और बच्चों के लिए किताबें लिखी हैं। उन्हें कई पुरस्कार मिल चुके हैं जिनमें स्कैण्डिनेवियन डोबलोउग प्राइज़ और 1995 में ***Rubato*** (रुबाटो) नामक उपन्यास के लिए क्रिटिक्स प्राइज़ शामिल हैं। जैसा कि इस उपन्यास के शीर्षक से पता चलता है, वोगे के लिखने के ढंग की प्रेरणा संगीत से आती है—कहानी की बुनावट और लयात्मक शैली दोनों ही में यह बात साफ़ झलकती है। सतही, आधुनिक ख़ुशहाली की क्या कीमत अदा करनी पड़ती है, यह उनके प्रमुख सरोकारों में से एक है, जिसका सामना वे ऐन्द्रिक और प्रगीतात्मक गद्य से करते हैं। 2002 में उनकी पुस्तक **Kunsten å gå** (पैदल चलने की कला) का प्रकाशन हुआ।

हेरब्योर्ग वास्समू (जन्म 1942) को नॉर्वे और अन्य देशों में जो ज़बरदस्त ख्याति मिली है उसका आधार यह है कि उनमें एकदम वध्य और निष्कवच प्राणियों की कहानी कहने की अद्भुत क्षमता है। उन्होंने 1976 में एक कविता संग्रह से साहित्य में प्रवेश किया था। उनका पहला उपन्यास ***Huset med den blinde glassveranda*** (अन्धे काँच की खिड़कियों वाला घर) 1981 में प्रकाशित हुआ था और इसे मिलाकर अगले दो उपन्यासों से वह ***Tora*** (टोरा) त्रयी बनती है जिससे असाधारण कलात्मक प्रतिभा वाले किसी बालक के बड़े होने का ब्यौरा देने वाली नॉर्वीजी यथार्थवादी परम्परा को बड़ा योगदान हासिल हुआ। वास्समू के स्वर में कविता की वह शिद्दत है जो पाठक को एक छोटे प्राणी के छिन्न-भिन्न हो जाने और

स्वाभिमान के लिए उसके संघर्ष के बहुत क़रीब ले जाती है। ***Dina's Bok*** (डीना की किताब), 1989, उत्तरी नॉर्वे के तटवर्ती प्रदेश में स्थित है और इसमें उन्नीसवीं शताब्दी के मध्य से लिया गया फ़लक बहुत बड़ा है। डीना के छुटपन में हुआ एक नाटकीय हादसा जीवन भर उसका साथ नहीं छोड़ता और वह एक ऐसी औरत में रूपायित हो जाती है जो अपने आसपास के माहौल को अचरज और सम्मोहन से भर देती है। 1992 में ***Lykkens Sønn*** (ड्रीना का पुत्र) छपी, और 1997 में ***Karnas arv*** (कार्ना की धरोहर), और इससे ***Dina*** (डीना) त्रयी को अञ्जाम मिला। वास्समू को कई पुरस्कार मिल चुके हैं, जिनमें 1981 का क्रिटिक्स प्राइज़, 1983 का बुकसेलर्ज़ प्राइज़, और 1987 का नॉर्डिक काउंसिल लिटरेरी प्राइज़ शामिल हैं। 2003 में ***Flukten fra Frank*** (फ़्रांक से भागते हुए) छपी।

थूर ओगे ब्रिंगस्वैर्द (जन्म 1939) ने नाना प्रकार का लेखन किया है। उन्होंने थियेटर, टीवी और रेडियो के लिए नाटकों के अलावा निबन्ध, बच्चों के लिए किताबें और कई उपन्यास लिखे हैं। उनकी विशिष्टता उनके उस महान कौतूहल में निहित है जो उन्हें पाठक की अपेक्षाओं के सुदूर कोनों तक ले जाती है, जहाँ वे जीवन के अधिकांश पहलुओं से मोटिफ़ बटोरते हैं, एकाधिक संस्कृतियों और मिथकों के स्रोतों से भी, ख़ासतौर से उत्तरी मिथकों से और इतिहास से। 1970 में ब्रिंगस्वैर्द ने लेखन की शुरुआत साइंस-फ़िक्शन से की थी—***Bazar*** (बाज़ार) और ***Den som har begge beina på jorda står stille*** (जिसकी दोनों टाँगें ज़मीन पर हैं वह शान्त खड़ा रहता है), 1974, ये दोनों कृतियाँ व्यंग्य और हास्य की अच्छी-ख़ासी खुराक हैं। 1983 में प्रकाशित ***Ker Shus*** में ब्रिंगस्वैर्द प्रलय के बाद की दुनिया का वर्णन करते हैं। 1985 से 1997 तक ***Gobi*** (गोबी) नामक

शृंखला में वे पूर्वी और पश्चिमी संस्कृतियों की तहों में जाने की कोशिश करते हैं। ब्रिंगस्वैर्द की कृतियाँ 23 भाषाओं में अनूदित हैं और उनके नाटक 14 देशों में खेले जा चुके हैं। उन्हें कई पुरस्कार प्राप्त हैं, जिनमें 1985 का क्रिटिक्स प्राइज़ और 2000 का इब्सन प्राइज़ शामिल हैं।

ओयस्तेइन लोन्न (जन्म 1936) की पहली किताब 1966 में छपी थी, और उसी के आधार पर वे बहुत समय तक आलोचकों और लेखकों के प्रिय लेखक माने जाते रहे। ***Thranes Metode*** (थ्राने का ढंग), 1993, को क्रिटिक्स प्राइज़ और ब्रागे प्राइज़ मिले और इस पुस्तक के प्रकाशन के बाद का पाठक वर्ग काफ़ी बड़ा होता चला गया। 1996 में उनका ताज़ा कहानी संग्रह ***What Should We Do Today?*** (आज हमें क्या करना चाहिए), प्रकाशित हुआ और उसे नॉर्डिक काउंसिल लिटरेरी प्राइज़ दिया गया। ओयस्तेइन लोन्न का गद्य एकदम साफ़, सटीक और शैली के लिहाज़ से एकदम न्यूट्रल है। भाषा मुहावरेदार न होकर भी दोहरे अर्थों के संकेत देती है और लम्बे संवाद एकदम सरल हैं और रहस्यपूर्ण भी। लोन्न हमेशा उन युक्तियों से जूझते रहे हैं जो हमें जटिल सामाजिक प्रक्रियाओं के भीतर निजी जीवन जीने की ख़ातिर अपनानी पड़ती हैं। अपनी बाद की कृतियों में वे इन सरोकारों का नाटकीकरण क्रमशः कल्याण-राज्यों के ह्रास की संगत में करते चले जाते हैं, जहाँ अधिकांश लोग ख़ुद को एक नयी और असुरक्षित जीवन-शैली से रूबरू पाते हैं जिसे उन्होंने अभी तक शब्दों से नहीं साधा। उनके कुछ उपन्यास इस प्रकार हैं : ***Tom Rebers Siste retrett*** (टॉम रेबेर का अन्तिम विश्राम-गृह), 1988, ***Maren Gripes nødvendige ritualer*** (मारेन ग्रिपेस के अनिवार्य कर्म-काण्ड), 1999, ***Ifølge Sophia*** (सोफ़िया के अनुसार), 2001, और ***Simens stormer*** (सीमन के तूफ़ान), 2003।

यूहान हार्शटा (जन्म 1979)। ***From Here on You Just Get Older***, यह पहली किताब 2001 में छपी। 2002 में ***Ambulanse*** शीर्षक से कहानी संग्रह। वर्ष 2000 में यीलन्दाल प्रकाशन की ग्राण्ट और 2002 में ब्योर्नसन ग्राण्ट।

सीमोन स्त्रांगेर (जन्म 1976)। 2003 में अपनी पहली किताब के छपने के बाद स्त्रांगेर ने कई उपन्यास और बच्चों के लिए कई किताबें लिखी हैं। उनकी चित्र पुस्तक ***Gjengangeren*** (भूत) को 2008 में सर्वश्रेष्ठ बाल-साहित्य कृति के लिए रिक्स्मॉल प्राइज़ दिया गया। ***Den Veven ar hendelsen som vi kaller verden*** (उन घटनाओं का ताना-बाना जिसे हम दुनिया कहते हैं) उनके प्रमुख शीर्षकों में है। यह उपन्यास 2003 में प्रकाशित हुआ। 2005 में ***Krusedullen*** (टेढ़ी-मेढ़ी रेखाएँ) छपी, जो बच्चों के लिए एक चित्र पुस्तक है। **मनैम** सम्भवतः गढ़ा हुआ शब्द है और यह इस उपन्यास में एक शहर का नाम है।

अनुवादक व सम्पादक परिचय

तेजी ग्रोवरः जन्म 7 मार्च 1955 को, पठानकोट में। चंडीगढ़ में कई वर्ष एक कॉलेज में अँग्रेज़ी पढ़ाने का काम छोड़ इन दिनों मध्य प्रदेश के शहर होशंगाबाद में आवास। लेखन के अलावा पेंटिंग करना, बच्चों के साहित्य का सम्पादन, संकलन, अनुवाद और सृजन, नर्मदा जी के सान्निध्य में।

पता : मुख्य डाकघर के पास, कोठी बाज़ार, होशंगाबाद—461001।

ईमेल : *tejigrover@yahoo.co.in*

प्रकाशित कृतियाँ :

जैसे परम्परा सजाते हुए (तीन कवियों का सहयोगी संकलन), पराग प्रकाशन, 1981

यहाँ कुछ अँधेरी और तीखी है नदी (कविता संग्रह), भारती भाषा प्रकाशन, 1983

लो कहा साँबरी (कविता संग्रह), नेशनल पब्लिशिंग हाऊस, 1994

अन्त की कुछ और कविताएँ (कविता संग्रह), वाणी प्रकाशन, 2000

नीला (उपन्यास), 1999

मैत्री (कविता संग्रह), सूर्य प्रकाशन मन्दिर, बीकानेर, 2008

अनुवाद एवं सम्पादन :

पान (क्नुत हाम्सुन का उपन्यास), वाणी प्रकाशन, 2003

भूख (नॉर्वीजी लेखक क्नुत हाम्सुन का उपन्यास), वाणी प्रकाशन, 2004

बर्फ़ की ख़ुशबू (स्वीडी कविता का संकलन), वाणी प्रकाशन, 2001

टूवे ओल्गा ऑरोरा (स्वीडी कवि लार्श लुण्डक्विस्ट की कविताएँ), वाणी प्रकाशन, 2006

हेड्डा गेब्लर (हेनरिक इब्सन का नाटक), वाणी प्रकाशन, 2007

मास्टर बिल्डर (हेनरिक इब्सन का नाटक), वाणी प्रकाशन, 2007

शीघ्र प्रकाश्य :

स्वीडी कवि आन यादरलुण्ड की कविताएँ, सूर्य प्रकाशन मन्दिर, बीकानेर

सपने में प्रेम की सात कहानियाँ, सूर्य प्रकाशन मन्दिर, बीकानेर

1989 में **भारतभूषण अग्रवाल स्मृति पुरस्कार,** 2003 में **रज़ा फ़ाउण्डेशन फ़ेलोशिप,** 1995-1997 के दौरान **प्रेमचन्द सृजनपीठ,** उज्जैन, की अध्यक्षता, और वरिष्ठ कलाकारों हेतु **नेशनल कल्चरल फ़ेलोशिप।**